白豚貴族ですが前世の記憶が生えたのでひよこな弟育てます

shirobuta kizokudesuga zensenokiokuga haetanode hiyokonaotouto sodatemasu

やしろ

TOブックス

contents

イラスト　keepout
デザイン　團 夢見（imagejack）

前世の記憶が生えました

私の一日は鏡を見て「今日も見事な白豚ですね」と自分の容姿を確認することから始まる。

私こと、『菊乃井(きくのい) 鳳蝶(あげは)』は、麒凰(きおう)帝国の菊乃井伯爵家の長男として生を受け、今年で五歳。正確には五歳と半年。でも何と言うか五歳にあるまじき体型をしている。

まず、重苦しい雰囲気の肩まで伸びた黒髪、瞳は紫だけど、ぶよっとした脂肪に囲まれているせいで全く見えない。豚のような丸い鼻、唇(くちびる)なんて脂でてっかてか。唯一誉めるところがあるなら、雪のように白いお肌くらいか。だから白豚なんだけど。

幼児体型なんだからパーツが丸くて太く短いのは解るけど、その太さが尋常じゃない。手首の太さが大人のと同じくらいで、腹が出すぎて屈むと苦しいのだ。

典型的豚男ってやつです、ありがとうございます。なんの拷問(ごうもん)かな？

でもこれでも大分ましになった方。

半年前までは前にせり出た腹のせいで爪先は見えなかったし、背中を自分で掻けないし、何よりトイレでお尻が自分で拭けなかったんだから。

今はトイレは一人で大丈夫。

他のことは兎(と)も角(かく)、トイレだけは本当にキツかった。他人に下の世話をされるとか、本当に恥ずかしかったんだよ！

でもまあ、その羞恥プレイのお陰でダイエットを頑張れているんだから、良しとしよう。

……何驚いてるの？

五歳に見えない？

ああ、よく言われるし、実際精神年齢は多分その六倍くらいだし。

実は私には前世の記憶がある。

あ、ちょっと、ひかないで！

気持ちは解るけど、ひかないで！

それが私に生えたのは半年前のこと。

その頃の麒凰帝国は流行り病が猛威を振るっていて、若冠五歳を間近にした私も撃沈。

高熱で魘されること一週間、こりゃダメだなと医者が匙を投げて、葬儀屋を呼ぶ寸前で命を取り止めたそうな。

この辺は小さい頃から世話をしてくれている乳母のロッテンマイヤーさんから聞かされた訳だから私にはよく解らない。

解るのはその高熱で魘されている間に、にょっきり頭に生えてきた前の『俺』の記憶を貪り食ってどうにか『私』が生き長らえたということだけ。

少しだけ前の『俺』の話をしよう。

バブルの終焉間際に、俺は日本という国に生まれた。

趣味は料理に裁縫、ＤＩＹ、ミュージカル鑑賞、特に菫の園のお嬢さん方の舞台は最高に良い物。

お嫁に来て欲しいと言われる、いわゆるフツメンのオトメン。

独身だけど両親との仲は円満、仕事もちょっとブラックだった気はするけど公務員で、小学校からの親友と運良く同僚として肩を並べて勤めていた。

が、今思えばこれがいけなかったんだろう。

小学校からの親友『田中』は、アニメやラノベって奴が大好きで、俺はそういうのも好きだけどどっちか言えば演劇の方が好きで、特に女性だけの劇団である菫の園の沼にどっぷりと浸かっていた。

田中は他にもゲームのプレイ動画を投稿したり、俺にも好きなシミュレーションＲＰＧの実況をしてみせてくれたり、多趣味が高じてコスプレを嗜む奴でよく俺にコスプレ衣装やらを作らせてくれたりもした。

アニメの衣装は装飾が多くて、憧れの菫の園の衣装と共通するところがある。それが楽しかったし、材料はほぼ奴のバイト代からだから、俺は趣味を他人の金でやるという贅沢を享受していた。

その代わりって訳じゃないが、家に来たら飯でもてなしたり、奴の原稿中のメシスタントなんかもしたり、コスプレにおけるメイク係もやったりした。

まあ、野郎同士気楽な付き合いで、バカばっかりして楽しく暮らしてた訳だ。

そんなある夏の日、コピー本を落とせないとか言う『田中』に「今度大劇場のチケット取る手伝いと、チケット取れたら車で送り迎えするから！」と拝み倒されて、折角取った盆休み一週間のうちの三日間を原稿に費やし、三徹明けの四日目のイベント当日。

その日は朝から三十度を超える猛暑日で。

なんとか間に合ったコピーの束を、サークルスペースで製本してる間に、会場はコミケ雲なるものが沸くほどの気温に到達。

徹夜明けのバカみたいなハイテンションで本を売ったり買ったり、コスプレしたり写真撮ったり。

そんなことをして遊び呆けて帰った後、暑いのに寒いという謎現象に襲われて。

家で風呂に入った後、ばったり倒れた俺は必死で呼び掛ける親の声を聞きながら、意識を失ったのだった。

その後の記憶がない辺り、俺は死んだんだろう。おそらく熱中症で。アホすぎる。

そして『俺』は『私』へと生まれ変わったのだ。

思うに一人称が『俺』じゃなくて『私』なのは、前の『俺』の知識が、上手く今の『私』に融合したからだろう。

『私』は『私』、最早『俺』ではないのだ。

劇的⁉　before after!

朝の日課を終えると身支度を始める。

先に言った通り、私は伯爵家の長男。本来ならメイドさんが来て手伝ってくれるのだけれど、これは「もう五歳になったから」とこちらから断った。

タンスにあるズボンとブラウスを適当に引っ張り出して着替えたところで、ベッドサイドの小さなテーブルに置かれた呼び鈴を鳴らす。

すると隣の控えの間から、眼鏡をかけたひっつめ髪の、いかにも厳しそうな雰囲気を持つ三十路手前くらいの、メイド服を着た女性が入ってきた。

これがロッテンマイヤーさん。

麒凰帝国の科学は、前の世界より大分と遅れているらしく、ロッテンマイヤーさんの眼鏡は分厚すぎてこちらからはその瞳が見えない。

すっと右手で眼鏡の弦を押し上げて、ふむと上から下まで視線をこちらに向ける。

「ボタンもずれてはおられません。きちんとお召しになられています。合格です」

「はい。チェックありがとう」

「職務でございますから」

ぺこりと頭を下げるロッテンマイヤーさん。彼女とのやり取りは終始こんな感じで事務的だ。

部屋を出る彼女についていけば、ホテルの宴会場もかくやって感じの大きな食堂に案内される。

左右それぞれに十五人は座れるだろう長テーブルに着くのは私だけ。

両親の顔はここ一年くらい見ていない。

出てくるのは私がリクエストした朝食メニューで、前の知識をフル活用してダイエットメニューにしてもらっている。

本来ならこんなことは許されないらしいのだけれど、ロッテンマイヤーさんが掛け合ってくれたそうだ。

厨房にお礼を言ったら料理長が怯えながら「私は嫌だったけれどロッテンマイヤー婦人に言われて仕方なく……！」と教えてくれた。

私は我が儘放題の癇癪（かんしゃく）持ちだった記憶がある。

そりゃあ酷いもんで、気に入らないと物は投げつけるわ、高いものでも平気で壊すわ……。

だけどそれは、そういう我が儘放題をやっている時は、ちゃんと皆が私と向き合ってくれたからだって今なら解る。解るけど、やられた方はたまったもんじゃないよね。だってもう本当に厄介な暴れっぷりだったもん。怪我人出なくて良かったってくらい。

怯えられたのは、ロッテンマイヤーさんにお願いしたメニューが質素だったから、それが私の逆鱗（げきりん）に触れて怒鳴り込んできたと思われたらしい。本当に申し訳ない。

因（ちな）みに私がお願いしたのは『まごわやさしい』を実践して欲しいことと、三度の食事の量は普通の子供と同じくらい、おやつは果物や蘇（そ）とか醍醐（だいご）あたりにして欲しいということ。

蘇は前の世界で言うところのチーズ、醍醐はヨーグルトに当たる。

『まごわやさしい』とは豆類・ごま・わかめ（海藻）類・野菜・魚類・椎茸（しいたけ）（キノコ）類・いも類の頭文字を取ったもので、栄養バランスに優れた食材を指す。これを中心にメニューを組み立てると、成長にもダイエットにも有効なのだ。

黙々と食べていると、ロッテンマイヤーさんが白湯を注ぎながら手帳を開く。

「本日のご予定を確認いたします。朝食後午前中はお散歩とお針子のエリーゼと刺繍、昼食後は庭師の源三と菜園作り、おやつを挟みましてお勉強となっております」

「はい。散歩から戻ればエリーゼにはこちらから声をかけるので、自由に作業をしていてもらうよう伝えてください」

「承知いたしました」

ぺこりと頭を下げてロッテンマイヤーさんが退出する。

そうなると広い食堂で一人きり、そんなんで食べる食事なんか旨くない。

全て食べ終わると、食器をメイドさんが下げに来るのに任せて散歩へ。

某猫のバスやら小学生の姉と幼稚園くらいの妹、それから森に住んでる不思議な妖精とのふれあいを描いた映画の主題歌を口ずさみながら、広い屋敷の庭を一定の速度で歩いたり走ったり。

普通に歩くより、歩いたり走ったりを一定時間繰り返す方が筋肉がつきやすいし、歌いながらやることによって有酸素運動につながるそうだ。

これをやり始めた当初は「熱で気が触れた」なんて騒がれたし、癇癪も起こさなくなったものだから、医者を呼ばれたり、「悪魔が憑いているのでは」と司祭を呼ばれたりも。

でも、違う。

悪魔が憑いているわけでも、とち狂ったわけでもない。強いて言うなら生まれ変わったのだ。

前の記憶を受け入れる前の私は、とても嫌なこどもだった。癇癪を起こして暴れれば、大人はみな言うことを聞いてくれる。だから我が儘放題して癇癪を起こしは大人に言うことを聞かせてきた。

しかし、前の『俺』の知識や記憶に触れて、何故大人が私の言うことを聞いてくれるのか、その理由が解ったのだ。

なんのことはない。両親が彼らの雇い主で、その生殺与奪を握っているに過ぎない。そして両親は私にそれを教える躾を怠っていたのだ。

だって一年くらい顔も見ていない。

『躾』とは身を美しくすると書くのだと、前の世界で教わった。

それはこどもを誰からも好かれるよう、内面も外見も美しくしてやろうという親心からくる行動だからだ、と。

翻って私の両親は、私に躾を行うこともなく、死の床にすら来ない。

それをしてくれていたのは乳母のロッテンマイヤーさんだし、死の床を代わる代わる見舞ってくれたのはロッテンマイヤーさんが声をかけてくれた屋敷に勤める人たちだけ。

私はつまり、誰からも愛されてはいなかった。

ただ少し、独りで死ぬのは可哀想だからと、見舞ってくれるくらいには嫌われていなかっただけで。

前の『俺』の両親は、『俺』を愛し慈しみ育ててくれた。親友との間に友愛もあった。

その記憶に触れただけに、愛されていない事実がぐっさりと胸に刺さったのは、病から回復した後のこと。

直ぐ様、ロッテンマイヤーさんに「ごめんなさい」したわ。

こんなアホの子をよくぞ見捨てずにいてくれて、更にお屋敷に勤めるひとに見舞ってくれるように頼んでくれて、本当にありがとうございましたって。

ぎょっとしたロッテンマイヤーさんには前世の記憶の件は省いて、死の床に両親が来ない程度のこどもに尽くしてくれたこと、今までの自分がどんなに愚かだったか全て解ったこと、まだ間に合うなら心を入れ換えるから見棄(みす)てないで欲しい、そう全力で回らない舌を噛みながら頑張って説明したとも。

勿論、屋敷の人たちにも全員集まってもらって、それを説明して「ごめんなさい」しましたよ。

そして心を入れ換えた証拠に、この屋敷で皆がしている仕事を学ばせてもらうことにした。

働く苦労を知った身としては、それが精一杯の誠意を見せる方法になるんじゃないかと思って。

最初は疑心暗鬼だったお勤めの皆さんも、私の社会勉強が一ヶ月二ヶ月続いた頃には、随分と打ち解けてくれたようだ。

これはしかし、思わぬ副産物ももたらしてくれた。

屋敷の仕事というのは前世の趣味を彷彿(ほうふつ)とさせる。

魂に技が染み付いていると言うか、掃除も裁縫も料理も庭作りもそれなりに出来てしまったのだ。

考えごとをしながら歩いていると、庭の最奥の花園に到着する。

ここは庭師の源三さん以外は誰も来ない隠れた名所で、野薔薇(のばら)が沢山伸びるがままにされていた。

キョロキョロと辺りを見回して誰もいないことを確認すると、私は腹に力を入れて大きく息を吸う。そしてメロディーに合わせて、シューベルトの『野ばら』を歌い始めた。

咲いている血のように真っ赤な野薔薇を見つけて、どうしようもなく『野ばら』を歌いたくなったのが三日前。それから毎日ここに歌を歌いに来ている。

野にあっても薔薇は薔薇。

花の美しさを讃(たた)えるのに世界線は関係ないのだ。

お勉強のお時間です

この世界は前の世界に似たところがあって、文化レベルは中世ヨーロッパくらいなのに、地動説は常識で我々の住んでいる星は『地球』と呼ばれている。

しかし大陸は『アトランティス大陸』・『ムー大陸』・『ヌサカーン大陸』・『アストラ大陸』の四つだけで、それぞれ似たり寄ったりな言語を使うらしい。どのくらいの違いかと言えば東京弁・関西弁・九州弁・東北弁みたいな感じ。まあ、九州人と東北人は同じ日本語なのに、訛(なま)りが全く違って別の言語に聞こえるから違いはあるのだろう。

私こと、『菊乃井 鳳蝶』の住む麒凰帝国はアトランティス大陸の中央にあって、東西の文化と血を上手く取り込み、東西の融和を掲げた平和国家である。

表向きは。

御多分に漏れず、長く続いた国家にありがちな腐敗は全て抱えているし、一部の貴族の搾取(さくしゅ)のおかげで民草は疲弊(ひへい)。

国土は広い上に貧富の差は激しく、隣国とは不仲。

これで戦争が起こらないのは外交努力のお陰……な筈もなく。

単に簡単に攻められるほどに国力は低下していないし、周りも攻めてこられるほど国力があるわけでないからだ。

恥ずかしながら『菊乃井家』は搾取する側の宜しくない貴族らしい。

「……だなんてお教えしたとバレたら私はクビになってしまいます」

とか言いつつニヤニヤ笑うのは、私の家庭教師の『アレクセイ・ロマノフ』先生。

翠の眼に金髪、目がチカチカするほど整ったお顔に、尖ったお耳のいわゆるエルフさん。

一ヶ月前からロッテンマイヤーさんの伝手で、家庭教師をしてもらっている。

この世界にはエルフがいれば、ドワーフもいて、猫耳と尻尾のワーキャットもいれば精霊もモンスターも魔族もいるのだ。

なんてファンタジー。

前の『俺』ならそう叫んでいただろう。けれど『私』には当たり前のこと。

更に言えば魔法――魔術だってこの世界にはある。

世界にあまねく四大元素の精霊に語りかけ攻防自在に操るものから、怪我を癒し生命を守るものや植物の成長を促進するものまで多岐にわたって存在するし、学問として体系づけられていた。

まだなぁんにも使えないけどね!?

とは言え、魔術の勉強を始めるのは、通常幼年学校に入学してから。歳で言うなら十三歳からだ。

しかし、才能があればその限りではなく、それこそ五歳程度で魔術が使えることもあるらしい。早くから魔術の才能があるのは名誉なこと。

だからお金を持っている貴族連中は、幼年学校に通う前から家庭教師をつけて、魔術の基礎を身に付けさせようとするのだ。

でもそれは我が子に期待があるからであって、死にかけてるのに会いにくる必要性を感じないこどもにそんなものがあるわけもない。

ロマノフ先生は本来は冒険家で股旅生活。偶々『菊乃井領』に寄ったら、知り合いのロッテンマイヤーさんが「家庭教師をしませんか？」と声をかけてきたそうだ。

『魔術を習うなら矢張りエルフ。更に冒険家であるロマノフ氏は常日頃から魔術を使用しておられ、実践を取り入れた授業をなさると聞いております』

拳が白くなるほど握りしめて力説してくれただけあって、ロマノフ先生のお話や課題は確かに分かりやすくて楽しい。

何より魔術以外にも剣や弓等の身体を鍛える勉強や、政治や経済、読み書き算数、諸外国の話も聞かせてくれた。

因みに今は、朝の散歩の後にお針子のエリーゼとやった刺繍の続きをしながら、源三さんと世間話を交えつつ菜園に植える野菜の選定をしている。

チクチクと私が針を通しているのは、ロマノフ先生のマント。図案はエルフに伝わる魔除の意匠。

『ナスカの地上絵』の『コンドル』に似たそれを上手く縫えるのが、エルフの良いお嫁さんの第一条件だそうな。私は男だから関係ないけど。

一つ小さなコンドルの刺繍が終わったのを見計らって、「さて」と先生が椅子から立ち上がった。

「ステータスを見てみましょう。ステータスを出してみて下さい」

「はい、『オープン』」

ステータスとはそのままRPGゲームとやらに出てくるステータス情報のことで、丸ごと生体情報が見える。

ロマノフ先生が仰るにはステータス画面は誰でも自分のは見られるけれど、他人のは開示してもらうか、専用のスキルか道具を使ってしか見られず、勝手に見たとなれば白手袋を顔面に投げつけられても仕方ないそうだ。

で、見る時には『オープン』と唱えるだけで、画面が現れる。他人に見せたくない時は、頭の中だけで『オープン』と唱えれば良い。

さて、ステータスを確認してみよう。

名前／菊乃井 鳳蝶
種族／人間
年齢／5歳
LV／1
職業／貴族

スキル／調理A　裁縫A　栽培A　工芸A　剣術E　弓術E　馬術D
特殊スキル／緑(みどり)の手　青(あお)の手

ぷはっとロマノフ先生が吹き出す。

「いやー、いつ見ても貴族のご子息とは思えないスキルですね！」

お腹を抱えて笑うくらいには、私のスキルは貴族としておかしいらしい。

「剣術や弓術、馬術は嗜みですけど、調理や裁縫、栽培・工芸って普通は見ないですよ。おまけに『緑の手』・『青の手』って……！」

「だって！　趣味なんだから！　仕方ないじゃないですか！」

『緑の手』とは植物の成長を助け、その実りを約束する特殊なスキルで、熟練した庭師や農民、森の民エルフしか取得出来ない。

『青の手』とは裁縫・料理や工芸等のありとあらゆる手を使う仕事の熟練者を意味する。マッサージの腕なんかもこの特殊スキルの範囲に入るそうな。要は器用者に与えられる特殊スキルだ。持ち主は主に主婦や料理人、お針子さんや大工さん、生まれついての鍛治師・ドワーフ。

こんなとこに私の日課と自主勉の成果が出てますよ。なんてこった。

口を尖らせて抗議すると、脂肪が厚い頬を両手でむにりと挟まれる。

「いやいや、悪いことじゃありませんよ。その年で特殊スキル持ちなんて誇って良いことで……ぷっ」

「笑ってる!?　凄く笑ってる!?」

「あー……だめだ、お腹痛い！」

あはははと笑うこと暫く。やがて落ち着いてきたようで、笑いを引っ込めて穏やかに語る。

「まあ、何にせよ。熟練系の特殊スキルがあるのは悪いことじゃありません。何が身を助けるか解りませんからね」

「没落しても何か手に職があったら食べていけますもんね」

「そうそう、安寧にあってそういう危機感を持つのは大事ですよ」

誉められてないよね、これ。

とりあえず、脱ボンクラを目指そう。

今のところ、ステータスに魔術の表示は出ていない。

魔術は学べば基礎的な物なら、誰でも使える。

ただ、それは魔素と言う大気中に漂う魔力を、自分の身体に取り込んで魔術に変換しなければならず、その変換する体内の仕組みが幼年学校に通い出す十三歳くらいで完成して漸く使えるようになるのだ。

早い内に魔術を使えるようになる才能の持ち主とは、その体内組織が他人より早く出来上がった人を差す。

ではその体内組織はどう作るのか。

これは極めて簡単。

魔素を取り込む神経のようなものが全身に行き渡るようにイメージしながら、瞑想を行う。

ただそれだけ。

それを繰り返していれば早ければ半年くらいで身体に魔素を取り込む魔素神経が出来上がり、更に才能があれば初期魔術が使えるようになる……らしい。才能が無いものでも五年もすれば初期魔術を使うくらいの魔素神経は形成されるのだそうな。

瞑想するくらいなら幼年学校に入る前から出来そうなものだけれど、長時間イメージを描きながらの瞑想はかなりの集中力がいる。

その必要な集中力が身に付く時期が幼年学校入学時期にあたるのだ。

「じゃあ早速イメージを描いて瞑想するとしましょう」

「はい」

ロマノフ先生に従いふかふかの絨毯（じゅうたん）に胡座（あぐら）――結跏趺坐（けっかふざ）と言う座り方らしい――をかくと、臍（へそ）の下辺りにある丹田（たんでん）から全身に細かい糸を張り巡らせるようなイメージを脳裏に描く。

「張り巡らせた糸が全身に行き渡ったら、今度は糸が根を張るようにイメージしてください」

「……根を張る、ように」

「そう、根を張るように。……根を張ると言えば、ロッテンマイヤーさんの眼鏡って顔に根でも張ってるんですかね？　少しだけずれる事はあっても、外したところを見たことがないんですよ」

言われてみれば眼鏡を外したところを見たことがない気がする。

うっすらと瞑想から気が逸れそうになりつつも、イメージの根を身体にゆっくりとおろしていたら。

「……根が生えてたりして」

「怖っ!?」

ぽそっと呟かれた言葉についうっかり、ロッテンマイヤーさんの眼鏡からびっしり根っこが生えた状態を想像してしまった。

ぶちりと切れた瞑想に、ロマノフ先生がニタリと笑う。

「まだまだですね」

エルフって生き物は魔術も得意だけれど、悪戯も得意なんだそうだ。

この世には逆らっちゃいけないひとがいる

屋敷の奥庭で野ばらを見つけてから丁度七日目、歌いながら日課の散歩に来てみれば、見慣れないものを見つけてしまった。

真っ赤な野ばらに囲まれて、豪奢な大輪の牡丹が一輪。

牡丹も野ばらも咲く時期が被るから、そんなにおかしい取り合わせではないけれど、でも昨日まで牡丹の蕾なんて野ばらの中には無かったのに。

不思議に思っていると、脚が勝手に牡丹へ向かう。

ただ一輪、静かに咲く姿はまるで麗しい女王が凛と佇んでいるような威厳があって、何故か眼を逸らせない。どころか、ふらふらと火に吸い寄せられる羽虫のように、花へと近寄ってしまった。

目の前で見るその牡丹は、花弁が極上の絹で織り上げたように艶やかで、幾重にも折り重なっている。

この牡丹は普通じゃない。

吸い込むとふわふわと酔ってしまいそうな程の甘い薫りが私を押しつつむ。

元来牡丹は種類にもよるが、一輪で強い薫りを放つものではないのだ。それなのにこの麗しい牡丹からは、桃のような、かと思えば薔薇のような、いやいや梅のような、兎も角えもいわれぬ良い薫りが漂ってくる。

この世のものとは思えないという言葉は、こんな時に使うべきなんだろう。そう感じていると、するりと口から詩が滑りでた。

「落尽残紅始吐芳《残紅落ち尽くして始めて芳を吐く》
佳名喚作百花王《佳名喚びて百花の王となす》
競誇天下無双艶《競い誇る天下無双の艶》
独占人間第一香《独り占む人間第一の香り》」

前の世界の詩人の漢詩とやらで、意味としては『牡丹は全ての花が散ってから咲き始める。その佳き名は「百花の王」と称される。牡丹は天下無双の艶やかさを誇り、この世で最も芳しい花の地位を独占する』とか、そんな。

まあ、つまり牡丹万歳！　っていう『俺』と『私』の気持ちが、どうも昂って出てきちゃったようだ。

うっとりと花を眺めていると、突然きらきらと牡丹が光りだし、しゅるんと人の形に姿を変える。

牡丹色の足首までありそうな髪も艶やかで、涼やかな目元には泣き黒子、前の世界の『京劇』のヒロインや姫君役が着るようなひらひらとした衣装を身に纏う女性の出現に、驚いて声が出ない。

あ、でもなんか、この人見たことあるような？

「ふむ、妾（わらわ）の牡丹を見て、即座に詩（うた）を吟じてみせるとは、中々に詩才のある小童（こわっぱ）よの。気に入った、名乗りを許すぞえ」

「……は、え？」

驚きすぎて声のでない私を尻目に、ころころと美女が笑い出す。

「なんじゃ、そなた。妾を賛美する詩を吟ずる詩才はあれど、矢張（やは）り小童であるのう。理解が追い付かぬかえ」

「え……ぁ、は、はい、あの……名前……菊乃井伯爵家の長男、菊乃井鳳蝶と申します」

何故かそうしなければいけない気がしてその場で膝を折って額突くと、女性はもう一度「うん」と頷く。

「礼儀正しき小童は好むところであるぞ。鳳蝶と申したな、身が名は『百華公主（ひゃっかこうしゅ）』じゃ。存じておろう？」

さも当然と言う言葉にぴしりと固まる。

知らない。

見たことあるような気はするけど、名前は全然覚えがない。

私の硬直具合に、ぴくりと姫君の眉が不満げに上がる。しかし、この類いのお方はきっと怒らせてはいけないお方だ。

平身低頭して、言葉を絞り出す。

「申し訳御座いません。わたくしはつい先日まで、傲慢にも周りの大人の教えに耳を傾けぬ愚か者で御座いました。もしや姫君の御名も周りの大人より教えられていたやもしれませんが、それを聞き流していたので御座いましょう。それ故……その……」

「妾の名を知らぬ、と」

「はい、誠に面目次第も御座いません」

「不敬な小童よのう。まあ、よいわ。謝罪に免じて此度は許す。……改めて妾は百華公主、大地の豊穣を司る花と緑と癒しと恵みの女神じゃ」

くふんと紅の引かれた唇が、今度は三日月を描く。美人は何をしようとも、その所作の一つ一つから凡人と違って優雅な雰囲気が漂うようだ。

見惚れていると、姫君が手に持っていた絹か何か透ける布で張られた団扇を振る。

「この屋敷は小童の屋敷かえ?」

「はい……いいえ、正確には菊乃井家の邸宅です」

「ふむ、妙な言い回しじゃの。兎に角ここは小童に関わりある庭なのであろう。七日前よりちと事情があって、この庭の野ばらに宿っておったのじゃが、その日よりそなたの歌をずっと聞いておった」

「あー……それはお耳汚しを致しまして、申し訳」

「謝るでない。妾はその歌の詩が気に入っておる。妾も長く生きておるが、聞いたことのない歌ゆえ楽しませてもらった。じゃからの、楽しませてもらった礼をくれてやろうと思って、こうして妾自ら姿を現したのじゃ」

ふふふと眼を楽しげに細める姫君とは対照的に、私は一気に青ざめた。

姫君にお聞かせしていた歌も詩も、私が作ったものではない。

前の世界の『俺』の知識と記憶のなせる技。

それを自分のものだなんて言えるほど恥知らずではないし、女神様を欺く(あざむ)ほど不敬にはなれない。

慌てて私の不思議な身の上と、前の世界の記憶のこと、それから姫君にお聞かせしていた歌や詩が私から出たものでないことを話す。すると、今度は悪戯っぽく笑みながら姫君は片眉を上げた。

「アホな小童よのう。そのようなこと、黙っておれば解らぬに。まあ、よいわ。他人が作った歌であっても、妾に七日間に渡って捧げ続けたのはそなたじゃ。そして妾は供物としてそれを受け取った。受け取った以上の対価は正しく支払われねば歪みが生じる。よって妾はそなたに相応のものをくれてやらねばならぬのじゃ。ありがたく賜るがよい」

そう言いながら、姫君は私の周りを一周すると、とすっといきなり延髄(えんずい)を突いた。

「いったぁっ⁉」

「なんじゃ？　大きな声を出しおって、はしたない」

「い、や、だって、えんずい……ぶすって……⁉」

「ふん、首で伸び悩んでいた魔素神経の経絡を押した。これでそなたの身体に魔素神経がしっかと根付いて全身に伸びたはずじゃ。魔術が使えるようになろう」

「うぇぇっ⁉　ありがとうございます！」

「それとな、そなた姿形は……今はちょっと無しじゃと思うが声は良いの。それに歌も悪くはないが、上手くはない。上手くはないが……明日からも毎日歌いに来るがよい。妾の無聊を慰めよ」

「え、や、でも……」

「前の世界の知識だの、妾には関係のない話よ。妾は無聊が慰められれば良いし、そなたの知っている歌や詩がこちらの世界にないものなら、その方が妾は楽しめる。偉大なる異界の先人への敬意を忘れねば、吟遊詩人が昔の詩人の歌を人前で披露するのと変わらぬじゃろうよ。神の命は絶対じゃ。歌いに来いと言うておるのじゃから、そなたはつべこべ言わずに明日からも毎日来る。それだけのことよ。返事！」

「は、はい！」

　この手のひとに逆らってはいけない。大事なことだから二回繰り返しておく。

　勢いよく返した言葉に姫君は納得なされたようで、団扇を一振りなさると、そのお姿は煙のように消えていた。

　マジか？


　その日の午後、おやつを食べ終わっていつも通りロマノフ先生とのお勉強。

　先生のマントに十羽目のコンドルを刺繍し終えると、針箱を片付けて。

「今日の自主勉は何をしていたんですか？」

「今日は馬や牛や鶏の世話をヨーゼフとして、昼からは厨房学習会をして料理長と新しい料理の開発してました」

「新しい料理、ですか？」

「はい、えーっと、スフレオムレツっていう……」

スフレオムレツとは卵の白身を泡立てて、黄身とざっくり混ぜて焼くオムレツで、焼き上がりがとってもふわふわしたオムレツなのだ。

この世界にもメレンゲを作ることがあるわけで、そこから発想を飛ばしてみたことにしたけれど、料理長には「若様の頭のなかはどうなってるんです？」って、笑われた。解せぬ。

しかしこの料理、食べる前にオムレツを焼くようにしなければ、直ぐにふわふわが萎んでしまうという弱点がある。

「なるほど、ではお夕飯の楽しみですね」

「はい。今日はテーブルマナー講習も兼ねて、先生やロッテンマイヤーさんとお夕飯だから……楽しみです」

私がこうなってから週に二回、テーブルマナー講習という名目でロッテンマイヤーさんと夕食を共にする機会が設けられた。

一人だけであの長い食卓に着くのは寂しいけど、独りより全然ましだし、一ヶ月前からロマノフ先生も加わって、少しだけ賑やかさがました。

その時に合わせて料理長さんに、私の知ってる前の世界の料理を作って貰うことにしたのは、誰かと食べる食事のイメージがどうしてもあちらに寄ってしまって、そうするとどうしてもあちらの料理を食べてみたくなったから。

勿論、ない調味料もあるから再現は難しいけれど、料理長が腕を奮ってくれるから、大抵は美味しく頂けている。

「空腹は最高のスパイスと言いますしね、それではお夕飯までお勉強に勤しみましょうか」

「はい」

そんな訳でいつものように「オープン」と言葉に出してステータスを開示する。

名前／菊乃井　鳳蝶
種族／人間
年齢／5歳
LV／1
職業／貴族
スキル／調理A　裁縫A　栽培A　工芸A　剣術E　弓術E　馬術D　魔術E
特殊スキル／緑の手　青の手
備考／百華公主のお気に入り

すると、そこには昨日まで無かったスキルと備考が生えていた。

瞬（まばた）きを三回、ステータスを三度見して、唖然としてるロマノフ先生と目をあわす。

「……魔術、生えてますね」

「……はい、生えてますね」

「…………百華公主のお気に入りって」

「…………なんなんですかね？」

じーっと見つめられたので眼を逸らす。すると、むにっと両方のほっぺたを、大人の男の人の手が押し潰してきた。

「ちょ⁉　もちもちしないで⁉」

「ああ、いつもと同じもちもち具合だ！　夢じゃなかった！」

はふぅと大きな息を吐きながら、先生は私のほっぺたをもちもちするのを止めない。

凄く良い笑顔でほっぺたをもちもちされること、数十回。漸く解放された時には、ほっぺたが少し絞れてたような気がする。

「やー……思わぬものを見たお陰で取り乱してしまいました、申し訳ない」

「いえいえ、こちらこそ。先に取り乱して頂いたお陰で、驚きが逃げていきました」

「中々言いますねぇ」

ニヤリと悪戯好きなエルフ先生が笑う。けれど、すっとそれを納めると、至極真面目な顔をした。

「正直に言いますと、魔術の方は後一年もすれば芽が出るとは踏んでいたんです。貴方は集中力が歳の割に高いから。私が悪戯や冗談でちゃかしても、一時は集中が乱れても直ぐに取り戻せましたしね」

「はぁ、そうなんですか？」

「ええ、そうなんですよ。なので、予定が一年くらい早まっただけの予定調和なんですけど……

『百華公主のお気に入り』ですか……」

そう言ったきり、先生が少し考えるそぶりを見せて黙り込む。

沈黙が耳に痛くなった頃、先生が再び口を開いた。

「鳳蝶君、百華公主のお名前を聞いたことはありますよね？」

どうもあの姫君の御名は、この世界では一般教養だったらしい。

眼を逸らした私に、先生ががっくりと頭を垂れた。

「鳳蝶君は本当に知ってることと知らないことの差が激しくて。ロッテンマイヤーさんから、病を得て生死の境をさ迷うまで本当にどうしようもない貴族の坊やだったとは聞いていましたが、今の君からはそんな想像がつかなくて首を捻ってたんですよ。こんなところでその名残を見るなんて……」

「あー……えー……その節は誠に皆様には申し訳ないことをしていたと、重々反省いたしております」

「それ、そういう難しい言い回し。そんな大人でも舌を噛みそうな言い回しが出来るくせに、生活に密接に関わる神様の御名を知らないって、凄くアンバランスです」

言われてみれば確かに。

難しい言い回しは全て前の『俺』から引き継いだもの、翻ってこちらの知識は全て私自身のもの。

つまり、私は自身の生活に関わる神様の名前も解らないくらいアホの子だったのだ。衝撃の事実。

思わぬところで発覚した自分のアホの子ぶりにショックを受けていると、先生がノートを指した。

「解らないなら学べば良いだけです。では今から夕食までは座学として、この世におわす神々のことを講義します。必要なことはノートを取って、進んで質問してください」

「はい……！」

アホの子は罪ではない……こともないけども、それよりもアホの子で居続ける方が重罪だ。

この世の全てに神が宿るという教えを、前の世界ではアニミズムと呼んだ。

今の私、『菊乃井 鳳蝶』の住む世界の宗教観はアニミズムが下敷きになっているそうで、沢山の神がおわす多神教なのだそうな。

そのなかで代表格が太陽神にして朝と昼、生命と誕生を司る神『艶陽公主』、月の神にして夜と眠り、死と再生を司る神『氷輪公主』、山の神にして戦争と勝利、炎と武力を司る神『イシュト』、海の神にして魔術と学問、水と知恵の神『ロスマリウス』、空の神にして技術と医薬、風と商業を司る『イゴール』、そして大地の神にして、花と緑と癒しと豊穣を司る『百華公主』の六柱。

その他にも正義と調和、愛と美とかもおわすそうだ。

「いつだったかお話ししましたが、世界には四つの大陸があります。そこには麒凰帝国のような大国から、エルフの国やドワーフの国、獣人の少数部族が治める小国が乱立しています。それぞれ政治形態も違えば文化も違う。しかし宗教は崇める神が違うだけで、似たり寄ったりなのです」

「では宗教戦争なんかも起こらない？」

「無くはないですが、宗教戦争と言うより派閥争いに近いかと。それに同じ神を信じる宗派でも、やれ教典がどうの、神殿がどうのと、優劣を競っていますし。その辺りはどんな世界でも利権が絡めば必ず起こることじゃないかと」

「はあ……皆仲良くしたら良いのに」

「宗教には皆仲良くしましょうねって教えがどこにでもあるんですがね」

ちょっと先生の口調が皮肉っぽい。

そりゃ、「皆仲良く、平和が一番！」なんて説く人たちが、教壇で足を踏みあってたら説得力なんて欠片もないから当たり前か。

へらりと笑うと、先生がこほんと咳払いを一つ。

「あー……と、脱線しましたね。兎も角、麒凰帝国でも大概の方はこの六柱の神々を信仰していまして、特に農業や緑に関わる仕事を持つ方にとっては、百華公主は主神も同じなのです。そして、貴方はその『お気に入り』という……」

「あー……えー……あー……」

目が泳ぐ。

朝の散歩の時の話を話すにしても、さて前の『俺』の話をどうしたもんだろう？

余り嘘は言いたくない。言いたくないけれど、前の『俺』の話をするのが怖い。

気持ち悪いと言われたら、おかしいと言われたら、どうしよう？

散々迷って先生を見ると、はっとしたような顔をした。

「……話すなと、言われているんですね。神々の加護を得るには相応の理由がいります。秘密を守るために宣誓をさせられているのですね」

なんか知らんけど妙な方に行って助かった。

ほっとしつつも、黙ってるともっと妙な方に転がりそうなので、慎重に今朝あったことを話す。

勿論「話せないこともありますが」と前置きして、前世については掻い摘む。

「……と言うことで、明日も歌を歌いに行かないといけないんです」

「歌ですか。確かに百華公主は伝承によれば人間のする歌舞音曲を好むとありますが……」

青田買いか、と。

呟いた先生の翠の目が険しく見えたのは、私の気のせい……だよね？


煽（おだ）てられたくらいで木に登れる豚は、そもそも普通の豚ではない

「そ、それは本当ですか⁉」

ゆうに十五人は座れそうな食卓で、普段なら静かにマナー指導をしつつ、優雅に食事するロッテンマイヤーさんが、がたんっ！　と勢いよく椅子を倒して立ち上がった。

あら、びっくり。

きょとんと瞬きをしながらロッテンマイヤーさんを見ると、「失礼致しました」と椅子を起こして座り直す。

「……それで『魔術』が使えるようになったとは」

「はい、私もスキル確認しましたので、間違いありません。鳳蝶君に魔素神経が予定より早く定着したようです」

「なんということでしょう……！」

にこやかなロマノフ先生とは違って、ロッテンマイヤーさんは祈りを捧げるように手を組み合わせて、ふるふるとうち震えている。

と言うか、予定よりってことは、二人とも私に魔術が使える可能性があるって解ってたってことだよね？

恐るべし教育者の目。

あれか、特殊スキルには、万年ビリなギャルとやらを最高峰の学校に合格出来るよう鍛え上げる系のやつがあるのか？

ぼへーっとそんな事を考えていたら、こちらをほんの少し眉を柔らかくしたロッテンマイヤーさんと目が……眼鏡越しだからきちんとあっているか解らないけど、あった。

「若様。これは、お祝いを致しませんと……！」

「お祝い……ですか？」

魔術を使えるようになるってそんな重要なことなんだろうか。

しかしロッテンマイヤーさんがお祝いをしなければいけないと言うなら、そうなんだろう。

「では、ワインを屋敷のみなさんに一杯ずつ振る舞って差し上げてください」

本当なら屋敷のワインセラーから一本ずつ振る舞う方が良いんだろうけど、私はまだこどもだし、そんな権限はない。申し訳ないけど、ワインを一杯ずつで勘弁願おう。

スフレオムレツにナイフをいれると、感触がふわふわで、楽しくなって笑っていると、ロッテンマイヤーさんの表情はよく解らないけど、先生が素晴らしく奇妙な顔をして私を見ていた。手にはスフレオムレツを刺したフォークを握って。

「……スフレオムレツ、美味しくないですか？」

「いや、美味しいですけど、そうじゃなくて」

「？」

「若様、私がお祝いをと申し上げたのは、若様ご自身のことで御座います。振る舞い酒は確かに賜りましたが、若様ご自身は……」

「え、私？」

「そうですよ、鳳蝶君が魔術を使えるようになったお祝いです。君は何か欲しいものはないんですか？」

祝ってもらうほど、めでたいんだろうか？　だって別に、私自身の力で開眼した訳でなく、百華公主に魔素神経の経絡を押してもらえたから、それだって『私』ではなく『俺』の知識のお陰なのだし。

私はなぁんにもしてないじゃないか。

けれど私の中で『俺』が囁(ささや)く。

「貰えるものは貰っとけ」とか「この際だから趣味の道具を充実させるんだ！」とか、あまつさえ「旨いものが食いたくないのか」とか！

食べたいに決まっているし、趣味の道具は充実させたいに決まっているじゃないか！

なんて悪辣(あくらつ)な奴なんだ、『俺』！

もっと言い訳よこしやがれください！

「じ、じゃあ……」

その夜のこと、寝ようと思って窓を閉めに行くと、月光に照らされて虹色に光る羽の蝶々がひらひらと部屋へと入ってきて。

あんまり綺麗だから、ついつい手を伸ばすと、ふと短い指を避けて、ぴたりと頭に止まる。そして光に融けるように蝶が姿を消した。

『伝え忘れていたがのう。明日は今までとは違う歌を所望するぞ』

「ぅえ⁉」

直接頭に響く百華公主の声に驚いて辺りを見回すけど、部屋には私以外に誰もいない。

『なんじゃ、昼間逢うたのに妾の声をもう忘れたかや?』

「い、いえ! ちょっと驚いて……」

『ふん、姿は見えねど声がすることに驚いたのか。妾は神ぞ? いちいち姿を現して話なぞせぬわ。先の蝶は妾の先触れ、妾の声を人間に届ける道具よ』

「ははぁ……凄く綺麗でした……!」

『ふふん、神の手になるもの、当たり前じゃ。まあ、そんなことはよい。それよりも、明日からはまた別の歌を聴かせるがよいぞ』

「あ、はい。……どのような歌を?」

『ふむ、そうよの。神を賛美するような歌は異界にもあるのかえ?』

少し考える。

そう言えばあちらの十字架をシンボルにした神様のところは、そのお母上を讃える歌があったような。

「……御座います。でも、他所(よそ)の特定の神様を讃える歌で……その……」

『構わぬぞ、妾は別段気にせぬ。気にしていたら先(ま)ずこの世界の神同士で戦になっておるわ。そんなことより、惚れた腫(は)れたとか、もっと劇的な歌はあるのか？　あるならばそれも所望する！』

ふんす！　と鼻息荒く迫られて、一歩後ろに退く。

強い語気に、姫君の目が爛々(らんらん)と輝くのが浮かんで、ちょっと嬉しくなってきた。

歌舞音曲が好きなら、前の世界の菫の園の歌劇やミュージカルはきっと気に入られるだろう。見せて差し上げたいな。

『なんじゃ、その『菫の園の歌劇』や『みゅーじかる』とやらは』

「へ……？」

私、声に出していただろうか？

はっとして手で口を塞ぐと、姫君がころころ笑う。

『声に出さずとも心から声が駄々漏れじゃ。我ら神は声に出さずとも心の声を聞くことが出来る。でなくば、祈りの声を聞くことも叶わぬではないか』

なるほど。

納得していると、再び頭に声が響いた。

『今日はもう遅い、こどもは夢を見る時間じゃ。『みゅーじかる』やら『歌劇』のことは明日聞くゆえ、必ずくるのじゃぞ』

「はい、必ずお伺いいたします」

『うむ、ではの』

しゅるりと空気に融けた筈の虹色の蝶がもう一度現れては、窓から出ていく。

私はベッドの中に入ると、明日も楽しくなりそうな予感に胸を躍らせた。


快晴、実に庭いじり日和の朝だった。

季節は初夏、気の早い朝顔が一輪咲いたお陰で、菜園で一仕事終えてから、朝の散歩に勤しんでいた。

いつものように散歩に相応しいあの曲を歌いながら歩いていると、小鳥が寄ってきたり、庭にどこから迷い込んだのか狐や狸（たぬき）も顔を出したりする。

菊乃井領って実は結構な田舎で、帝都から十日くらい馬車を走らせて漸（ようや）くたどり着くらしい。

領民の主な産業は農業で、ほぼ地産地消。次いで多いのは冒険者だそうな。

産業が冒険者って言い方は少し変かもしれないけど、実際農業以外の生計は森でモンスターを倒すか、山にあるダンジョンでモンスターを倒すかしかないらしい。世知辛い。

でも、菊乃井領のダンジョンはレアメタル『ヒヒイロカネ』を産出するモンスターがごく稀に、そうでなくても生活必需品の魔石やモンスターの皮・肉・骨、他にも貴重な素材が取れるのだとか。

ものによれば一攫千金（いっかくせんきん）も夢じゃない。

だから菊乃井には冒険者を志すものが多いそうだ。

じゃあ、その冒険者で街が潤っているかと言うと、これまた違う。

菊乃井にはこれと言った面白味がないくせに税は他所の田舎より重いらしく、ダンジョンである程度稼いだら冒険者は他所の街へと移るのだそうで。

よって閑古鳥が鳴くほどではないけど、冒険者ギルドや宿場も儲かってるとは言い難い。なんてこった。

つらつらそんなことを考えているうちに、庭の最奥、姫君のご座所に到着する。

と、野ばらは消えていて、典雅な牡丹が一輪風に揺れて、その香りを漂わせていた。

「漸く来たか、妾を待たせるとは不敬な小童め」

「申し訳ございません」

「ふん、今年一番最初に咲いた朝顔を眺めに行っておったのじゃろ？　あれは朝顔の精霊が、妾に咲き初めの挨拶に来たのよ」

姫君は意気揚々というか、『俺』の言い回しで言うところのどや顔。

はぁだとか、ほぉだとか冴えない返事を返す私に、ぴしりと薄絹の団扇を突きつけた。

「さあ、歌え。まずは神を讃える歌じゃ」

「えぇっと……はい」

急かされる様にして歌いだしたのは、十字架をシンボルにしてる神様の使徒たちのもので、酒場の歌い手だった女性が悪いやつらに追われて、神様の使徒たる女性たちの住まう場所に逃げ込んで、一宿一飯の恩義か、そこの女性たちに歌い方を教える物語に登場する、『聖なる女王を讃える』歌だ。

本当は合唱曲だから一人で歌っても迫力がないけど、この曲の流れは素敵だと思う。

ふぅっと最後の一音を歌い終えると、ふっと姫君が口角を上げた。

「ふむ、中々。しかし、小童めの音程が甘いの」

「う、申し訳ありません……」

「まあ、正しき音楽の師もついておらぬようだし、その辺りは許すが……」

何だろう、何か不敬を働いただろうか？　ドキドキしていると、姫君が眼を細めて団扇を振る。

「魔素神経はしっかり定着しておるの。なればそれを意識して歌ってみよ。ある程度音程の補正が出来るぞ」

「は、はい！」

「ではもう一度、今の曲を歌ってみよ」

言われて歌ったら、今度は「魔素神経の認識が甘い！」と注意されて、歌い直すこと五度目のこと。

最後の一音を止めると、姫君の眦が吊り上がる。

余りの不出来に不興を買ってしまったのかと身を縮めていると、姫君が団扇を振った。

「そなたではないから安心せよ」

「は、は、はい……!?　って、え？」

この場には私と姫君しかいない筈。きょろきょろ辺りを見回していると、雲一つない快晴だったのが俄に暗雲が垂れ込めた。しかも、この奥まった庭の一画だけ。

何が起こってるんだろう？

不安に思っていると、姫君が私を手招く。

「来よ、小童。そなた、天界には興味があるかえ？　そなたが望むなら、連れていくのも吝(やぶさ)かではないが……」

　にたりと口の端を上げる姫君は、けれど全く目が笑っていなかった。

　どうしよう、怖い。

　でも「来い」と言われたのに行かないのは不敬なんじゃ……。

　何が何だか解らなくなって眼を回していると、庭の植え込みがガサガサと音を立てて動いた。

　そして木々の枝の間から見えたのは、尖ったお耳と金の髪の――――。

「ロマノフ先生!?」

　翠の眼にはいつもなら飄々(ひょうひょう)とした雰囲気が宿るのに、今は何か追い詰められているかのように険しい。

　何かあったんだろうか？　って言うか、ロマノフ先生はいつから植え込みにいたんだろう？　疑問符が浮かんでは消える。

　そんな私を他所に、ロマノフ先生は片膝を地面について、姫君に頭を垂れた。

　美形がカッコいいことをすると様になりすぎていて、怖い。

「ご無礼の段、平にご容赦を。私(わたくし)はそちらの小さき方の家庭教師を務める者に御座います」

「……ほう？」

　ぴくりと姫君の片眉が跳ねた。そして私の方に顔を向けると、視線だけで真実を問う。

　思い切り首を縦に振ると、姫君が「ふぅん」と上げた眉を戻した。

「その家庭教師ごときが何しにきやった？」

「先ほど、我が小さき方を、姫君様が天上にお召しになろうとなさいましたゆえ、一大事と思い不敬ながら御前にまかりこしました」

「その前からこそこそと隠れておったであろうに。妾を謀る気かえ？」

「誓ってそのようなことはございません。昨夜、我が小さき方から、貴方様から恩寵を頂いたことをお聞きしました。ただその時に、我が小さき方は少し不安そうなお顔をなさったのです。私にはそれが気掛かりで……」

「ふぅん、不安そうな顔のう」

ひらりひらりと団扇が閃いて、凄く良い香りが辺りに漂う。

姫君の視線がざくりと刺さるけど、私は目線を逸らすことしか出来なくて。

だって、前世の記憶の歌とか言えないいんだもん！

そう開き直れたらどんなに良いだろう。だけど私には出来ない。先生に奇妙な物を見るような眼で見られたら、きっと立ち直れない。

ブラウスの裾を摘まんでいじいじとしていたら、ふさりと団扇が閃いた。

「なるほどのう。それは要らぬ気遣いをさせたな、小童」

「ふぇ……？」

「こやつが不安そうにしたのは、妾がこやつに歌わせていた曲のせいよ」

「歌わせていた曲、ですか？」

「そう。妾はこやつに異世界の歌を歌わせていたのじゃ」

「異世界、ですか？」

そう言ったロマノフ先生の顔に衝撃が走る。

神様がいるのは兎も角、異世界はそりゃあ驚くよねー……。

成り行きを見守っていると、ビシッと団扇が突き付けられる。

「妾は歌舞音曲を好む。それゆえ異世界の神ともそれが縁で交流があるのじゃ。だから教わった歌をこやつに教えて歌わせておったのよ。こやつ、姿かたちは無しよりの無しじゃが、声は良い。音楽の師にも正式に弟子入りしておらぬにこれほど歌えるなら、妾が仕込めばどれほどになるかと思ってのう」

「左様でございますか……」

「しかしの、こやつ不敬にも最初は妾を知らぬとぬかしおった」

くふりと悪戯に笑った姫君とは対照的に、ロマノフ先生が青ざめる。

いや、本当にアホの子でごめんなさい。

「それは……我々大人の不徳と致すところで、我が小さき方にはなんの罪科なきこと！」

「小童は、自分が愚かにも周りの大人の教えに耳を傾けなんだせいじゃと申しておったわ。それはまあ良い。つまり、それだけ気の回る子どもゆえ、先んじて『異世界の歌』など歌ったと妾の許しもなく言えぬと思うたのじゃろ」

「……確かに我が小さき方はその様なお方ではありますが……なるほど、そんな事情が……」

視線を姫君とロマノフ先生の間でさ迷わせているうちに、何だか話が私の都合の良いように転がっていく。ラッキー！　……とか、喜ぶ気にならないのは、私が先生を騙しているからだし、姫君に嘘の片棒を担いでいるからだろう。罪悪感で死にそうだ。

　そんな私をちらりと見た姫君が、ぱしりと団扇で私の額を叩く。

「小童が余計な気を回すでないわ。妾は気にせぬに、勝手にあれこれ考えおって」

「も、申し訳ありません」

「詫びずとも良い。妾はそれなりに楽しんでおる。それはそれとして、妾はそこなエルフに不敬の詫びを所望するぞ」

　ツンと上がった細い顎に、有無を言わせぬ威厳を感じる。

　それはロマノフ先生も感じているようで、静かにその場に額突いた。

　私はと言えばアワアワと二人の間で目線を行ったり来たりさせるだけで。

　すると姫君が私にウィンクを投げた。

「エルフよ、こやつに妾が教えた異世界の歌を、そなたが教えたことにするのじゃ」

「は……それは、何故に？」

「妾が教えたとなれば大騒ぎになるし、そなたらエルフならば神代の曲を継いでいても不思議ではあるまい。歌の修行をするならば、人目を忍ぶのも限度がある。エルフがついているなら人間が聴いたことのない曲を歌っていても訝しくは思われまいよ」

「つまり……我が小さき方に、歌の才を磨かせよ、との思し召しでございますか？」

「うむ」

「承知いたしました」

重々しくロマノフ先生が頷くと、立ち込めていた暗雲が晴れる。

キラキラと初夏の日差しが庭に戻ると同時に、百華公主の姿はもうそこにはなかった。

ありがとうございます！

心の中で姫君にお礼を叫ぶと、きゅっと手を握られて身体がびくりと跳ねる。

ロマノフ先生が、私の手を握って眼を細めていた。

「……屋敷に戻りましょうか」

「はい」

暖かな大きな手の感触は、私には余り覚えのないもので、包み込まれる感覚がくすぐったい。

もしも父と手を繋ぐことがあったら、こんな感じなんだろうか？

そう思うと口許（くちもと）がふにゃふにゃになるのを止められなくて。

ロマノフ先生と手を繋いだまま屋敷に入ると、ロッテンマイヤーさんが血相を変えてやってきた。

手には紙切れが二枚握られている。

「大変です、旦那様と奥様がお戻りになります！」

わお⁉　タイムリー‼

異世界における某四〇元ポケットの作り方

父と母は五日後に屋敷に着くそうだ。ロッテンマイヤーさんが持っていたのは、先触れの手紙だったらしい。

私は五歳の誕生日前後は寝込んでいたし、それ以前の記憶は曖昧で、一年くらいどちらの顔も見ていない。

一人とも、どんな顔だったっけ？

どんなに記憶の底を浚ってても両親の顔が出てこない。どんな声だったのかすらも。

えー……私、ちょっとアホの子すぎるだろ。

自分のアホの子加減に驚いていると、ロッテンマイヤーさんがなにやらロマノフ先生に耳打ちする。

少しだけ「旦那様」やら「奥様」やら言う言葉が聞こえたから耳を澄ませていると、ロマノフ先生の顔色が変わった。

「それは……!?　待って下さい、菊乃井伯爵は婿養子で……」

「ロマノフ先生！　お声が高う御座います！」

「あ……」

ちらりと私の方をロマノフ先生が見る。つられてロッテンマイヤーさんこちらにちらりと視線を

向けるけれど、直ぐに目線をロマノフ先生に戻した。えー、ちょっと、気になることしないでぇ⁉

いや、それより、今、婿養子とか言わなかった？

「父は……他家から婿養子に来た人で、そもそも母が伯爵令嬢だったんですか……⁉」

全然知らんかった！

いや、親の顔が思い出せないアホの子だし、言われても解んなかったかもだけど。

ビックリしていたら、ロマノフ先生が肩を竦めた。

「矢張り鳳蝶君に話した方が良いと思います」

「ですが、若様はまだ五歳ですよ⁉　こんなことをお教えしても……」

「普通の五歳児であれば私も黙っていて、時が解決するのを待つのが上策だと思います。しかし、鳳蝶君はこちらが思うより、遥かに聡明なお子です。いずれ口さがない者たちの口から、尾ヒレがついた話を聞かされるよりは……」

「ですが……」

珍しく、ロッテンマイヤーさんが眉を八の字にして私を見ると、大きくて長いため息を吐く。それから右手で眼鏡の弦を押し上げると、少し逡巡してから口を開いた。

「少しだけお時間を下さいませ」

「ロッテンマイヤーさん……」

「お話するにしても、私もどうやってお話したものか……」

いつもの様に優雅にスカートの裾をつまみ、「失礼いたします」とお辞儀してから、一寸の隙もなく回れ右で屋敷の廊下を去っていく。

　残されたのは私とロマノフ先生の二人。

「今日はこれからどうなさるんです？」

「今日、ですか？　今日はエリーゼと着なくなった服を利用して、腰に着ける鞄を作ろうかと」

　ベルト通しを布の鞄に着けて、ベルトで腰に固定するタイプの鞄で、前の世ではウエストポーチとか呼んでたやつの再現だ。

　あれがあると、両手は空くし、荷物がぶらぶら揺れることもないし、直ぐに必要物品を取り出せる。園芸や日用大工の道具を入れておいて、使う時に腰から下げようと思って。

　百聞は一見にしかず。

　見てもらえば解るだろう。

　そう思ってロマノフ先生の手を引いて部屋に行くと、作りかけのウエストポーチの試作品を出してみた。

　リネンの大きな、蓋付きの長四角の袋に、ポケットを二つ。二つともボタンで開閉出来るようになっている。

「ほう……中々使いやすそうですね」

「菜園に使う鋏（はさみ）や手袋、万が一の時の消毒液や包帯を入れて持ち歩こうと思って」

「ああ、なるほど」

　ふむふむとウエストポーチ（仮）を眺めると、ロマノフ先生がにっこり笑う。

「少しお勉強をしましょうか？」

「お勉強？」

はっとしてノートを取りに行こうとすると、ゆるゆると首を横に振られる。

「はい。魔術の話です」

「そこまで本格的なお勉強じゃありませんし、魔術を習ううちに頭に自然と入ることですから」

「わ、解りました」

私、生活に密接に関わる神様の名前も聞き流してたら覚えてないようなアホの子ですが、大丈夫でしょうか？

そんな私の自分不信を他所に、ロマノフ先生の講義が始まった。

「この世界には魔術の体系がいくつかあります。まず、怪我を治したり、受けた毒や麻痺を回復したりする治癒魔術。他者を攻撃する攻撃魔術。自分及び他者の能力に干渉する補助魔術、空間に干渉する空間魔術、それから秘蹟、聖霊術。この五つが代表格です」

「代表格っていうと、他にもあるってことですか？」

「はい。太古に喪われたものや、使う人が少なくて廃れそうなものとか、ですね」

ロマノフ先生の話によれば、そもそも魔術は魔素を体内に取り込んで、魔力に変換して体内に作用させたり、体外で作用させたりして使う。魔素の取り込み量が多ければ、それだけ魔力への変換量も多くなる。魔力への変換量が多いと、その分だけ威力も精度も作用する人数も多くなるのだ。

治癒や攻撃・補助は、魔素から変換した魔力を、世界にあまねく四大元素の精霊に譲渡することで、その属性の持つ様々な効果を引き起こしてもらうそうな。

「あれ、じゃあ空間魔術は空間の精霊に魔力を譲渡するんです?」

「そこ、なんですけどね。空間魔術は一つの精霊に働きかけるのでなく、四大元素全ての精霊に手伝ってもらわなければ出来ません。何故なら空間と言うのは、今私たちが存在する世界そのものでもあるからです」

「ははぁ……」

「この世界は神様が四大元素と光・闇を併せてお造りになったもの。それに少しの干渉を四大元素の精霊全てに手伝ってもらって行うのが空間魔術です。しかし四大元素全てに力を借りると言うのは、言葉で言うほど容易くはありません。使う魔力量も尋常ではありませんし」

「つまり、使える人はとても少ない……?」

「正解です。ですが、使えると非常に便利です。一度使えば固定してその状態に出来るものもありますし、何度も使えるものもあります」

例えばと、腰に着けたままのウエストポーチ(仮)に触れると、ロマノフ先生がなにやらぶつぶつと呟く。上手く聞き取れないのは、普段私とロマノフ先生が話している麒凰帝国公用語でなさそうだからか。ポーチに触れているロマノフ先生の指先が微かに光って、それがポーチ全体に行き渡る。その間瞬きするほどの時間だったけれど、それでもうっすらと先生の額は汗に濡れていた。

持っていたまだ使っていないハンカチで、先生の汗を拭おうと近づく。しかし残念、背が足りなかった。それでも差し出したハンカチの意図は伝わったようで、先生はそれで汗を拭うと、四角いそれの角に施してある蝶々の刺繍に顔を綻（ほころ）ばせて。

「見事なものですね、これとポーチを交換しましょう」

「ふぇ？」

いや、ポーチもハンカチも私のなんだけど？

顔に疑問符を張り付けた私に、ロマノフ先生がウエストポーチ（仮）を外してよこす。

「今、そのポーチに空間魔術をかけました」

「え!?　空間魔術って!?」

「何を隠そう、私はレアな空間魔術の使い手なのです。そして鳳蝶君のポーチに、今、『アイテムボックス』の魔術をかけました。半永久的に使用可能なやつですよ」

「はーい、質問！　『アイテムボックス』ってなんですか？」

「『アイテムボックス』とはですね……」

早い話が、前世の水色の狸じゃなくて猫型絡繰り人形の持つ、なんでもどれだけでも収納可能な異空間に繋がったポケットのようなもの、らしい。

ただし、あちらとは違って許容量は私の部屋の箪笥（たんす）くらいが限度。それでもそこに入れている限り、時間が止まったようになるらしく、食べ物を入れても腐らないどころか、出来立てほやほやで入れたら、出した時も出来立てほやほやなんだとか。

「うぇ!?　そ、な！　そんな、凄いの！　貰えないです！」

「いいえ、私にとっては等価交換ですよ」

「だ、だっ、だって！　それ、私が刺繍しただけで⁉」

「鳳蝶君、私は君にあえて教えませんでしたが、『緑の手』や『青の手』を持つひとの手による植物や作品を、精霊はとても好むのです」

「へ……そうなんですか」

「はい。でね、そういうものを一つでも身に付けていると、精霊が勝手に魔術の補強をしてくれるのです。私のマントには鳳蝶君に刺繍してもらったエルフ紋様のコンドルが十羽。割合で言うと、私が何も無しで魔力を使う時の、軽く五割増しくらいの補助が見込めるのです」

「ふぁー⁉　ご、五割増し⁉」

「それも軽く見積もって、ですからね？　そしてこのハンカチで更に補強が見込めるんです。立派な等価交換ですよ」

ええぇ⁉　マジか⁉

私が興味本位でちくちくしてたナスカの地上絵に、そんな効果があったとは。

その驚きに、正直父が養子だった件は、すっかり頭から抜け落ちてしまっていた。


父と母が帰ってくる日が明日に迫った朝。

私は日課の散歩に出ていた。

ロッテンマイヤーさんからはお話もなく、普段通りに私の時間は過ぎていく。

そりゃそうだ。

両親が帰ってくるので忙しくなるのは屋敷にお勤めの皆さんであって、私ではない。

部屋やら寝具に食事の準備、更には両親の護衛として付いてくる人たちのお宿に食事。一切の準備がロッテンマイヤーさんたちにかかってくるのだから。

大人で何だかんだ変わりがないのはロマノフ先生くらいで、相変わらず飄々とロッテンマイヤーさんのお手伝いを買ってでたりしてくれていた。

私は今日も今日とて百華公主とお歌の練習。

ここ二、三日で増えた、狸や狐、兎や小鳥のギャラリーに囲まれて、本日のお歌はクラシックから。

「えーっと、今日は惚れた腫れたのが良いとのことですので、『ハバネラ』を歌います」

「ふむ、よし。聞いてやるゆえ、はよ」

すぅっと深く息を吸い込んで、腹筋に力をいれる。いつも言われているように魔素神経を意識しながら。

『ハバネラ』とはビゼー作のオペラ『カルメン』でヒロインがドン・ホセを誘うために歌うラブソングで、本来は成熟した女性の歌う歌だった筈。

私のまだ未成熟な男女どちらともつかない声で歌えば、色気もへったくれもないのだが、惚れた腫れたで『俺』が好んでいた曲がこれだった。

好きだから異国の言語であっても、生まれ変わっても、心にこびりついて離れないほどに覚えていたらしい。

ふっと息を切って歌い終えると、腕を胸に当ててお辞儀する。

と、公主がずいっと近づいてきた。

「『オペラ』とはなんじゃ？」

「『オペラ』ですか？」

「うむ。それにこの間、そなたの家庭教師とやらのお陰で聞きそびれた『菫の園の歌劇』だの『みゅーじかる』だのと、一体どう言うものなのじゃ？　説明致せ！」

「あ、は、はい！」

と言っても私も厳密には解らないんだけど。

とりあえず、『俺』の記憶をほじくりおこす。

「『オペラ』と言うのはお芝居に、華やかな楽団の音楽と歌手の歌や躍りを取り入れたもので、『ミュージカル』と言うのは、それをもうちょっと庶民的にしたような？」

「ふむ、芝居に歌と躍りがついてくる……とな」

「それで『菫の園の歌劇』と言うのは、『歌劇』はミュージカルのことなんですが、『菫の園』と言うのが演者が女性だけの劇団のことをさしていまして。男性の役も勿論女性が演じる、華やかで独特で美しい劇団なんです」

彼処（あそこ）に関しては言葉が追い付かないんだよねー。

私も記憶の中にしかないから、上手く伝えられないんだけど、華やかで美しく、それでいて艶やかなダンディズム漂う男役さんたちと、しなやかで気品漂う優雅で清楚、それでいて芯の強さを感じる娘役さんたちの織り成す舞台は、姿かたちの麗しさだけでなく、美声で高らかに歌い上げる素晴らしい曲や、緻密で精巧な衣装や舞台装置・小物類までもが芸術的なのだ。

うーむ、私の頭の中にある記憶をお見せしたいね！

「なるほど、では見せてもらおうかの」

「はへ？」

言うやいなや、私の顔の真正面に姫君がいきなり屈んで。しかも、おでこをコツンと合わせたりなんかしてくるから！

牡丹色のけぶるような髪が更々と揺れ、小さな唇は艶やかな桃色。頬は薔薇のように紅く、睫毛(まつげ)は瞬きする度に音がしそうなくらい長い。

姫君が動く度にさやかな衣擦れとともに、香り高い花の匂いがふわふわと私を包んで、それはもう心地良い。

あーああーあー！　困ります、姫君様ー！　お顔が近すぎておめめがチカチカしますー！　あーああーあー！　姫君様困りますー!!

あまりの姫君様の美しさに眼を回していると、パシリと団扇で頭を叩かれた。

「やかましい！　そなたの記憶を今覗いておるのじゃ、集中せい！」

「ひゃい！」

と言う訳なので、姫君のお顔を見ないように眼を瞑ると、一生懸命前の記憶を掘り出す。

キラキラ煌めく華やかな舞台で演じられるのは、男装の麗人の愛と青春と祖国の革命と。

見守る幼なじみの男が彼女に抱く恋心の切なさや、彼女が仕える幼い王妃の道ならぬ恋と哀しみ。

そのどれもが美しい歌声と台詞で彩られ、感動の嵐を巻き起こす。

「なんと……異世界にはこのような煌びやかな世界があるのか……!?」

「ふぁい！　わらしも、よく、しりましぇんが！」

つか、姫君のお顔も同じくらい煌びやかで、白豚はおめめが痛いです。

ふらふらと眼を回して姫君から離れると、とさりと尻餅をつく。お尻の痛さで正気に戻ると、ころころと姫君が笑った。

「そなたは存外良い拾い物であるなぁ。これから時折、そなたの記憶を見せよ。これは褒美じゃ」

受けとれと放り投げられたのは、私の顔くらいの大きさの桃で、それだけでお腹が一杯になりそうなほど甘い香りを漂わせていた。

「ありがとうございます、凄く美味しそう……！」

「うむ、味は妾が保証してやろう」

そう仰ると、姫君は満足そうに姿を薄れさせて、風にふわりと溶けてしまわれた。

今日はもう満足したということだろう。

ロマノフ先生に魔改造してもらったウェストポーチに貰った桃を入れると、私も屋敷に向かって歩きだす。

ギャラリーの動物たちも、のそのそと植え込みに姿を消していく。彼らは本当に歌を聞きに来ているみたいで、庭を荒らして帰ったりしない。

屋敷までの道のりを走ったり歩いたりはもう、誰の目にも当たり前の光景になったのか、屋敷で働く人たちは見かけると挨拶はするけれど、驚いたりすることはなくなっていた。

白塗りの重たい扉を開ける。

屋敷は二階建てで玄関を開けると直ぐにホールと二階へ続く階段があった。私の部屋は二階だから、階段を上がろうとすると、呼び止められた。

「若様、お話がございます」

苦り切った顔のロマノフ先生と、やっぱり眉を八の字に下げたロッテンマイヤーさんだった。

菊乃井さんちの家庭の事情

昔、男ありけり。

いや、ぶっちゃけ、そんな昔でもなく、遡(さかのぼ)ること六、七年前。

とある貴族の邸宅でのパーティーで、とある男と女が出会った。

男は確かに貴族ではあるが貧乏貴族の次男坊で、明日の食事にも事欠くような有様で、女は帝国でも裕福な家柄の出。

本来なら男はパーティーになど出る立場ではなかったが、偶々パーティーを開いた貴族が直属の上司で目をかけられていたがために、出席せざるをえなかったのだ。

そんな男に一目で心奪われた裕福な家柄の女は、あの手この手で男に迫るが、男は一向に靡(なび)かない。

それもその筈、男には将来を誓いあった相手がいたのだ。

女は激怒した。

伯爵家に生まれついた女は、それまで思い通りにならぬものも、男から拒まれることもなく、全てを恣（ほしいまま）にしてきたのに。

なのに男はそんな女に見向きもせず、ただただ誓いあった相手を慈しんでいた。

女にはそれは到底許せるものでなく。

男の両親と兄に金をちらつかせると、三人は喜んで男を女に差し出そうとした。

しかしそれならばと男は家を捨て、誓いあった相手の家に身を寄せた。

意のままにならぬ男に可愛さ余って憎さ百倍。女はとうとう、男の大切な相手の家に圧力をかけたのだ。

男の大切な相手の家も、貴族とは名ばかりの家。伯爵家を敵に回して、帝国で生きていける筈もない。

結果、男は大切な相手を守るため、女の家に婿養子に。

男は女を憎んでいたが、翌年男児を儲（もう）ける。

帝国の法律では、嫡男（ちゃくなん）を儲けた貴族は決して離婚が出来ないようになっていた。

女は全て自分の良いようになったと思っていた。しかし、嗤（わら）ったのは男も同じで。

離縁出来ないことを逆手に、男は妻となった女を顧（かえり）みず、裏切る形になった相手を側室に迎え、別邸へと去っていったのだった。

「…………この話の男が父で、女が母なんですね？」

「左様に御座います」

「つまり、私は二人が離縁出来ない原因の嫡男……」

おうふ、詰んだ。

ロッテンマイヤーさんとロマノフ先生を正面に、応接室で面談なう。

ついつい調子が軽くなるのは、現実から逃げたい一心で、本当にふざけているわけじゃない。

頭が痛い。それが本音だった。

けれど精神衛生に良くないことはこれだけじゃないらしい。

「手紙には、先頃別邸のお方が流行病でお亡くなりに、遺された三歳のお子を此方に伴うので養育の準備をするように……と」

「はぁ⁉　お子って、え？　妹だか弟だかがいるんですか⁉」

「……弟様だそうです。お世話係のメイドも一人、こちらに移す予定だそうで」

「うぇえ⁉　なんでまた⁉　ここ、ド田舎ですけど、伯爵家の本邸ですよ⁉」

「その……それは……」

これはあれか、私に廃嫡（はいちゃく）の可能性が出てきたってことなんだろうか。

ヤバい、手に職つけてて良かった！

でも五歳だ、放り出されて行くとこなんてあるんだろうか？

じっとテーブルを見ていると、ロマノフ先生が逡巡しつつ口を開いた。

「大丈夫です、鳳蝶君が思ってるようなことにはなりませんよ。婿養子が妾に産ませた子供に、養子に入った家の跡を継がせることは国法で禁じられていますし、何より乗っ取りと見なされて社交界から総スカンを食いますから」

ある意味、見栄と誇りを糧に生きているような貴族が、そんな社交界から弾き出されるような真似をするのは、自死に等しいらしい。

じゃあ、その芽がないとなると、何故だ？

母親を無くした年端もいかない子供を、住み慣れた思い出の沢山ある屋敷から引き離すとか、正直正気を疑う。

しかも、憎い女の本拠地だ。

『虐待で死んだらどうする！』と、私の中で『俺』が叫ぶ。

「恐らく、狙いは私ですね」

「は？」

少しばかり思考が『俺』に乗っ取られかけていたのを、ロマノフ先生の思いがけない言葉が現実に引き戻す。

顔を上げてロマノフ先生を見ると、そこには苦い笑みが浮かんでいた。

隣のロッテンマイヤーさんも同じような表情で。

「いやー、鳳蝶君は知らないことでしょうけど、私、こう見えて結構有名人なんですよね。個人としても教育者としても」

「えー……そうなんですか？」

「そうなんですよ。鳳蝶君は本当に知ってることと知らないことの落差が激しくて。私、鳳蝶君に会うまでエルフで冒険者の『アレクセイ・ロマノフ』を知らない子供がいるとか、思ってもみませんでした。慢心はいけませんね」

「あー……なんか……ゴメンナサイ」

ぺこりと下げた頭の旋毛（つむじ）をぐりぐりと指で押される。頭を上げると、ロマノフ先生の優しい微笑みがあった。

「最初は君の家庭教師も断ろうと思ったんです。ロッテンマイヤーさんから事情は聞いていましたが、余り興味をそそられなかったものですから。でも実物の君は不思議な子で……、今は君以外の先生になるのはちょっと考えつかないんですが」

「旦那様のお手紙には、そのお子様――レグルス様と仰るのですが――の、家庭教師にロマノフ先生をお望みだそうです」

先生の気持ちは嬉しいし、ありがたい。でも伯爵家の婿養子とは言え当主の望みを、雇われている側の人が退けられる筈がない。

あのひとは、私が死にかけても枕元にすら来てくれないのに、弟の教育のためには憎んでいる妻の屋敷に来るのか……。

死の床で私は「今日こそは」「明日こそは」って何日も待っていたけど、ついにあの人たちは来なかった。来ないまま、今ではあの人たちの顔も思い出せない。

私は弟と一緒に机を並べて勉強しているのを想像してみる。気不味い。絶対に気不味い。しかし、私は知らなかったとは言え『お兄ちゃん』なのだ。

『お兄ちゃん』は『弟』の面倒を見るものだと、『俺』が心の隅っこで訴える。

しかし言うか、『弟』の話が出てからこちら、私には今起こっていることが、どうにも他人事のように思えてならない。

いや、違う。『俺』の感覚に侵食されている気がするのだ。

これは何か、良くないような。

くらくらと目が回るような感じがする。少しでも遠ざかる感覚を引き戻すべく、もう一つ気になることをロッテンマイヤーさんに尋ねた。

「あの……父が私を嫌うのは何となく解りました。じゃあ、母は？　母は私をどう思ってるんですか？」

「奥様は……矢張り、旦那様と似たり寄ったりで……」

「離縁出来ない原因だから、ですか？」

「それもありますが……、妊娠中にその時のメイド長がお止めしたのですが、旅行に行こうとなさって。それが元で早産の危機に陥られ、一時は母子ともにお命が危うく……」

「……死にかけたのは私のせいだと思っている、と」

「…………左様に御座います」

ああ、やっぱりどう考えても詰んでる。

衝撃の事実から一夜開けて、両親の帰宅当日になった。

私は矢張り感覚がおかしくて、どうもふわふわしている。

日課の散歩に出掛けても、何だか浮わついて身が入らない。

そんな状態で姫君のところへ行っても中々歌えず、訝しんだ姫君に事情を全て吐かされた。

「なんと言うか……芝居になりそうな話よのう」

「そう、なんですが、イマイチ実感が湧かなくて。私、一応当事者なのに」

いじいじとブラウスの裾の、自分で刺繍した花に触れて弄ぶ。

私はそもそも両親に好かれていない。それはロッテンマイヤーさんたちに教えてもらった。

なのに私の中で『俺』が、『家族なんだし』とか『一年くらい顔をみてないんだから』とか、何だか期待を抱いていて。

期待しちゃダメだと思う反面、もしかしたら……なんて思ってもいるのだ。

もしかしたら、理由があって来られなかっただけで、漸く今会いに来てくれたのだ……とか。

ふうっと大きなため息が出る。それに姫君の眉間に皺が寄った。

「もうよい、今日は下がれ」

「え……でも……」

「そんな調子では魔素神経を意識して歌うなど無理であろうよ。そんな時に歌を歌ったとて喉を痛めるだけじゃ。今日は早々に帰って喉を休めよ」

そう言うと、姫君のお姿が花のなかに消えた。

私はため息を吐きながら、重い足を引き摺って屋敷に戻る。

途中でいくつも気遣わしげな視線を感じたけれど、それに挨拶する余裕もない。

勝手口で履き物に着いた土埃を落とす。するとざわざわと屋敷の表口が騒がしいことに気がついた。

どうやら母が着いたらしい。

ざわめきが人伝に伝播するのを逆に辿ると、玄関の広間でロッテンマイヤーさんが恭しくお辞儀をして人を迎えていた。

黒髪に紫の瞳、透けるような白い肌の、私にそっくりの——ふくよかすぎるほどふくよかな女性が、燕尾服を過不足なく着こなした男にエスコートされて。

その何かしら淀んだものを抱える目が、私をとらえた途端嫌悪と憎悪を孕ませ、細く整えられた眉が跳ね上がり、指輪が盛り上がるほど脂に包まれた指が私を指差した。

「ロッテンマイヤー！　ソレを何処かにやって！　不愉快よ！」

「奥様……!?」

金切声が玄関ホールに響く。耳が痛いほどのそれは、ざくりと私の胸に突き刺さる。

私が呆気にとられていると、母の手を引く男がロッテンマイヤーさんに蔑むような目で告げた。

「早く何処かにやってください」

「……無礼なことを！　若様は菊乃井のご嫡男であらせられます、従僕ごときがなんと言う口の聞き方をするのです！」

「これは失礼しました。しかし、奥様はご不快に思われておられます。主の意に沿うのが従僕の役目ですゆえ」

しっしっと犬でも追い払うような手つきをする男の腕に、母は己の腕を巻き付ける。その視線には媚びるような、それでいて何かドロリとした熱量があって、思わず眼を逸らすと、ロッテンマイヤーさんが私と母たちの間にすっと身体を割り込ませた。

「お部屋の用意はお申し付け通り出来ております、そちらでお休みくださいませ」

「わかったわ、連れていってセバスチャン」

「御意」

気持ちが悪いと思うのは、いけないことなんだろうか。

母にも母の人生がある。父を見限って他の男性を好きになったって致し方ない。

でも、私の母だ。

他所の男にすり寄る姿なんて見たくなかった。

きゅっと唇を噛んでいると、少しだけ目の奥の熱さが和らいだ。

今日から暫くは、皆忙しい。

手を煩わせないように自室に引き取ろう。

そう思っていると、ふわりと肩に大きな手が。

「お勉強、しましょうか?」

「はい、先生」

ロマノフ先生に伴われて自室に戻るために、二階の階段を上がっていると、再び玄関先が騒がしくなった。

　ぎっと重い扉を開けて入ってきたのは、褐色の肌に金色の髪、青い瞳が冴え渡る、カイゼル髭(ひげ)も雄々しい長身の男性で、腕には同じく金髪、褐色の肌の幼児がいて。

　その後ろから亜麻(あま)色の髪が肩まで伸びたメイド服の女の子もいた。

　私と父は、少しも似ていない。

　私はあの人の憎む女性にばかり似ていて、あの人が遠ざけたがるのもよく解る。

　穏やかな、慈しみ深い目で幼児を見て何事かを話しかけていたのが、ふっと二階にいる私を見た途端温度を無くした。

　けれど少し眉を顰(しか)めただけで、直ぐに視線を隣のロマノフ先生に移す。

「貴殿が、高名な『アレクセイ・ロマノフ』卿か……」

「左様です、閣下。高い所から失礼いたします」

「謝罪には及ばぬ。早速だが、我が子・レグルスについて……」

　再び慈しむ眼を腕の幼児——レグルスくんに向ける。しかし、先生が父の言葉を遮って、私の手を握って歩きだす。

「申し訳ありませんが、これから鳳蝶君の授業がありますので」

　その背中に大きなため息が降った。振り返れば、忌々しげに私を見る目にぶつかる。

「ロマノフ卿。貴殿の尽力は有り難いが、私はソレにはなんの期待も抱いていない。私が期待するのはレグルスだけだ。どうせ箸(はし)にも棒にも掛からぬような子供にかまけるなど、時間の無駄と言うもの。私はレグルスの話がしたい」

つくづく、どうでも良さそうな声音だった。

私は、父にとって心底どうでも良い子供で、翻ってあの腕の中の子は……。

レグルスくんは有名らしいロマノフ先生の教え子に相応しいのだと、親の口から言えるような、そんな子で。

先生の手を握っていた手から力を抜く。

「先生、私、自習してますから、先にお話なさってください……」

いたたまれない。

呼び止めるロマノフ先生の声に気付かない振りをして、私はその場を逃げ出した。


息が上がる、目の奥が熱くて堪らない。

ドタバタと優雅さに欠ける足音に、自分の身体の重さと醜さを改めて思い知らされる。

白豚は、やっぱり白豚なのだ。

前世の記憶が生えようが、魔術がスキルに生えようが、豚は豚でしかない。

私が死にかけようが、生きていようが両親には疎ましい以外なにもなかった。

廊下の角を曲がると、終点にあるのが私の部屋。早く逃げ込みたくて一心不乱に走っていたら、どんっと決して軽くはない衝撃が。

ころんと廊下に転がった私に聞こえたのは、女性の悲鳴で、はっとして起き上がるとロッテンマイヤーさんが私と同じく廊下に尻餅をついていた。

「若様……？」

ロッテンマイヤーさんの姿が、ぼんやりと滲んで、それから目の奥の熱さが、だんだんと頬に移っていく。

ぐぅっと喉から獣の唸り声のようなものが出ると同時に、ぼろりと涙が零れた。

父の私を見る目は忌ま忌ましい不実の証を見る目だし、母は嫌悪感を露に憎々しげな目を私に向ける。憎悪と敵意。つまり私は明確に彼らの敵だったのだ。

両親の顔も声も、覚えていなかったのは、私がアホの子だからじゃなくて、そもそも両親の顔をまともに見たこともなければ、声を聴いたこともなかったから。

私の周りの大人たちは、私が両親から愛されないどころか憎まれてさえいることを知っていて、それとなく私を二人から遠ざけていてくれたのだろう。

今回だって、事前に傷つかないように、決して好かれていない、ない希望を持ってはいけないと、事情をロッテンマイヤーさんは話してくれたのに。

それなのに私ときたら……。

魔術が使えるようになった、少しだけ前の私より出来ることが増えた。だからちょっとだけでも、好きになってもらえるんじゃないかとか。

無駄だってちゃんと忠告してもらってたのに、やっぱり駄目だったことに勝手に傷ついて泣くだなんて、なんて浅ましいのか。

自分が恥ずかしい。

ぐっと次から次に目から落ちる水を拭う。

忠告を不意にしたことを、謝らなければ。

「ご、ごめんなざい……ちゃんと……ぅぐ、じじょ、ひぐ……おじえで……れだ……に……ぐす……」

「若様……！」

泣き止め、泣き止め！

ごしごしと拳で眼を擦って、無理やり出てくる涙を止める。言葉もしゃくりあげて上手く話せないのが、みっともない。

「……ひぅ……ないたりして……ごめんなさい……」

「若様……」

ぐっと唇を噛み締めていないと、まだ涙が落ちてきそうで、握りしめた手のひらに爪を立てて、痛みで色んなものを振り払う。

もう、大丈夫。次からは失敗しない。

「顔を洗ってきますね」

本当ならロッテンマイヤーさんを助け起こすべきなんだろう。でも今ロッテンマイヤーさんに触れたら、甘えてまた泣いてしまいそうだ。

来た道をまた逆に早足で戻って、一階の洗面所に向かう。

前世の水道のように、こちらでも蛇口を捻れば水が出るようになっているが、水を出したり止めたりする魔術をかけられた魔石が何処かに置いてあって、蛇口の開閉で魔術操作を行う仕組みになっているらしい。

哀しくても、うすぼんやり違うことを考えていれば、涙はすっこむものらしい。

『俺』はそうやってダメージを和らげる癖の持ち主なんだそうで、しきりに世界に対する疑問を頭に投げ掛けてくる。

ごしごしと少し強めに目元を擦って、持っていたハンカチで拭う。

そう言えば石鹸に小刀で彫刻するとかも、一度やってみたいかもしれない。

つらつらと取り留めないことを思いつつ、今日だけで何回うろうろしたか解らない自室に向かう階段に差し掛かる。

すると踊り場にぽつんと小さな影が見えた。

レグルスくん。

所在なさげに階段の手摺りをぺちぺち叩いたり、しゃがみこんで赤い絨毯を捲ろうとしたり。

あの子は一体どんな子なんだろう？

私の、弟。

自室に帰るにはあの子の横を通らないと帰れない。

別に遠慮する必要はないのだろうけれど、ついつい気が引けてなるべくあの子の視界を避けるように階段に近づく。すると、レグルスくんの後ろから、ぬっと母の従僕のセバスチャンとか言う男が姿を現した。

あの男には私が丁度階段に設置されたオブジェの影になって見えないらしい。

何やらほの暗い眼をして辺りを見回すと、階段の縁に立って遊んでいるレグルスくんの背中に手を伸ばす。

落ちたら危ないから止めさせるのか、と。

ぼんやり見ていた私の思考とは逆に、男の手袋に包まれた手がトンと幼児の背中を押した。

「えっ⁉」と驚く間もなく、ぐらりと傾いだ身体が階段から前のめりに落ちるのが早いか、私の足が勝手にレグルスくんに向かって駆け出す。

「きゃーっ⁉　レグルス様⁉」

女の子の悲鳴が聞こえる。けれど、それに構ってはいられない。

ドタバタと優雅さに欠ける走りでは間に合わないかも知れない。それでも「間に合え！」と願ったせいか、身体がとても軽くなった気がして。

レグルスくんの身体が階段に叩きつけられる前に、特に頭を守るように、その身体を抱き込む。

けれど階段から落ちるのはやっぱり防げなかったようで、反転する視界に忌々しげに舌打ちをして、逃げるセバスチャンの燕尾が見えた。

かと思うと、尻に背中、最後に頭に打ち付けられる衝撃と痛みが襲う。

ゴロゴロとレグルスくんを抱えたまま階段を落ちていく。

ばしばしと身体を打ち付けるのもだが、落ちるときに壁や階段の角に皮膚が擦れるのもかなり痛い。

それでもドスッと一際激しく身体を打ち付けると、床に着いたのかそれ以上落ちることはなかった。

激しく身体が揺れたせいか、頭がくらくらする。

と、腕の中でモゾモゾとレグルスくんが動いて、私の腹肉に伏せていた頭が動いて、その顔を直視することに。

金髪に、涼しげな青い瞳、褐色の肌。つくづく父に似た、将来の雄姿を想像させる甘い顔立ち。

それにため息を吐いた刹那(せつな)、不意に頭が真っ白になる。

そして――――。

『兄……と呼ぶのも汚らわしい豚め。覚悟してもらおう』

威厳に満ちた青年の声に、私は顔を上げる。すると屋敷が炎に包まれていて、父によく似た金の髪、青い瞳を華麗な軍服に包んだ青年が、剣を私に向かって振り下ろすのが見えて……。

――――ああ、私はいつか、この子(レグルス)に殺されるんだ。

気を失う寸前、脳裏に浮かんだ映像に、私は何故か確信と納得があった。


ぼんやりとした夢と現(うつつ)の境目が、瞼(まぶた)に陽の光が入ると同時に、一気に現に傾く。

どうやら、朝みたいだ。

浮上する意識が命ずるままに眼を開くと、色彩豊かに飾られた天井。

これは。

「知ってる天井だ……」

だって毎日見てるもの。

さて、じゃあ、身支度をしようかと、起き上がろうとした途端、身体に物凄い痛みと重さがやってきた。

なんじゃこりゃぁっ⁉

と、叫ぼうにも、特に腹に異様な重みがあって力が入らない。

ギシギシと痛みを訴える身体を少しだけ起こして、私は自分の腹部を見る。

そこには布団がかけられた、山のような膨らみがあった。

なんじゃこりゃぁっ⁉

早朝より二度目です。

いや、これ、絶対何かヤバい気がする。

少し動くだけでも軋む身体を叱咤して、何故か包帯まみれの腕を動かして布団を捲る。すると、
金色の人の頭髪のようなものが。

え、朝から怪談とかちょっと嫌なんですけど。

震えながら腹の上の金髪を見ていると、ひょっこりと小さな手が生える。更にその手が私の腹をもちもちしてきて。

「ぴぎゃぁっ⁉　もちもちしないでぇぇぇっ⁉」

怖い！　超怖い‼

金髪から手が生えただけでも怖いのに、それが脂肪がぷにぷにした腹をもちもちしてくるとか、
本当に怖い！

ジタバタと痛む身体を動かして、なんとか金髪脂肪もちもちを退かせようとしていると、バタン

っと派手な音を響かせて、部屋の扉が開いた。

「鳳蝶君⁉」

「若様⁉」

ロマノフ先生とロッテンマイヤーさんが血相を変えて飛び込んできて、ジタバタとひっくり返された亀のような私の姿を目にして、一瞬身体が固まる。

それから私の膨らんだ腹部を見て、ロッテンマイヤーさんが眉を吊り上げた。

「宇都宮さんは何をやっているの⁉」

宇都宮さん？　誰だ、それ？

いや、それよりも。

あ、そんな⁉　いや！　やめて⁉

「た、たしゅけてぇぇぇ！　金髪脂肪もちもちがもちもちもちしてくるぅ！」

ぷにぷにした脂肪を凄い勢いでもちもちもちされて、私の何だか乳を搾られる牛の気持ちが解った気がした。

「貴方はまた、昨夜に引き続いて……！」

「申し訳御座いませんでした‼」

ロッテンマイヤーさんの珍しく張り上げた声に、細い身体を震わせて亜麻色の髪の女の子が腰を深々と折り曲げた。足元には金髪脂肪もちもちの正体であるレグルスくんがぴったりと引っ付いている。

その光景にどうしてか覚えがある気がして、じっと見ていると、何を思ったのかレグルスくんが女の子の足から離れて、私が寝ているベッドへと上がってきた。

「昨夜、貴方がレグルス様から少し目を離したせいで、若様が怪我を負われたのですよ⁉　レグルス様も若様がいなければ、どれ程のお怪我をなさっていたか……！　解っているのですか、宇都宮さん⁉」

「はい！　本当に申し訳御座いませんでした！」

ロッテンマイヤーさんの言葉に、難しい顔をしてロマノフ先生も頷く。

状況が全く飲み込めない。

首を大きく捻っていると、膝近くに座ったレグルスくんの小さな手が、くいくいと私のパジャマを引っ張った。

「おなかすいた」

「ｏｈ……」

きゅるりと小さな腹の虫が、レグルスくんの中で不服を訴えている様子。

でも大人は怖い顔だし、女の子——宇都宮さんは泣きそうな顔。

ちょっと割って入る勇気が湧かない。

何かなかったろうか？

部屋の中を見回すと、私のコート掛けに『ウェストポーチ』がかけてあるのが見えて。

確か、姫君から頂いた桃を、時間経過が無いからって仕舞いっぱなしにしてたような気がする。

包帯だらけの軋む腕を動かして。

「レグルスくん、コート掛けに掛かってる鞄持ってこれますか？」

「ん」

とことこと小さな足がコート掛けに向かって、ウェストポーチに触れる。これか？　と視線で問うのに頷くと、小さな手がそれを上手くコート掛けから外して、私の膝の上に置く。

一番大きな入り口に手を入れて桃を探していると、いきなりステータスウィンドウに似た物が空に浮かんだ。

「なんじゃこりゃ？」

「う？」

ウィンドウにはウエストポーチに入っている物が書かれていて、「園芸用ハサミ」・「ハンカチ」・「懐紙（かいし）」、それから「仙桃（せんとう）」なるものが表示されていて。

「仙桃」と言うからには桃だろう。

指で表示に触れると、ぽふんとウエストポーチの中から姫君に貰った桃が現れた。

「これが『アイテムボックス』かぁ」

まあ、便利。

こんなに便利なら一家に一つくらいアイテムボックス欲しいよね。

使われてる魔術はかなり高度な物らしく、そう簡単には手に入れられないそうだけど、これは欲しくなる。

それはさておき。

きゅるきゅるお腹を鳴かせるレグルスくんの視線が、じっと桃に突き刺さっている。

でも、出したは良いんだけど、桃は剥かなきゃ食べられない。しかしそんな物はベッドにはないわけで。どうしたもんだろうと思って桃に触れると、ぱかんといきなり二つどころか、食べやすい大きさに細かく分かれてくれた。

なんと言う空気の読める桃なんだろう。慌てて懐紙を取り出して乗せても、溢れそうな果汁が紙を汚したりもせず。

流石、姫君の桃。

おそらく姫君がお召し上がりになる時、手を汚すことのないようにという仕様なんだろう。素晴らしい！

とりあえず一つ摘まんでかぱりと口を開けるレグルスくんに食べさせる。

むしゃっと一口咀嚼した瞬間、ぱあっとその表情に喜びが溢れた。

やだー！　やめてー！　美幼児が喜ぶとおめめがちかちかするよぉー!?

美形怖い！

間近からの美による視覚への暴力で、気が遠くなりそうだ。

くらりと目眩がして、私はベッドに倒れる。もう、気絶したい。

美幼児の顔面偏差値が高すぎて、おめめは痛いし身体は痛いし踏んだり蹴ったりだ。

しかし、美幼児は私が意識を失うのを許さず、あーんと親を前にした燕の雛のように口を開いてくるではないか。

あぁあ！　もぉおおお！これだから美形はぁぁぁっ!?

私が阿鼻叫喚してるのなんて気にもとめず、桃を食べてはごっくんし、食べてはごっくんしを繰り返すこと数度、桃も漸く最後の一切れに。

これで解放される。

幾分かぐったりした私が最後の一切れを、雛鳥美形に捧げようとした時だった。

何を思ったのか、レグルスくんはがしっと桃を掴む。

そうだよ、君。そうやって最初から自分で食べてくれたら、私、こんなに疲れなかったのに。

ため息を吐いて手を懐紙で拭う私の唇に、ぷちゅりと桃の柔らかい果肉が押し付けられた。

「んえ⁉」

「ん！」

ぐいぐいと唇が桃で抉じ開けられて、とうとう舌先に果肉の甘味が到達する。

えもいわれぬ果実の香りに酔う暇もなく、細い指先が果肉を押し潰しながら私の舌に戯れかかってきて。

「ふぁ……んん……んぅ……！」

「おいし？」

「んー……！」

指を口のなかに限界まで突っ込むのは止めれ。

酸欠で遠くなる意識でそう思った。

「つまり、父とロマノフ先生がお話し合いをしているうちに白熱して、雲行きが凄く怪しくなって、それを止めるためにロッテンマイヤーさんを宇都宮さんが探しに行って、その間にレグルスくんが暇をもて余して屋敷内の探検に出て、見事に私と階段から落ちた……ってことで良いですか？」

改めまして、こんにちわ。怒濤の一日とちょっとを過ごして、とっても精神的に疲れた菊乃井鳳蝶（五歳）です。皆さん如何お過ごしでしょう？

私は今、何故私が包帯でぐるぐる巻きなのか、何故金髪脂肪もちもちこと、レグルスくんが私の膝で、やっぱりそこにある脂肪をもちもち揉みながら寝転がっているのか、意識を失う寸前に救出されて事情聴取のまっ最中です。

ぺこりとメイド服の女の子が、私に頭を下げた。

「はい、私がレグルス様から目を離したばっかりに。若君様におかれましては……」

「ああ、いや、謝らなくて良いですよ。それに……」

チョロチョロ動く子供から目を離したのは確かに良くない。良くないが、私の見間違いでなければ、もっと良くない真似をした輩がいる。

母の従僕・セバスチャン。

見間違いでなかったら、あの男はレグルスくんの背中を押したのだ。目を離した宇都宮さんより余程、私の怪我に直接的な原因がある。

ただ、階段にいる幼児の背を抱き止めるならともかく、突き飛ばすような男を、真正面から「犯人は貴方です！」なんて人差し指で指差したところで、認めたりはしないだろう。

苦々しく思う私に、ロマノフ先生が頷く。

「宇都宮さんも、弟君が自分から落ちた訳ではないと仰っていまして……」

「どうせ、『私は落ちそうだと思ったから手を伸ばしたのですが間に合わず……、それより弟君の監督不行き届きを棚にあげ〜』とか、そんな感じなんでしょう？」

「ご明察ですね」

テンプレートだな。

さて、どうしてくれよう？

ロマノフ先生とロッテンマイヤーさんと三人で頷いていると、宇都宮さんが小さく「……とは違うんだけど」と呟いた。

「何が違うんです？」

「へ……え、あ⁉ いや、その……私が向こうのお屋敷で聞いていた若様のお話と違うなって……。し、失礼しました！」

がばっと大きく頭を下げると宇都宮さんの亜麻色の髪がさらさら揺れる。

年のころは十二、三歳くらい、榛色の眼の、控えめで穏やかな感じの、これまた美少女。

美形の周りには美形がたかるのか。

妙に感心していると、ロッテンマイヤーさんの眉が吊り上がる。これはいけない。ロッテンマイヤーさんが口を開く前に、宇都宮さんへと話を向けた。

「向こうとはレグルスくんのお母様のご実家でらっしゃる？」

「は、はい。その……旦那様が屋敷にお入りになる直前に、奥様のご両親が相次いでお亡くなりになって……奥様の乳母を務められたメイド長とその夫が家令を務めております。私は口べらしに売られたのを、奥様とレグルス様の身の回りのお世話のために引き取っていただきました……」

「そうですか……。レグルスくんのお母様にはさぞやご無念でしょう。お悔やみ申し上げます」

「ありがとうございます、レグルス様に成り代わりお礼申し上げます」

「はい、これからこちらで暮らすのであれば、何かあった時には力になりますので、遠慮なく」

レグルスくん付きのメイドとして過不足なく、スカートの裾を持ち上げて一礼する宇都宮さんに、ロッテンマイヤーさんの眉が下がる。

そしてため息を吐くように声を出した。

「あちらのお屋敷は当然こちらを良くは思っておられないでしょう。どのような話を聞いていたかは想像出来ますが……」

「あの……こちらではレグルス様は疎まれているから、しっかりお守りするように……と」

「ああ、なるほど」

さもあらん。

向こうは当然こちらを知っているし、まして大事な自分たちのお嬢様から恋人を奪い、あまつさえ家さえも苦境に立たせる女の家と、その血を継ぐ息子なんてろくなもんじゃないだろう。

実際半年前まで、いや、今でもそうかもしれないけど、私は箸にも棒にもだったわけだし。

「疎むもなにも……私はつい先日までレグルスくんの存在を知らなかったので……」

「え？　……そう、なんですか？」

「はい、実は当家の事情も知らなかったくらいで。なので、疎みようもないと言うのが実情ですが」

苦く笑うと、膝にいるレグルスくんの金髪を撫で付ける。ふわふわとした手触りは小さな動物の毛並みを思わせた。

すると、宇都宮さんが至極真面目な顔で「失礼ながら」と切り出す。

「レグルス様をお知りになった今は……？」

今はどうなんだろう？

問われて改めて考えてみる。

目が覚める前、私はとても悲しかった。

だって母は兎も角、父はレグルスくんには優しい目を向けていたのに、私にはゴキブリでも見るような視線を向けてきた。

私だって同じ、貴方のこどもじゃないか。

そう叫びたかった気もする。

でも今はどっちか言えば、そんなことよりレグルスくんの今後が気にかかる。

この子は、私を知らない。知らない人にすら手を伸ばさなきゃ助けてもらえない小さなこども。

一人でなんてきっと生きていけない。

仮に将来私を殺すにしたって、今はそんな力どころか自分を守る術すらないこども。

ぶっちゃけ、階段落ち前のわだかまりとか、桃食べた時のぴよぴよ雛鳥の笑顔のインパクトで吹っ飛んだわ。可愛いは正義。

静かに私は宇都宮さんに苦く笑う。

「うーん、まあ、複雑ではありますが、私と両親の事情はこの小さい人には関係のないことですから」

こう言う時、『俺』の経験や思考力は役に立つ。

そもそも前提として私は両親に疎まれているのだ。レグルスくんがいるから疎まれるのであれば、レグルスくんを恨むのは筋が通っているだろう。しかし、そもそもから疎まれているなら、レグルスくんが居ようと居まいと関係がない。

そんなようなことを説明すると、へにょりと宇都宮さんの眉が八の字に曲がる。そりゃ、こんな鬱々とした話を聞かされても困るよね。

「少し、羨ましくはあるかもしれません。レグルスくんを見る父の眼は、とても優しかった。私をあんな風には見ないでしょう。抱き上げられてもいましたね。私は両親の顔と声もまともには知らなかった……」

「若様……」

「でも、それは無いものねだりです。レグルスくんにぶつける類いのものではありません。安心……は出来ないかもしれませんが、不安なら私からはレグルスくんに近付かないようにしましょう。父もそれを望むでしょうし」

第一美形の側にいるとコンプレックスが刺激されるんだよね。

お互いに近寄らない方がいいなら、当たり障りなくそうして過ごすより他ないだろう。

……と、思うんだけど。

もちもち、もちもち、もちもちもちもち。

「……ところで、レグルスくんはなんでさっきから私の脂肪をもちもちしてるんですか？」

「えーっと、解りかねます！」

宇都宮さんったら笑顔で言い切りましたよ。

膝やら太ももやらのセルライトを潰すように、もちもちもちもちエンドレス。

これはもしかして、あれか？

「レグルスくんのお母様はもしかして、私ぐらいふとまし……ふくよかだったとか？」

「いいえ、全く！　細身で色白で、まるで雪の妖精のように儚げな、それはそれはお美しいお方でした！」

おうふ、いらんダメージを自分で受けてしまった。

はふぅと大きなため息を吐いた私の肩を、ふわりと大きな手が包む。

見上げればロマノフ先生が穏やかに微笑んでいた。

「鳳蝶君、弟君は二、三日こちらに滞在して、帝都にお帰りになるそうですよ」

「ああ、そうなんですか」

「はい、ですから今後のことはさほど難しくはありませんよ。何せ、滅多にお会いしない距離なんですから」

そうなのか、それはそれは。

ならば、レグルスくんに関しては二、三日、あのセバスチャンとやらの動向に眼を光らせておけば何とかなりそうだ。

いや、でも、そんな短期の滞在で帰るなら、なんのために来たんだって話なんじゃ？

首を傾げる前に、宇都宮さんがきっとロマノフ先生を睨む。ロッテンマイヤーさんが止めるのも聞かず、宇都宮さんが口火を切る。

「勝手にお決めにならないでください！」

「勝手もなにも、依頼された私がお断りしたのに、それ以上何があると言うのです？」

「お断りになる理由に納得いたしかねます！」

「おかしなことを……、何故貴方に納得していただかなければならないのです？」

ぐっと宇都宮さんが言葉に詰まり、ロマノフ先生が珍しく不機嫌そうに眼を眇める。

何がなんだか解らないか言い争いが繰り広げられている間に、レグルスくんはもそもそと本格的に寝る体勢に入ってしまった。私の腹の上で。重い。

「わ、私だけじゃなく、旦那様もご納得されていませんわ！」

「ですから、どうして納得していただく必要があるんです？」

「それは……！　それは、若様の家庭教師であるなら、ロマノフ様の仕える主は旦那様です。旦那様に私たち同様、雇われておられるのですから！」

言い争いは尚も続く。と言うか、宇都宮さんが引かないだけで、ロマノフ先生は意にも介していない。

どや！　と宇都宮さんが社会人にとっての泣き所を突いたように見えて、ロマノフ先生は全く動じていないのだから。

それどこれか「フッ」と鼻で嗤う。

いつもにこにこ人当たりの良い先生が、凄く感じ悪く振る舞っているのに驚いて、つい寝愚図り始めたレグルスくんのお腹をポンポンする手を止めてしまった。

そして、感じ悪いロマノフ先生に、宇都宮さんではなく、ロッテンマイヤーさんが青ざめた。なんでさ。

「ロマノフ先生、菊乃井の使用人がご無礼いたしました。どうか、お許しを」

「ああ、ロッテンマイヤーさん。貴方から謝罪していただかなくても結構ですよ、彼女はまだ正式には菊乃井の使用人ではないのでしょう？　それに菊乃井の使用人であるなら尚更、この場合は貴方ではなく、伯爵か伯爵夫人が謝罪するものです。使用人の責はその主が負うものですから」

あ、これは何か地雷を踏んだのか？

普段の暖かみのあるのと違って、翠の目が全く笑っていない、凄みしか感じない笑顔と不穏な威圧感に、愚図っていたレグルスくんさえ起き出す。

「たかだか伯爵家の婿養子当主風情が私の主？　冗談も大概になさい」

ロッテンマイヤーさんがスカートの裾を持って、退出の挨拶をして部屋の外へと歩き出す。その顔は何か怖いものに触れたかのように、青を通り越して白くなっていた。

「……ロマノフ先生ってもしかして」

「もしかして？」

「とっても偉いひとだったりするんですか？」

私の問いにロマノフ先生はいつもの優しい、でも悪戯な笑みを浮かべて人差し指を口の前で立てる。

「内緒です。今はまだ、ね」

バチコーン！　とウィンクが飛んできた。

最近は白豚を美しさで殺すのが流行っているようだ。

『この紋所（もんどころ）が～』はされるとダメージが大きい。

飛んできたウィンクは、見事白豚をオーバーキルしたけれど、普段から美幼児のレグルスくんや、美少女な自身の容姿に馴れているのか、宇都宮さんには効かなかったらしい。

むすっとロマノフ先生を睨んでいたけれど、それよりまたうとうとしだしたレグルスくんをどけてほしいんだけど。

それにお話が終わったなら、私は朝ご飯を食べて日課に出掛けたい。そのためには着替えたいんだけど。

「あのぉ、お話が終わったならちょっと皆さん退出して頂きたいんですけど。着替えたいし」

そう言うと睨み合ってたロマノフ先生と宇都宮さんがぎょっとした。

「何言ってるんですか、君は今一人で着替えが出来るような身体じゃありませんよ？」

「そ、そうですよ。レグルス様を庇って落ちられたから、お一人で落ちられるよりもっと負担が身体にかかっておられるんですから！」

「え!?　そうなんですか？　そんなに痛くないんだけどな……」

確かに起きた瞬間は地獄かと思うぐらい身体が痛かったけれど、今はなんともない。

それどころか腕や脹ら脛（ふくらはぎ）に巻かれた包帯が関節を固定して、かえって動きにくいくらいだ。

ええい、面倒だ。とってしまえ。

腕に巻かれた包帯の端っこを持って剥いていくのが、前世で見た魚肉ソーセージのビニールを剥くのに似ていてシュールだ。

「鳳蝶君⁉　いけません、傷に障り……え？」

「あ、あれ？　傷がありませんよ」

「傷があったんですか？」

包帯の下にはいつもと変わらないぷにぷにのお肉が揺れている。

他のところもそうなのかと包帯を外してみると、痣も無ければ傷も無い。

宇都宮さんとロマノフ先生が愕然とし、私はきょとんとする。

すると、ロマノフ先生が「あ！」と声を上げた。

「もしかしてさっき弟君と食べていた桃は、姫君様からの頂きものですか⁉」

「ああ、はい。そうですけど……私、先生に話しましたっけ？」

「いえ、今朝、鳳蝶君が怪我で姫君の御前にお伺い出来なくなった旨をお伝えに行きまして」

私が階段落ちしたことを聞いた姫君は、その柳眉を顰めて「養生に努め、はよ妾のために歌いにこい」と仰ったそうな。その際、私が姫君から頂いた仙桃を、まだ食べずにウエストポーチに直していたのを見抜いておられて。

「『あれを速やかに食させよ。直ぐに傷など消えようぞ。勿体無いと後生大事に食さぬならば、またくれてやるゆえと伝えよ』とも仰ってましたよ」

「あの桃、そんな効果があったんですか……。それで一切れ食べただけで身体の痛みがなくなったんですね」

「ん？　一切れ、ですか？」

「ああ、はい。レグルスくんがお腹空いたらしいので、ほとんど食べさせたんですが……ダメでしたか？」

白分の名前を呼ばれたのが解るのか、寝落ちしそうなレグルスくんがうっすら眼を開ける。

しかし、レグルスくんにロマノフ先生は視線も向けずに、首を横に振った。

「問題は無いと思いますが……、鳳蝶君は本当にもう大丈夫なんですね？」

「はい、桃を食べる前は地獄かと思うくらいでしたけど、食べた後はすっかり忘れてました」

レグルスくんの頭をどけて、ベッドから下りると、足に巻いてあった包帯もとってしまう。見事にむちっとしたお肉が現れるけど、やっぱり傷や痣は無い。

「なるほど、噂には聞いたことはありましたが『仙桃』とは凄いものですね」

私の全身をくまなく観察したロマノフ先生は感心しきりで、ぶつぶつと呟く。姫君の桃はどうやら噂になるほど凄いものだったらしい。貰っちゃって良かったのかな？

宇都宮さんは宇都宮さんで挙動がおかしく、レグルスくんを揺すったり、腕を持ち上げたりしながら、こちらも何やら「仙桃って……」とか「こんなのあり？」とか呟いていた。

なんか、彼女も引っ掛かるひとだなぁ。

兎も角何もないのを納得してもらえたようで、着替えのために宇都宮さんにもロマノフ先生にも退出してもらう。

普段のようにタンスからブラウスとズボンを出して着替えると、控えめなノックがしてロッテンマイヤーさんが入室の許可を求めてきた。

それに応じてドアを開けると、ちょんとスカートの裾を摘まんだロッテンマイヤーさんが、緊張した面持ちで頭を下げる。

「若様、レグルス様、旦那様と奥様が応接室にてお待ちです。ロマノフ先生と宇都宮さんとご一緒にいらっしゃるように……と」

「えー……はい、解りました」

お話することが、私とあの二人の間にあるとは思えないけど、呼ばれているなら行かなければいけない。ロマノフ先生と宇都宮さんと一緒にということは、先ほどの「婿養子当主風情が～」に繋がることだろうか。

気は進まないが、寝ているレグルスくんを起こす。

つか、怪我した子供を呼びつけるのはどうかと思うけど、私の存在の軽さから言えば妥当な扱いか。

兎も角、来いと言われたなら行かねばなるまい。嫌なんだけど、本当に嫌なんだけど、本当に本当に嫌なんだけど！

ロッテンマイヤーさんに先導され、精神的にも物理的にも重い身体を引きずるようにして四人揃って応接室に行くと、張ってある革の光沢も美しいソファに、向かい合うように父と母が座っていた。母の背後には、セバスチャンも控えている。

「お連れしました」

「ああ……」

ロッテンマイヤーさんの声に応じて動いたのは父で、ロマノフ先生に席を勧める。すると何を思ったのか、勧められた席にかけると、私をその膝に乗せた。

「鳳蝶君は怪我をしてるんです。無理しちゃダメですよ」

「いやいや、そんな！　重いですから⁉」

「羽のように軽いとは言いませんが、別段気にはなりませんよ」

うっそだぁ、絶対重いって。

でも、どんなにじたばたしてもロマノフ先生にがっちり押さえ込まれているので、お膝からは降りられない。

触ってみて解ったけど、ロマノフ先生は着やせするタイプのようで、触れる太ももや腕は存外に逞(たくま)しい。細マッチョとか羨ましい。

比べれば自分のお腹にあるぷよぷよの贅肉が恨めしい。

だけどこうやってお膝に乗せてくれるってことは、先生は何があっても私の味方でいてくれるってことだよね。凄く安心する。

「……話はロッテンマイヤーから聞いた。当家の宇都宮の無礼を謝罪する」

「まあ⁉　当家だなんて！　ロマノフ卿、その娘は当家とはなんの縁もゆかりもない娘。煮るなり焼くなりお好きになされればよろしいわ！」

苦り切った顔で父が謝罪したかと思うと、金切声で母が否定する。

「まったく、これだから下賤(げせん)な家の使用人は困るのよ。無知で恥知らずで！　まさか帝国認定英雄であるアレクセイ・ロマノフ卿の主が、たかだか婿養子当主風情だなんて！」

「たかだかだと⁉　その男を手に入れるために、形振り構わなかった醜女が言うにことかいて！」

「なんですって⁉」

こういうのを家庭教師とはいえお客さんに見せるってどうなんだろう？

周りを見てみると、まずロッテンマイヤーさんがいたたまれなさげにし、レグルスくんの手を繋いだままの宇都宮さんはうつ向いて泣きそうだ。翻って母の背後で、腕を背中に回して立っているセバスチャンはニヤニヤと面白そうに笑っている。

こんな痴話喧嘩を他人に見せるのは、母の立場的にも良くないだろうに。この男は母に忠実とか言うより、ひとの不幸が蜜の味に思える類いの人種かもしれない。

そしてロマノフ先生はと言うと、私の視線に気が付いて悪戯げに口角を上げる。

そっとため息を吐くと、私は「はーい、質問」と手を挙げてみた。

「はい、鳳蝶君。なんでしょう？」

「帝国認定英雄ってなんですか？」

この言葉にぎょっとした様子で、父と母の言葉が止まる。

「帝国認定英雄とはですね、皇帝陛下が英雄とお認めになった証である免状を持つ人物のことで、国家に対して甚大な寄与があったり、多大な功績があったりすると免状を頂けるのです」

「そうなんですか。先生、凄いエルフさんなんですねぇ」

「ええ、まあ。因みに私は国が一個師団を差し向けても倒せなかったドラゴンを一人で倒したりしました」

「………どのくらい強いか解りません！」

「んー、私もよく解りません。何せ百年くらい前の話ですし、その頃より今の方がレベルも上がってますし。因みに免状には『余に刃を向ける以外のことを赦(ゆる)し、意にそぐわぬものには頭を垂れずとも良いことを明言す。汝(なんじ)の主は汝が求むる以外は皇帝のみ、何人も汝に臣従を迫るを許さず』とあります。つまり、私が望まない限り、私の上位者は皇帝陛下のみってことですね」

凄いどころじゃなかった。

これは宇都宮さんの分が悪い。私みたいに知らなかった……で押し通せるだろうけど、貴族社会的に『菊乃井家』としてはどうなんだろう？

「五歳児の鳳蝶君が、私を知らないは致し方ないと思うんですよ。私もあえて教えませんでしたし、ロッテンマイヤーさんに口止めしてましたから。しかしねぇ、仮にも自分の主の家庭教師に選ばれたものの来歴を聞かない・調べないというのは守役としてどうなんでしょう？」

やっぱり無しらしい。

しかしそれなら、守役をきちんと教育しなかったあちらの家の問題で、菊乃井には無関係……じゃすまないな。あちらも菊乃井伯爵の『別邸』になるわけだから。

さて、どう収拾を図るのか。貴族としての腕の見せ所とか言うより、恥をこれ以上上塗りしないために、どうすべきだろう？　父や母はどうするんだろう？

そっと窺い見るけれど、二人は痴話喧嘩を再開させるだけで、一向に話が進まない。

つか、親父。あんたは言い争いするより先にレグルスくんが先生の生徒になることに全力を尽くせ。

いや、この場の大人全員ちょっと頭がおかしいんじゃないだろうか。小さなレグルスくんの未来がかかっているのに、自分の都合だけ押し合い圧し合いしてさ。イラッとしたのを抑えるために深呼吸を一度。

とりあえずなんでこうなったか、整理してみよう。

まず父の狙いはロマノフ先生をレグルスくんの家庭教師に据えることで、ロマノフ先生はそれを断った。けれどその断る理由が宇都宮さんには納得出来なくて、ロマノフ先生に噛みついたために今こんなに揉めている。

じゃあ、ロマノフ先生がレグルスくんの家庭教師を断った理由は？

「ロマノフ先生が凄いエルフさんなんだとは解りましたが、それで有名だから父はロマノフ先生にレグルスくんの先生になって欲しいと望んだんですよね？」

「そのようですね、お断りしましたけど」

「何故かお聞きしても？」

「単に興味が湧かなかっただけですよ」

「興味が湧かなかった、ですか」

「はい。だってねぇ……、身近にちょっと目を離したらスキルが生える、君みたいな面白い子がいるのに余所見してる余裕は無いかなって」

なんてこった、私のせいか。それは何か申し訳ない気がする。

「いや、でも、ほら、レグルスくんも突然スキルが生える子かも知れないじゃないですか。半分は血が繋がってる訳ですし」

「そうかもしれませんが、五歳で『緑の手』と『青の手』を持ってる子を見てしまうと、やっぱりそれだけじゃ面白味にかけると言うか」

「レグルスくんもここで過ごせば『青の手』やら『緑の手』が生えるかもですよ」

「それじゃあ、鳳蝶君の二番煎(せん)じじゃないですか。益々面白味に欠けますね。なので、その線からの説得は無理ですよ」

「あーん、だめですかー……」

ぷうっと膨れると、空気の入った頬をロマノフ先生の両手がもちもち押し潰す。

宇都宮さんが驚いた顔をしていたけれど、レグルスくんはじっとこっちを見るばかり。

さて、これでダメなら違うところから攻めてみようか。

「じゃあ、先生の雇用契約方面から攻めてみます」

「雇用契約ときましたか。正攻法ですね」

「はい、宇都宮さんが攻め損なったほうですね。要は宇都宮さんは菊乃井家の禄(ろく)を食(は)んでいるなら、何故父の話を聞いてくださらないのか……と言いたかったのかと」

「そうでしょうね、あの場合言い方が悪かったですね」

「だと思います。それに関しては大変失礼致しました」

「謝罪は受けとりましたので、重ねては結構ですよ」

「ありがとうございます。で、本題ですが、先生と菊乃井はどんな契約を結んでいるんですか？」

「あー……それなんですけど、それについてはロッテンマイヤーさんにお願いしましょうか」

ロッテンマイヤーさんに話を振るロマノフ先生は、授業の時と同じ雰囲気で穏やかだ。

両親も喧々諤々(けんけんがくがく)していたのが嘘のように静まる。

「その件で御座いますが、菊乃井はアレクセイ・ロマノフ卿とは一切雇用関係には御座いません」

「ふぁー⁉」

なんじゃそりゃ⁉　家庭教師じゃなかったの⁉

驚きに目を見開くと、ロマノフ先生は悪戯が成功したこどものように、ニマニマしていて。

「帝国では帝国認定英雄に宿と食事の提供を求められた貴族は、これを拒否することを赦されません。我が菊乃井はロマノフ卿から宿と食事の提供を求められ、その見返りとしてご厚意で若様の家庭教師をしていただいているに過ぎないのです」

「やだー⁉　正攻法が一番正攻法じゃなかったー⁉」

「残念でしたね、鳳蝶君」

うぇぇぇ、つまり家庭教師はボランティア。ボランティアに強制を課すことは出来ない。

菊乃井はロマノフ先生になんの強制権も持たないのだ。詰んだ。

「ごめんね、レグルスくん。説得は無理だったよ……」

「そんな⁉　若様、諦めたらそこで試合終了ですよ⁉」

握り拳を握ってこちらを応援してくれてる宇都宮さんから、何か凄く懐かしい台詞が出てきたことに、私はひそかに驚くのだった。

『あきらめたらそこで試合終了ですよ』と言うフレーズは、『俺』と同世代の人間なら、一度は聞いたことがあるだろう有名な台詞だ。

自分という実例があるせいか、こんな些細な言葉一つに敏感になるのも何だかなぁではあるけれど、もしかしてもしかして。

しかし、宇都宮さんからはそれ以上、あちらに関する言葉は出てこなくて。

思い過ごしかもしれない。

退屈そうに絨毯に座り込んだレグルスくんに構いつつ、口パクで「頑張って！」と伝えてくる彼女を見ると、とりあえずレグルスくんを虐げるかもしれない疑惑は宇都宮さんからは消えたようだ。

うーん、もうちょい頑張るか。

でもロマノフ先生は柔和に見えて、実は神様相手にもはっきり意見が言えるひとだ。百華公主にも丁重ではあったけど、怯んではなかったもの。そのひとの翻意(ほんい)を促すって、ちょっと難しい。

現行、ロマノフ先生はレグルスくんには興味が湧かないそうな。しかし、私のやることなすことは興味深く思ってくれている。

突破口はそこだろう。

今だって私がロマノフ先生の攻略法を考えているのを、楽しそうに見守っていて。

「……家庭教師が実はご厚意だと言うのは、よく解りました。そのご厚意に甘えて、レグルスくんまで……と言うのも確かに厚かましい」

「おや、諦めますか……？」

「そうですね、これ以上お願いするのは私としても気が引けます」

「若様、そんな……!?」

宇都宮さんが落胆の悲鳴を上げる。ロッテンマイヤーさんも、申し訳なさげにこちらを見ているけれど、これで終わると思うなよ、だ。

「なので、私がロマノフ先生に教わったことを、レグルスくんに教えます」

「おや、まあ」

「私が、レグルスくんに授業をします。人に自分が知ってることを教えるのは、真にその物事を理解しているかの確認になりますから。でもですね、私はやっぱり五歳なのでレグルスくんに間違ったことを教えるかもしれません。だから私がレグルスくんに授業をするときは、先生に付いていてもらって、間違ったことを言ったら私に指導してくださったら……と」

「考えましたねぇ。というか、君はやっぱり面白いことを言い出しますね」

「だめ、ですか?」

白豚が上目遣いなんかしても可愛くないだろう。でも膝に座ってる辺りでロマノフ先生を見上げるしかないので、ご勘弁ください。

見上げられたロマノフ先生は、またも私の頬を両手で包んでもちもちしてくる。エステか。

「そうですねぇ……。鳳蝶君、剣術とか弓術苦手でしょう。そちらはどうするんです?」

「そちらは……私がレグルスくんに負けたら仇(かたき)を討って、こてんぱんにレグルスくんを負かしてやってください」

「そう来ましたか。まあ、いいでしょう」

「じゃあ……！」

「あくまで教えるのは鳳蝶君ですからね。私がするのは鳳蝶君の指導だけです」

よっしゃ！　言質（げんち）とったどー！

　ぐっとガッツポーズを決める。交渉は成立、これでレグルスくんは曲がりなりにロマノフ先生の授業を受けられる。

　何が起こったか解らないのか宇都宮さんはぽかんとしていたが、ロッテンマイヤーさんが拍手してくれた。思わぬ方向からも拍手が。

　母の従僕、セバスチャンだ。

「いやはや、若様はお優しい。このセバスチャン、感服いたしました」

「ありがとうございます」

　全く感服なんかしていない、寧（むし）ろ皮肉るような声音と、嘲（あざけ）りを含んだ目が言葉を裏切る。ついでに彼を背後に置く母は、不機嫌そうにギリギリと扇を握りしめていた。

「しかし、果たしてそれが若様のおためになりますでしょうか……？」

「意味が解りかねます」

「憚（はばか）りながら、レグルス様は奥様のご心痛の象徴。その方をこの屋敷に留め置くのは、奥様のご心痛を深めるのでは、と。ご子息である鳳蝶様は、当然奥様のご心痛をお察しくださるものと……」

　なんだ、コイツ。私にレグルスくんを追い出す手伝いをさせたいのか。

ふんっと鼻を鳴らす。

母が不愉快なのは解るが、それは両親が話し合って解決すること。私が口を出すことではない。

だいたい疎まれている息子が、なんで疎んじる母親の味方をするのさ。いや、父親の味方もしないけど。

「そうかもしれませんね。でも、それは両親が話し合って決めることですし、私が口を出すことではありません。それに私は母の味方もしませんが、父の味方もしませんよ」

「では、レグルス様に授業をすると仰るのは？」

「お母様を亡くされて、知ってるひとが誰もいない場所に連れてこられた三つのお子さんに、私が同情して何が悪いのです？」

そう、両親と私のことと、レグルスくんと私のことは、切り離して考えるべきもの。両親のことには極力関わらない。

私が昨日と同じ失敗を二度としないように決めたことだ。

言い切った私に、セバスチャンが更に笑みを深める。

嫌味な笑いだ。

優越感が透けて見えるそれに私の心の中で静かに炎が燃え上がる。こんな厭らしい大人にだけはなるもんか。

「左様で御座いますか。なるほど流石は奥様のご子息、立派なお心構えかと。しかし……矢張り、レグルス様を受け入れるのは早計ではありませんか？　僭越ながら恩を仇で返される可能性もありますし」

「乗っ取りの心配ならいりませんよ」

「国法ではそのようになっておりますが、物事には何事も例外がありますゆえ」

「貴様、どういう意味だ⁉」

吼えたのは、成り行きを見守っていた父だった。

顔が端整なだけに、怒りを滲ませると、つり上がった目に半端無く力があって怖い。

対するセバスチャンは飄々として肩を竦めるだけだ。

「国法では確かに乗っ取りを禁じていますが、嫡子が廃嫡されたり亡くなったりした場合は、この限りではありません」

「……ああ、なるほど。確かにそんな例外がなかったら家門が滅びますね。ああ、そういう……」

これで恩を仇で返されるってことは、私が廃嫡に追い込まれるか死ぬ。つまり殺される可能性を考えろってことなんだろう。

私の言葉にぎりっと父が唇を噛み締め、セバスチャンがにやりと笑った。

しかし。

「だから、何だと言うんです？　そんなこと、こっちは百も承知ですが」

何故か解らないけど、階段から落ちる時に見た私に剣を振り下ろすレグルスくんの光景が確定された未来なんだと、私には確信がある。

私はレグルスくんに殺されるのだ。

あっさりとした私の言葉に、セバスチャンは兎も角、父も母も目を見開く。

「実際私は半年前に病で死にかけた身ですしね。人間なにが起こるか解らない。そういう意味でも、言い方は悪いが代わりは必要です」

「そこまで、お考えでしたか……」

ぐっと言葉を詰まらせて、セバスチャンが一歩下がる。両親もなにやら気まずそうに目を逸らし、ロッテンマイヤーさんは痛ましげな顔をしていた。

傷ついてはないから、大丈夫。

そう言えば、母はセバスチャンに熱い視線を向けていた。更に彼はレグルスくんを階段から突き飛ばしている。牽制は必要か。

「別にね、代わりは何もレグルスくんじゃなくても構わないんですよ。仮に歳の離れた弟や妹が出来たとしても、私は今のレグルスくんと同じ対応を約束します。ただ……」

「ただ？」

「セバスチャン、貴方がレグルスくんを階段から突き飛ばしたのを、私はこの目でしっかり見ています。誰かの差し金とは別に思っていませんが、貴方がそう言うひとだと言うのは記録に残します。然るべき形——遺言書にしてロマノフ先生にお渡ししますから、そのおつもりで。父上も母上もご承知くださいね」

「それは見間違いだと申し上げておりますのに」

「関係ありません。私が見たものが私の全てで、貴方は母の従僕。それが何を意味するか、母上もお考えくださいね？」

ギリギリと握りしめていた扇が手の中でミシミシと軋む。

疎まれるだけなら良いけれど、恨まれるのはちょっと嫌だな。レグルスくんみたいに直接的に危害を加えられるのも。

バランスをとって痛み分けにするのなら、父にも痛い目にあってもらわなければ。

「……レグルスくんは父上とあちらの方のこども。母上が養育費を出す謂れはありませんよね。とりあえず、父上は母上にレグルスくんの養育費を払って差し上げてください。それも父上個人の収入から」

「は……⁉」

「だって菊乃井の財産は元々母上のものです。それを運用して出た利益は、母上に帰属するものでしょう。夫婦の財産は共有されると言っても、母上の財産で生さぬ仲のこどもを養育するのはちょっと図々しいかと」

「そ、そうよ！　鳳蝶、もっと言って差し上げなさい！」

「なので、菊乃井の領地をちゃんと経営して、出来たお金をきちんと借用書を書いて借り受け、それを元手に父上個人の事業を起こされたらどうでしょう。事業が成功したらレグルスくんが大人になった時に、それを譲られて、然るべき家として独立させるのも可能かと思いますし」

後は大人たちで話し合ってほしい。

前世の思考をフルに回転させたせいか、頭がとても痛い。頭がぐらぐらしてきて、少し横になりたくなってきた。

ロマノフ先生の膝から降りると、ロッテンマイヤーさんを近くに呼び寄せる。そして二人の手を握った。

「ロマノフ先生、ロッテンマイヤーさん、父上と母上の話し合いの証人をお願いします。二人が話し合って出た結論は、文章に認(したた)めて二人からそれぞれサインをとること。それを公的に威力を持つような形にして、お手数ですがロマノフ先生にお預かりいただきたいです」

「それはお願いですか、鳳蝶君？」

「私には頼れる大人がロマノフ先生とロッテンマイヤーさんより他にいないのです。御厄介とは思いますが、重ねてお願いいたします」

割れるように頭が痛む。

くらくらと眩む視界に、ロッテンマイヤーさんの顔が歪んで見えて。

あ、倒れる。

幼児は頭が重いから、上が傾くとそちらに身体も傾ぐもの。

天井が見えた瞬間、ロッテンマイヤーさんが悲鳴のように私の名を呼ぶ。

頭に差し入れられた手は大きいから、きっとロマノフ先生の手だ。

暖かい――……。

白豚の弟はひよこらしい

喧々諤々(けんけんがくがく)、議論百出、すったもんだがありまして。

どうにかこうにか合意をみた両親は、翌々日には屋敷から消えていた。

父は帰る時に「鳳蝶に虐められたら直ぐに連絡するように」と宇都宮さんに言い含めたそうで、それには宇都宮さんの方が憤慨していた。

母の方はレグルスくんが成人するまでは莫大な養育費を手にすることが出来るような取り決めになったらしく、少しはましな顔をして帰ったらしい。これでこの家の不良債権は私だけになったようだ。

私はと言うと、あの話し合いの席で頭を使いすぎ、オーバーヒートで熱を出して寝込むこと丸一日。

その翌日には日課の散歩を再開していた。

姫君に仙桃のお礼を申し上げ、家族が増えたことをお話すると、レグルスくんを散歩に連れてくる許可を貰えて。

本来神様は人前にほいほい姿を見せるものではないが、私はレグルスくんの教育に責任がある。それをお話したら、「面白そうだから連れてきやれ」と仰ったのだ。

なので、レグルスくんも朝の日課の散歩に連れていくとして、彼の課題を考えなければいけない。

机に大判の紙を広げて、定規で手のひらサイズの正方形になるよう線を引く。それに沿ってしゃきしゃきとハサミを入れて、何枚か同じサイズの紙を作る。

この世界の文化レベルはなんだか不思議議で、魔石を埋めれば使えるコンロやオーブン、冷蔵庫や果てはシャワーや風呂まであるのに、折り紙とか千代紙とかが無い。

けど、こどもの知育玩具の基礎って折り紙とかじゃないの!?

日本人だった『俺』が心の隅で吠える。

幸い紙はそこまで高級品ではなく、貴族の息子レベルなら直ぐに手に入る代物。

折り紙がなければ作れば良いじゃない！　って訳で、自作してみたのだ。

いくつか切った紙のうち、一枚を対角線で折り曲げで三角を作る。それを繰り返して出来たのは、日本人にはお馴染みの鶴で。

見本にするためにウエストポーチに、紙とハサミと共に片付ける。

それからブラウスとパンツに着替えると、ベッドサイドのベルを鳴らしてロッテンマイヤーさんを呼んだ。

私の日常が戻って、そこにレグルスくんと宇都宮さんが加わるだけ。

何も変わりはしないのだ。


ぽてぽてとレグルスくんの手を引いて、歌いながら奥庭へ。

私とレグルスくんがお散歩の間、宇都宮さんはロッテンマイヤーさんから菊乃井家の使用人たるものの心得を教わることになっている。

その後は宇都宮さんはレグルスくんのお世話のために洗濯や掃除、レグルスくんは私と屋敷の皆さんのお仕事を学ばせてもらう。昼からは私がロマノフ先生に教わったことを授業としてレグルスくんに教えて、レグルスくんが疲れたらお昼寝。私はその間に自分の趣味に精をだし、夜はロマノフ先生から授業を受ける。割りとハードスケジュールだけど、ハードなのはレグルスくんで、私は以前からこんな感じだ。

私が歌うとぞろぞろ現れる動物たちを引き連れて、奥庭に到着すると、そこには矢張り大きな牡丹が一輪。

　ゆらりと揺れると、薫風と光を伴って艶やかな女性の姿が現れた。

「おはようございます、姫君」

「おはようございます！」

　私が深く腰を折って挨拶すると、ブラウスの裾を握りながらレグルスくんも頭をペコリと下げる。

「うむ、面を上げよ」

「はい」

　素直に頭を上げると、レグルスくんの金髪かふさりと揺れる。ひよこのようだと思っていたら、姫君も同じように思われたらしい。

「ふむ、このひよこがそなたの弟かや？」

「はい。レグルスくん、ご挨拶して？」

「ばーんしゅたいんけの、れぐるすです。よろしくおねがいします」

「えーっと、菊乃井・レグルス・バーンシュタイン……ですね」

　そうか、父の家名はバーンシュタインと言うのか。それすら私は知らなかったらしい。そう言えば、私は母の名前も父の名前も知らない。後でロッテンマイヤーさんに聞いておこう。

　それはそれとして。

　ウエストポーチに入れてきた敷物をレグルスくんに渡して、それに彼を座らせる。

　私のお歌の時間は結構長いから、立っていると疲れてしまうのだ。

「さて、では今日は何を歌いましょうか?」

「そうよのう……」

姫君は愛や恋の歌も好きなら、讃美歌や自然を賛美するような歌も愛されるようだけど、物語性のあるのはかなりお好きだ。

姫君のお言葉を待っていると、ふわりと薄絹の団扇が持ち上がる。

「小童、そなた鞄に何を入れておる?」

「鞄、ですか?」

ハサミとハンカチ、折り紙と懐紙。特におかしなものを入れた覚えはないのだけれど。

私が戸惑っているのに、姫君は目を輝かせてウエストポーチを指差した。

「ほれ、それじゃ! 紙で作った鳥のような……!」

「ああ、折り鶴(つる)ですか?」

「折り鶴と申すのか? 疾(と)く見せよ」

めっちゃ食いつかれましたよ。

なので、ポーチから折り鶴を取り出すと、姫君の白魚よりも白いお手に乗せる。すると、しげしげと鶴を眺めて、更に眼を輝かせた。

「これは紙だけで作っておるのかえ?」

「はい。えーっと、作り方、ご覧になります?」

「よし、見てやろう。疾く始めるがよいぞ」

では、と、レグルスくんが座る敷物の上に一緒に座ると、ポーチから紙を一枚取り出す。

対角線で折り曲げながら、鼻唄まじりに山折谷折。

最初は私の手元を不思議そうに見ていたレグルスくんも、紙が折り畳まれて形を変えていくにつれ、眼をキラキラさせだして。

「はい、出来上がり！」

ころりと手のひらに転がった鶴に、姫君とレグルスくんの視線が集まる。

指で紙の羽を摘まむと、それをくるくる回してじっくりと二人して鑑賞するのが何だか可愛い。

神様に可愛いは不敬かもだけど。

頬を緩めていると、こほんと姫君が咳払いをして。

「これは貰っておいてやろう」

「え⁉　や、それは……」

「なんじゃ？　妾が貰ってやると言うておるに」

「でも、それ、単なる紙ですし！　もっと綺麗な紙があれば良いんですけど……」

「綺麗な紙とは、どんなものじゃ？」

「えぇっと、こう、姫君がお召しの着物の模様とか、花の模様のついたのとかですかね」

「良かろう、二、三日待っておれ！」

そう言うと姫君は煙のように消えてしまった。

あるぇ？　今日のお歌はどうしよう？

仕方ないから、その日はレグルスくんを聞き手に元気が出そうなアニメソングを歌ってお家に帰りましたとさ。


さて、日課の散歩を終えたら、次は屋敷の仕事を学ぶ。

今日のお勉強は理科の実験とは名ばかりの、料理長さんと新メニュー開発だ。

この世界、本当に変わってて、トマトやアボカドとか、前世と変わらないくらい野菜も果物も豊富なのに、料理がやたら少ない。

切る・煮る・焼く・揚げる・蒸すは確立されてるんだけど、それだけ。

例えばオムレツはあるのに、スフレオムレツは無い。クレープはあるのに、ミルクレープが無いとか。

発展型が無いというのだろうか。

そんなわけで、私は前世の知識を掘り起こして、なるだけあちらに近しい料理を不自然にならないように開発しているのだ。

だって美味しいもの、食べたいじゃない。

手を石鹸で洗って、レグルスくんとエプロンを着けて厨房に入ると、口の周りに髭を蓄えたコックコートの熊のようなおじさんが立っていた。

「お世話になります、料理長」

「あいよ。いらっしゃい、若様方」

「おせわに……なります、れぐるすです」

「はい、ご挨拶出来ましたね。弟です、よろしく」

「ああ……お話は予々」

ぺこりと頭を下げたレグルスくんに、料理長がほろ苦く笑う。

勿論、ロッテンマイヤーさんの薫陶の賜物で、この何日間かで起こったことに対して、あれこれ言うような口さがないひとはいない。

さて、今日は茶碗蒸しの開発に挑もうかと。

なんかねーこの世界、プリンはあるんだよねー。

プリンがあるなら卵を蒸したらぷるぷるで美味しいのは解るじゃん？

なのになんで茶碗蒸しが無いのさ？

これは由々しき問題だよ。茶碗蒸しうめぇ！　って『俺』も言ってるし。

だから、今日は茶碗蒸し。

あらかじめ材料として必要な卵とかは、前の厨房学習会の時に「甘くないプリンどうだろう」とか伝えておくと、次の時には用意してもらえるのだ。

「しかし、若様もまた変わったことを……」

「んー、プリンは好きなんですよねー。でも、卵って茹でて塩かけて食べても美味しいし」

「まあ、確かに。んでも、プリンに塩はないでしょ」

「ない……のは甘いからじゃないです？」

「甘くないプリンはプリンじゃないですよね」

うむ、甘くないプリンはプリンじゃない。

さて、どう自然に茶碗蒸しに持っていこう。

「とりあえず、卵の料理法を確認しましょうか」

「そうですなぁ。オーソドックスなのは茹でる・焼くでしょうな」

「玉子焼き、目玉焼き、オムレツ、ゆで卵ですね」

「はい、ポーチドエッグなんかもありますよ」

ゆで卵と言えばこの世界は主流は固茹で。しかし、ポーチドエッグを作るのだから半熟の概念が無いわけではない。そういや、温泉卵も無かったな。

「私、ポーチドエッグの半分生みたいなの好きです」

「そうですか、なら明日の朝はポーチドエッグをお出ししましょうかね」

「ありがとうございます！」

わーい！　言ってみるもんだ……じゃなくて。

横道にそれそうな意識を戻して、茶碗蒸しを作る方法を考える。

ポーチドエッグを食べるときは、だいたい何かの上に乗っけて胡椒をぱらりとするんだけど、ゆで卵には塩。その辺りからお出汁につけて食べる温泉卵までたどり着こうか。

「料理長さん、普段ポーチドエッグを食べる時はベーコンにつけたり、サラダにつけたりで、ゆで卵は塩で食べてますよね？」

「はい、そうですね」

「塩以外は合いそうにないからですか？」

「いやいや、そんなことはないと。現にプリンは砂糖使ってますよね」

「そうか……じゃあ、他にどんなのが合いますかね？」

「他……ですか」

うーんと豊かな髭を蓄えた顎を擦りながら、料理長が頭を捻る。

こういうのは下手に素人があれこれ言うより、味の組み合わせの相性を知るプロに任せた方が良い。

そのうち、料理長が何かを思い付いたらしく、お湯を沸かす。

それから私に卵を一つと、小さなボウルを一つ渡してきた。

「ポーチドエッグを作ってみましょうか。まず若様は卵をボウルに割って下さい。黄身を傷つけないように」

「はい！」

渡された卵を調理台の平たい部分にぶつけてヒビをいれ、そこに指を食い込ませてじわじわと殻を開くと、かぱんと綺麗に割れて中から黄身が白身と一緒にぷるんと飛び出す。

着地に成功したそれは、空に浮かぶ太陽のように丸いまま。

「お、一回で成功しましたね。じゃあそれをポーチドエッグにしますよ」

「はーい！」

ぐらぐらと煮え立つお湯に、お玉に半量くらいのお酢を入れると、料理長はすかさず魔石コンロの前に踏み台を置いてくれる。

それにレグルスくんの手を引いて乗ると、ボウルを持たせて、その手の上に自分の手を重ねた。

「割れないように、そっとお湯に入れて」

「ん！」

沸騰して渦をまくお湯の中に、ゆっくりとボウルからレグルスくんが卵を滑らせる。

僅かな水音を立てて入ったそれはあっという間に、透明な白身が固まって白色に変わっていく。

それを、料理長が菜箸とお玉で丸く整形すると、掬い上げられて氷水のなかへ。

見事半熟ポーチドエッグの出来上がりに、レグルスくんと二人で歓声を上げた。

陶器の小鉢に水を切ったポーチドエッグを入れると、料理長がスプーンを手渡してきて。

「塩もいいけど、醤油もありなんじゃないかと思うんですよ」

「醤油！」

薄い白身の膜をスプーンでふつりと断って、卵を割り広げれば、黄身がトロリと溢れ出す。そこに紫と呼ばれるほど濃い色の醤油が合わさって、色を変える。

一匙、醤油がしみた黄身を掬って先に味見をして、改めてレグルスくんの口に運べば、ぱぁっと綺麗な顔が輝いた。

「おいち！」

「料理長、美味しいです！」

「おお、やっぱりですか！」

黄身に醤油はかなり合う。これは良い。しかし、ここで満足は出来ない。

ここは素人の突飛な発想を発揮してみる。

「……料理長、私、思うんですけど、醤油が合うなら、醤油味のお出汁とか合うんじゃないです？」

「出汁？　出汁ですか……うん、ちょっとやってみますか」

そう言うと料理長はちゃっちゃかお出汁を作って、ポーチドエッグの残りに少しだけ注ぐ。

それを黄身とぐるりと混ぜ合わせると、口の中に運ぶ。すると少し出汁の味が濃いけれど、記憶にある温泉卵の味に近いものが。

じっとこちらを見て、燕の雛のように口を開くレグルスくんの口に温泉卵（仮）を入れると、再びキラキラと美幼児の顔が輝いた。

「おいちい！」

「美味しいねぇ」

「本当ですかい？」

料理長の問いに二人でこくこくと首を縦に振れば、料理長は自分もスプーンで出汁をかけたポーチドエッグを掬って口に入れる。

それから暫く考えているると、顎髭を撫でさすった。

「若様、甘くないプリン、出来るかもしれませんぜ」

「本当ですか⁉　どうやって……？」

「プリンは砂糖やら牛乳で卵を伸ばして作るんですがね。出汁で卵を伸ばしてみたらどうでしょう。甘くないプリンになるかも」

「ふぉ！　それは凄い！」

流石プロの料理人。素人の突飛な発想から見事に茶碗蒸しの原型に辿り着いてくれた。

よかった、これで念願の茶碗蒸しが食べられる。

嬉しくてレグルスくんのひよこのような髪をわしゃわしゃ撫でていると、何故か料理長が切なそうな顔をしていた。

「若様……大丈夫ですか？」

「ん？　卵美味しいですよ」

「いや、そうじゃなくて……」

瞬きを繰り返すと、料理長が首を振る。

「なんでもありません」と、返す顔はほろ苦い笑みだった。


よく解らないけど、私は料理長に心配をかけているようだ。

うーん、これはもしかして「(こどもにこどもが教育だなんて) 大丈夫ですか？」ってことかな？

だよねー、私もそう思うよ。他人だったら止めるわ。

でも一度口から出た言葉は二度と飲み込めない。それにロマノフ先生は本当にレグルスくんの家庭教師をする気がなかったのだから、あれより他に方法は無かった。

現に私のレグルスくんのカリキュラム作りには、アドバイスはくれても積極的に関わってくれない。

でもなー、三歳児に何を教えたら良いんだろう？

とりあえず、読み書き・四則演算は大人になった時には当然出来るようになっていないとダメだから、基礎として童話を読むとか数を数えるとかは必須か。

だとすると、こども向けの絵本なんかどうだろう。前世の記憶が生える前はてんで読み書きなんて出来なかったけど、目覚めた後は私だって書斎にある本を引っ張り出して読み書き覚えた訳だし
——と言っても私の場合は特殊な可能性があるのだけれど……。

料理長のところから戻ってお昼ご飯を済ませたあと、レグルスくんはちょっと早いお昼寝に。

私はと言うと、自分の部屋を色々と探ってみた。

私の部屋はチェストとベッドと机とランプがある。だけど、玩具になるような物は、実は何もない。

これは私に前世の記憶が生えたから片付けた訳でなく、目が覚めた時は既にこうだったのだ。

どうやら死ぬと思ったから片付けたのでもなく、最初から無かったらしい。

回復して少ししてから気付いたんだけど、病気の後遺症なのか、私の頭の中からは日常生活に関連した知識がごっそり抜け落ちている。

これで困るのは、この世界にはそもそも玩具がないのか、私が単にそんなものと縁がなかったのか、どちらか区別がつかないっていう。

折り紙が無いのはハンクラ（手芸）やりだした辺りで解ったんだけど、絵本とかのあるなしまで気が回らなかったんだよね。

これは聞くしかないだろう。

そんなわけで、通りかかったロッテンマイヤーさんを捕まえて尋ねてみた。

「……こども向けの本、でございますか？」

「はい。簡単な読み書きや計算を覚えるために読むような……」

ロッテンマイヤーさんは何かしら迷うように口を開く。

「若様、そもそも読み書き計算などは、市井の者には縁がないことなのでございます」

「ふぁ!?」

「市場で物を売り買いしたり、自分の名前を読み書きしたりするくらいなら、まあ何とかなりますが、それ以上となると商家のものや貴族でもなければ学ぶ機会がないのです」

「えぇ……それは……色々困るんじゃ……」

「私に教会や貴族の奉仕活動の一貫で、市井の者にも読み書き計算を教えているところもありますが……」

「あー……当然、菊乃井はやってないですよねー……」

「はい」

わぁ、知りたくなかった真実！

これも何とかしないといけない案件だろうけど、五歳の私には手も足も出ない。今は保留にして、レグルスくんのことを考えないと。

「領民の皆さんの暮らし向きはいずれこの目で学ばせていただきます。今の私にはどうにもならない件です、力が足りません。それを早急に身に付けるためにも、レグルスくんのカリキュラムを作らないと」

「レグルス様の……ですか？」

「はい、レグルスくんの幼児教育に成功したら、これを叩き台にして幼児教育の基礎を作ることが出来ます。そのためには父上にお仕事を頑張ってもらって、菊乃井が教育にお金をかけられるようになってもらわないと」

って言うか、菊乃井が冒険者に人気の割には税が高くて廃れるって、もしかして教育が行き届いていないせいで、人材が枯渇(こかつ)してて状況の理解が追い付いてないせいだったりして。

ナニソレコワイ。

菊乃井の芳しくない状況を想像して、ちょっと冷や汗が出る。

でもそれだって、今の私には手も足もでやしない。そこは大人の領分。

外の世界は大人に任せよう。私は家の平和を守るので手一杯だ。

「ああ、話が逸れましたね。では、こども向けの本は無いと言うことでしょうか？」

「左様で御座います。ですが、貴族の子弟は幼年学校に通う前から家庭教師を雇うもの。その場合は家庭教師から手製の教科書等を頂くのが常で御座いますね」

「……私、教科書貰ってませんよ？」

「若様は……お教えしなくても幼年学校に入る直前くらいの読み書き計算をなさっておいでだと、ロマノフ先生よりお聞きしております」

「うぅん？」

「刺繍の図面をお読みになり、布を裁つ際は定規をお使いになられる方に、今更幼年学校に入る前の児戯など教えるだけ時間の浪費、そんなことより魔素神経の定着や、世界の情勢などを教えた方が遥かにおためになるだろうと。ですので方針は全てロマノフ先生にお任せしているので御座います」

「えぇ……」

やだー!? ロマノフ先生の面白い子ってそういう意味なのー!?

私のこれは多分『チート』だからなぁ。

そうなんです。こちらの文字――アルファベットに近く、読みはラテン語のそれに近い――に日本語でルビがふってあるように見えるんだもん。読めりゃ練習次第で書けるよね。書斎にある本を引っ張り出してみてビックリしたよ。

本当なら努力して身に付けるものを、私は一足飛びで身に付けてしまった。それはきっと良いことばかりではないんだろう。

でも、生えてしまったものは引っこ抜けないし、今引っこ抜いたら困る子が確実にいるのだ。

いずれはズルの代償を払うんだろうけど、今は勘弁。

そんなことより、だ。

つまり絵本が無い、読み書き計算には縁が薄いということは、当然知育玩具なんか期待出来ないわけで。

「……ないのなら、作ってしまえ、ホトトギス」

「ホトトギス……?」

ロッテンマイヤーさんがきょとんとしてたけど、そんなことに気づく余裕は無く。

「ありがとうございました」と一礼すると、私は直ぐ様部屋に引っ込んで、趣味の道具を取り出した。

あるのはフェルト、ボタン、綿、作業台代わりの厚紙、針と糸。

スキル『青の手』のお陰か、型紙もチャコペンも使わないで布が裁てるのは便利で良い。

さくさくと狐やたぬき、うさぎの形にフェルトを二組ずつ切って、裏にボタンを縫い付けるのと縫い付けないのを作る。縫い付けない方には、形に合わせて『たぬき』とか『きつね』・『うさぎ』と名前の刺繍も忘れない。

そうして出来た片面をそれぞれ縫い合わせて、厚みを持たせるために綿を少しだけ詰める。

小さな縫いぐるみが三つ出来たところで、ちょっと疲れてきた。いくらスキル補正があると言っても、小さな手では出来ることが限られている。

こういう時には、ミシンが切実に欲しい。

それから大きめのフェルトの中央に、ボタンホールを三つ作って縢(かが)ると、きちんと縫いぐるみのボタンが填(は)まるか確かめて。

とりあえず、原型は完成。

後は同じような仕掛けの布と縫いぐるみを幾つか作って、本のように綴じれば……。

「ぬ～の～え～ほ～ん～！」

某水色狸……じゃなくて猫型ロボットの物真似は、似ているのか似ていないのか、やった当人の私には判別がつかなかった。

「君はちょっと目を離すと、色んな物を作りますねぇ」

夕食後のお勉強の時間、ロマノフ先生がにやにやと顎を擦りながらそんなことを言った。

視線はどうやらお昼寝のしすぎで眠気が吹っ飛んだレグルスくんと、彼の持つ私が作った布絵本(仮)に向いている。

夕食には料理長が頑張ってくれたお陰で、甘くないプリンこと『出汁蒸し卵』が登場して、その話の流れで布絵本の話に。

「教科書が無ければ作れば良いじゃない！　ですか。流石『青の手』の持ち主ですねぇ」

「教科書って程じゃないんですよ。三歳児に何を教えたら良いか迷った挙げ句のことですから」

「いやいや、ご謙遜を。ロッテンマイヤーさんが仰ってましたよ、鳳蝶君はレグルス君の教育を通じて領民に学をつけようと考えている、と。領民の生活にまで考えを致しているなんて、なんて立派なんだろうって感動されてました」

うーん、それはちょっと違う。

単に菊乃井の廃れぶりが、人的資源の枯渇なら良いなぁなんて希望的観測をしてみただけで、いわば逃避だ。

ひとは育てれば育つから、人的資源の枯渇は教育に力を入れればいい。長いスパンを持ちこたえる余裕があるなら何とでも出来る。しかし、土地や文化そのものに問題があった場合は正直お手上げ。

だけど、それも病巣にメスを入れられる人間を育てられれば、巻き返しの芽はあるだろう。

『米百俵』ってこんな話だった筈だ。多分。

そんな話をすると、ロマノフ先生が至極真面目な顔をする。

「つまり、自分が領主になったタイミングで使える人材を育てておきたい……という。レグルス君を右腕に据えるおつもりなんですね」

「まさか！　そこまで立派なことは考えてませんよ。領民に何か出来るほど、私に力はありませんし、するにしても色々足りない。でも家の中、レグルスくんには少しだけ出来ることがあるからする。それだけですよ」

だって菊乃井の跡継ぎはレグルスくんだもの。私は彼に殺されるんだから。

別に死にたい訳じゃないけれど、私が階段落ちで見た映像は、未来に起こることなんだと、何故だか断言出来る。

ならそこに行き着くまでに、出来ることはしておかないと。

死んだらそれまで、後は知りませんなんて、無責任だもの。

「でも、上手くいったら叩き台にして幼児教育体制を整えたいのでしょう？」

「出来れば。でも元手とかないですし、それは父上に頑張ってもらわないと」

「元手は確かに……しかし、お父上が領民にそんな教育制度を敷いてくれますかね？」

「それは……あー……でも、今から教育の大事さをレグルスくんに刷り込んでおけば……！」

「それこそ希望的観測ですねぇ」

うぐ、確かに。

部屋の中央に敷かれたモフモフの敷布の上、フェルトで出来たきつねやたぬきの小さな縫いぐるみを、小さな手でレグルスくんは上手にボタンで留めている。

こどもが一人、健やかに育つって本当に難しい。

そんなこんなで、日々は過ぎ……って言っても、姫君が『待て』と仰った三日目のこと。

レグルスくんは私が作った肩掛けが出来るトートバッグに、これまた私が作った布絵本を突っ込み、私はいつものようにウエストポーチをつけて、日課のお歌の時間に参上していた。

毎日同じことを繰り返すのは、忍耐を培うのに良いらしい。継続は力なり。

そよそよと爽やかな夏の風に吹かれて揺れる牡丹は、毎日見ても飽きるどころか、都度新鮮な感動を呼び起こす。

枯れることなく咲いているようで、いつも趣（おもむき）を異（こと）にして、清雅（せいが）だった昨日とは違い、今日は優艶（ゆうえん）に匂い立つのだ。

「おはようございます」

「おはよーございます！」

「うむ、大義（たいぎ）」

ゆるりと薄絹の団扇を振ると、姫君が手を招く。

「近（ちこ）う」と呼ばれてレグルスくんの手を引いて姫君の膝元までよれば、手を出すように言われたので従う。

すると手のひらにぱさりと、色鮮やかな幾何学模様や、花びら、蝶々の舞う紙が落ちてきた。これって。

「折り紙!?　や、千代紙……かな!?」

「ふふん、どうじゃ。美しかろう？」

「はい！　凄く！」

私の手のなかにある鮮やかな紙に、レグルスくんが「きれー！」ときゃっきゃしてる。こどもはこういう時に本当に素直だ。私もこういうの本当に好き。

「うわぁ、これ、凄い……！」

「そうじゃろう、そうじゃろう。何せ、イゴールに作らせたのじゃから」

なんかとんでもない名前が出てきた。

イゴールと言えばロマノフ先生に教わった技術と医薬、風と商業を司る神様の名前じゃなかったっけ？

「ふぁー!?　神様お手製!?」

「なんじゃ、そなた。妾のことは知らぬと言いおった癖に、奴の名を知っておるとは」

「あ、あのあと、めっちゃ勉強しましたので！」

「ふん。まあ、良いわ」

姫君は少しだけ不愉快そうに眉を上げたけれど、それだけ。それより重要な案件があるらしい。

ひらひらと団扇を閃かせると、「早う」と一言。

「ぅえ？」

「なにを間抜けた声で鳴いておるのじゃ。疾く、妾に何か作れ。美しい紙があれば、何かを妾に捧げると言うたではないか」

言ってないし。

いや、私が作った白い折り紙より、千代紙で作った折り紙のが姫君のお手には似合うと思ったから、「綺麗な紙が〜」とは言ったけど。

でも折角頂いたことだしね。

ウエストポーチから敷物を取り出すと、すかさずレグルスくんが座る。この子も何やら期待していたようで、貰った千代紙の束から一枚、美しい幾何学模様の紙を取り出すと、目を爛々とさせた。

まず、正方形に整えられた紙を二つ折りにして長方形に。戻して上下の縁を、先ほど作った折り目に合わせて、もう一度折る。

紙を開いた時、正方形が十六面出来るように折り目を付けられたら、今度は三角になるよう対角線で折り曲げて、左右どちらにも折り線を走らせる。

曲げて折って、三角に開いて四角に閉じてを、繰り返して四つほど羽根のような膨らみをつくると、左右どちらの下側の羽の端を細く細く折り曲げる。

上の残った羽を整えて出来たのは——。

「りょうちょ！」

「おお、器用な……！」

ころんと手のひらに立体の蝶々を乗せると、姫君はため息を吐き、レグルスくんが歓声を上げる。

姫君は満足されたのか、私の手のひらから蝶々をつまみ上げると、薄絹の団扇にそれを乗せた。

「うむ、見事じゃ。これは貰っておく。代わりに残りの紙はそなたにやる故、ひよこにも何か作ってやるがよい」

「ありがとうございます」

「ありがとーございます！」

どうやらお気に召したらしい。

貰った千代紙をウエストポーチに直そうとして、もう一度じっくりとその美しい模様を眺める。

こどもに与えるには、もったいなさすぎるほど美しい紋様にほうっと息を吐き出せば、姫君が鈴を転がしたように笑う。

「然程に惹かれるかえ？」

「はい……！　凄く、凄く綺麗で！」

「ふふ、なればイゴールに感想を伝えてやろう」

「はい。こんな綺麗な紙をありがとうございますと、お伝えくださいませ」

「うむ」

ほくほくとしながら、紙をウエストポーチに収納する。

ふと、気になることが。

「そう言えば、この紙はどうやってお作りに？」

「うん？　それはイゴールの領分ゆえ、妾は知らぬ。知らぬが……あやつ、自分の得意分野となると聞いてもないのにべらべらとよく喋りおってのう。確か、『ハンギ』がどうとか……」

「ハンギ……『版木』か⁉」

「なんじゃや、知っておるのか？」

「いえ、知ってると言うか……」

前世の記憶の中に、版画と言うものが確かにある。そしてそれを利用した木版印刷、更にそれを発展させた活版印刷というのも。

説明すると、すっと姫君の目が細められた。

「なるほどのう、確か『木版印刷』なる技術はこちらにもあったが……異世界には他の方法もあるのか」

「仕組みや絡繰り(からくり)は私には解りませんが……。でも本が簡単に出回るようになれば、それなりにメリットはあるかと」

「例えば？」

例えば、と聞かれて最初に浮かぶのは、矢張り知恵と知識の共有が簡単に出来るようになることだろうか。

そう伝えると、姫君はふんとつまらなさげに鼻を鳴らす。

「得するのは人間だけで、妾にはなんの利益も無いのう」

「……それは……」

姫君の見定めるような視線が私に突き刺さる。

ここで姫君が納得なさる答えをだせなければ、この技術の話は恐らくこれで終わりだ。それはいけない。私の直感が訴える。

何か手は無いものか？

考えあぐねていると、私と姫君のやり取りに飽きたのか、レグルスくんが絵本を引っ張り出して縫いぐるみの狸と狐で、独り遊びを始めていた。

まるでお芝居のようなそれが、稲妻のような閃きを与えてくれて。

「姫君、本が簡単に出回るような世の中になれば、『菫の園』のお芝居が観られるようになるかも知れません」

「なんじゃと⁉」

「あそこまで見事とは言えないかも知れませんが、ミュージカルは出来るかもしれない」

「どういうことじゃ⁉　詳しく……！」

食いついてきた姫君に、こほんと咳払いを一つ。

「お芝居は台本があって、その筋にそって役者が演じるものです。この世界のお芝居がどんな感じなのか私には解りませんが、少なくとも前世の役者さんは皆その台本に沿ってお芝居をされてました。台本とは、話の細かな流れ、役者が場面場面で言う台詞を網羅した本のことです」

「ふむ、続けよ」

「口伝だと伝えるひとがお亡くなりになったら失伝する可能性もあるし、ひとの記憶には錯誤があったりします。しかし台本があれば同じ芝居、同じ台詞を演じるひとを変えて何度も楽しめるんですよ。つまり、私が覚えているお芝居を、台詞から何から書き起こして、それを台本にすれば、私がいなくても、私が見たお芝居をある程度再現出来るんです！」

「記録として残しておけば……確かに」

「しかし、問題がもう一つ」

「うむ、なんじゃ？」

「識字率が低いこと。折角記録として残しても、それを読めなければ意味がない。平民に学問は不要!? 否！　学問は誰にも必要です！　何故なら字が読めなければ台本が読めない！　楽譜が読めなければ歌を正しく歌えない！　台詞や歌詞の意味を聴衆が理解できねば劇は評価されない！　評価されなければ如何に芸術と言えど廃れます！　評価はそのまま価値になり、価値はお金に代わりますから！　役者も食べなきゃ死んじゃいます！」

「お、おお……そうじゃの」

「良い役者を育てるには、まず芝居にお金を落とせる状況を作らなければいけません。それには無学ではいけないんです。騙されて不当に安い賃金で働かされたり、搾取されたりしますから。そうではなく、きちんと働いた対価を過不足無く受け取り、日々の暮らしがちゃんとたち行くようになり、尚且つ生活に余裕が出来れば、人間は娯楽を求めるようになる。その娯楽にお芝居を当て込む！」

「なるほどのう……。そうして人間が芝居に金を落とせば、そこに商売が成り立つ。だから競争が生まれて、切磋琢磨する環境になる……と言うのじゃな」

「簡単には運ばないでしょうが……」

　これは机上の空論で暴論に近い。

　でも娯楽の発展にはどうしても生活の安定は欠かせない。生活の安定にはやっぱり学問が必要だし、本は必要だと思う。

　てか、五歳児の脳ミソじゃ、これ以上の説得はちょっと無理だ。

オーバーヒートしそう。

ちょっと荒くなってきた息をどうにか整えていると、姫君の姿が歪(いびつ)に歪む。

おかしいなと思う間もなく、案の定ポンコツ五歳児の脳ミソがオーバーヒートを起こしたらしく、視界が暗転した。

それも復讐と呼ぶのなら

頭が痛い。

暗転した視界が心地好い振動によって、柔らかな覚醒を促され、それを受け入れた瞬間に凄まじい痛みが襲ってきた。

ギリギリと頭を締め付ける感覚に、ひゅっと息を吸い込んで目を開ける。

すると、ふわふわした金髪と涙で溶けそうな青い目、褐色の肌。

「にぃに？」

「……レグルスくん？」

にぃにってなんだろう？

ポロポロとお腹の上で涙を溢す美幼児に驚きながら、そっとひよこのような髪を撫で付ける。

ぺふぺふと小さな手が私の胸をあやすように叩く。心地好いと感じた振動は多分これ。

背中が柔らかくて、頭上は見慣れたシャンデリア。

と言うことは、私は姫君の前で気絶して、自室に運ばれた……のか？

解らん。

ぼんやりしながらひたすらレグルスくんの髪を撫でていると、控えめなノックが聞こえて、私が寝ているると思ってだろうけど、応える前にドアノブが回る音が。

「失礼します……。レグルス様？　レグルス様ー？　……どこ行っちゃったのかなぁ……レグルス様ー？」

声で察するに宇都宮さんだ。

もそもそと名前を呼ばれたレグルスくんが、私の上から身体を起こす。

ぴょこんと布団から出たひよこの髪に、宇都宮さんが近付いてくる気配がした。

「あー……ダメじゃないですか、レグルス様。お兄様はおやすみ中です。お腹に乗っちゃ、めですよ」

「う？　……め？」

「め！　ですよ」

「めーなの？」

真下にいる私に、そんなの聞かれても。

まあ、ぶっちゃけ軽くはないので、降りて欲しいけど。

「降りてくれると助かる、かな？」

「にぃに、起きる？」

「うん、起きるよ」

頷けば、ひよこちゃんはひょこひょことお腹から降りて、ベッドの端に座る。私も身体を起こすと、宇都宮さんが走りよってきた。

「若様⁉　お気がつかれましたか⁉」

「はい……。ちょっと頭が痛いので、声を小さめに」

「あ、あ、すいません！」

ぺこんと最敬礼した宇都宮さんの真似をして、レグルスくんも頭を下げる。ふわふわの髪に指を差し込むと、きゃっきゃ笑うのが可愛い。

それとは対象的に、宇都宮さんは凄く深刻そうな表情だ。

「若様、あの……お倒れになったの、覚えてらっしゃいますか？」

「ああ、はい。奥庭で散歩中……でしたかね」

「はい。ロマノフ先生が若様とレグルス様を連れて帰ってきて下さったんですが……」

「ロマノフ先生が？」

「はい。なんでもレグルス様が泣きながら庭から出てきたのをロマノフ先生が見つけてくださって。レグルス様は若様が庭でお倒れになったのに吃驚して、誰かに助けを求めに来たんだろう……と」

「そうですか……レグルスくんが……」

なんて賢いんだろう。

私、三歳の時そんなこと出来なかった気がするけど。

ありがとうの意味を込めて金髪をくしゃくしゃと混ぜ返せば、レグルスくんはくすぐったそうに身を捩りながらはしゃぐ。

可愛い盛りのレグルスくんの仕草に、しかし宇都宮さんはにこりともしない。それどころか若干泣きそうなのが気になる。

なんでか聞いてみようか？　と口を開きかけた時、先に宇都宮さんが話し出した。

「あの……若様、お倒れになったのって、レグルス様の絵本を作るのに夜更かしを繰り返してたからって本当ですか？」

「は……？」

「最近夜遅くまで、若様の部屋の灯りが消えない、そしたら翌朝にはレグルス様の絵本が増えてるって……」

「あぁ……」

楽しいんだ、お裁縫。

ちくちくしてると、ついつい時間を忘れちゃうんだよねー……。でも健康に支障が出るほどの夜更かしなんて、五歳児には無理です。眠くなったら即ばたんきゅう！　です。

うるうる潤む大きな眼から、ポロッと一粒。涙が薔薇色の頬に落ちる。

今思い出したけど、宇都宮さんも充分に美少女で、美少女の涙は大抵の凡人には大量破壊兵器もいいとこだ。

「え!? 何!? どうしたの!? 私、何かしました!?」

「レグルズざまのだめによぶがじぃぃぃ!」

「違っ! してない! してないよぉ!?」

ぎゃあっ!? 美少女ギャン泣き、私阿鼻叫喚!

レグルスくんがきょとんとして私を見ている。見ないで、私なんにもしてないから。

ひぐひぐと嗚咽を上げて泣くのを何とかせねばと思い、ベッドサイドから刺繍入りハンカチをレグルスくんに渡す。そして宇都宮さんの方に背中を押すと、自分の使命が解ったのか、彼女にハンカチを差し出した。

「めーよ! にぃに、こまってる」

「あい……ぐすっ、失礼しました……」

「レグルスくん、普通に話せる時とそうじゃない時があるんですね」

「はい、たまに何だか大人みたいな話し方なさるんです……じゃなくて!」

ちっ、折角話が逸らせると思ったのに。上手くいかないもんだ。

受け取ったハンカチで涙を拭くと、宇都宮さんが戸惑いがちに唇を開く。

「……若様、若様はどうしてレグルス様にそこまでしてくださるんですか?」

「んぁ? 布絵本作りは私の趣味の一環ですよ。別にレグルスくんのためだけって訳じゃ……」

「それだけじゃありません。こちらのお屋敷でレグルス様がきちんとお勉強出来るようにしてくださったり、奥様からあんまり疎まれないようにしてくださったり……」

「兄が弟の面倒を見るって普通じゃないんですか？」

「……ついこの間までレグルス様の存在すら知らなかったのに、ですか？」

うーむ、そうなのかな？

前世は人付き合いをそれなりにしていて、兄と弟の軋轢があるとこもないとこも解ってるけど、現世ではほぼ人付き合いなんかない。更に言えば両親との触れ合いすらなく、ほぼ他人に等しい状態で「今日から兄弟です」って言われたようなものだから、正直こう言う時はどういう反応をしたら良いのか解らないのだ。

「自分より小さい子をいじめないのは常識かなって。あと、守ってあげるのも」

「でも……その……レグルス様は若様のお父上様が他所に作ったこどもで……」

「それは父の都合でレグルスくんのせいじゃないですし。前も話しましたけど、私はそもそも疎まれてる身の上、レグルスくんのせいでこうなってるわけでもないので」

これはアレか。疎まれる、虐められると構えていた緊張の糸が張り詰めて、ストレスが限界を超えたのか。

そりゃ、虐められるだろうと思ってた相手からなにもされない、かといって真意が読めないとか、凄く疲れるだろう。もっと早くに宇都宮さんとはじっくり話すべきだった。

失敗したなと思いつつ、宇都宮さんにベッドの端で申し訳ないけど座るように促す。

最初は渋っていた宇都宮さんも、話をしましょうと言えば、戸惑いながら座ってくれた。レグルスくんは何故か私の膝の上だけど。

「宇都宮さん、私は事実は多面体だと思うのです。見るひとと角度が変われば違う面が出てくる。確かにレグルスくんは菊乃井からすれば父の裏切りの証ですが、レグルスくんのお母様のご実家では私こそが菊乃井の非道の証でしょう。だからレグルスくんは、彼方ではこちらにくれば虐められると思われていた」

「それは……」

こくりと宇都宮さんが頷く。

まあ、そうだよな。母親を裏切って他所の女に産ませたこどもなんて！　って受け入れないって予想されてるのは、解る。これは前世の経験則。あっちの母は昼メロが大好きだったからな。

しかし、だ。

それは母親に可愛がられてるこどもが、母親が憎む相手を同じように憎んで愛と共感を得るミラーリングって奴で、私にそんなものがある筈も無い。

それに。

宇都宮さんはレグルスくんの守役、少しだけ伝えておいた方が良いかもしれない。

「宇都宮さん、私ね、ここだけの話ですが、あんまり長生きしない気がするんですよね」

階段落ちで見た映像のレグルスくんは、青年とは言えまだあどけなさを残していた。

私とレグルスくんは二つ違い。

レグルスくんが若いってことは、私も若いってことで。

告げれば、宇都宮さんが蒼白になった。

「な、な、なに、何を仰ってるんですか⁉」

「何って……レグルスくんを迎え入れる時も言ったでしょ？　人間何が起こるか解らない、代わりは必要だって」

えらい挙動不審になった宇都宮さんに、ちょっと首を捻る。オーバーリアクション過ぎじゃない？

「……私、つい半年前に流行り病で死にかけたんですよね。それで何となく、私は長生きしないいんじゃないかと思うようになりまして。それでね、私が死んでも大丈夫なようにレグルスくんになっておいてもらおうかと思って」

これは嘘だ。だって私はレグルスくんに殺されるのを、もう知ってるんだもの。だから、そこに至るまでにレグルスくんに立派な伯爵家当主になれるよう成長してもらいたいだけだ。

「私が死んでも、両親はなんの感慨も抱かないでしょう。何せ、生きてることも期待されてない」

「そんな⁉　そんなこと……！」

「あるんですよ。だって半年前に私が医者に匙を投げられる寸前に、枕元に居てくれたのはロッテンマイヤーさんやら屋敷にお勤めのひとだけです」

「…………っ」

「でも、レグルスくんは違う。お母様を亡くされたけれど、父はレグルスくんに最高の教師を付けるために、わざわざ来たくもない場所に乗り込んできたし、今だってレグルスくんを害されないために母に頭を下げて莫大なお金を稼ごうと仕事に精を出している。生きてることも期待されてない私より、きっとレグルスくんが菊乃井の当主になった時に、喜ぶひとが多いと思います。最大多数の最大幸福。政の理念ですね。どうせ長くは生きないなら、弟を最高の領主にするくらいは……ねぇ」

「な、長生きなさるかも知れないじゃないですか⁉　その時は……⁉」

「その時はレグルスくんに家督を譲って、私は……歌やら手芸やらして生きていければ良いですよ」

そんな未来はきっと来ない。

頭の隅で、剣を振り下ろすレグルスくんが、そう叫んでいる。

いつか来るその日のために、私にはしなければいけないことが沢山あるのだ。

喋りすぎて少し疲れて、そっとため息を吐く。

「宇都宮さんにもね、やって欲しいことがあるんです。菊乃井邸はレグルスくんにとって敵地ではなくなったにせよ、まだ完全に味方ばかりという訳でもありません。だからね、小さいレグルスくんに代わって、貴方がレグルスくんの味方を増やしてください。レグルスくんがどんなに賢くて良い子なのか、アピール出来るのは現状貴女しかいない。屋敷のひと達を、レグルスくんの味方にするんです。私が死んでも、誰もその死にレグルスくんが関係してると疑わない程に」

「若様⁉　何を仰ってるんですか⁉」

「レグルスくんが私を殺したなんて疑われたら、母やセバスチャンの思うツボです！　父にも母にも私は味方しないし敵対もしない。でも幼児を階段から落とすようなヤツを利するのは嫌だ！　それを母が命じたなら、同じ人種と思われるのはもっと嫌なんです！」

ぜいぜいと肩で息をする私に、宇都宮さんがそっと触れる。

その手を握ると、宇都宮さんは真剣な眼で、私の手を握り返した。

「セバスチャンは私にレグルスくんを追い出す手伝いをさせようとした。あの野郎は、そうすれば母が目をかけるかもと、ちらつかせて！　自分より弱い者を虐めなければ、私は愛される価値もないと⁉　……侮（あなど）るなよ、私にだって意地くらいはあるんだ！」

そう、突き詰めれば私にも怒りがあった。

セバスチャンにも父にも母にも、言ったところでどうにもならない怒りが。

私はレグルスくんを立派な大人にすることで、両親に復讐したいのかもしれない。

声を荒らげた私を、驚いたのか、レグルスくんが見上げる。

私の弟。

可愛いか可愛くないかで言えば、きっと可愛い。じゃなかったら階段から一緒に落ちたりするもんか。

複雑なのは私がやっぱり五歳児で、色々と整合性の取れない存在だからだろう。

喋りすぎた。

見上げるレグルスくんの髪をすいていると、すっくと宇都宮さんが立ち上がって、そのメイド用のスカートの裾を両手でつまみ上げる。

カーテシーという様式の礼を取って、宇都宮さんは胸に手を当てた。

「……解りました。不肖、宇都宮アリス。これより若様とレグルス様をお守りすべく、全力で尽くさせていただきます！」

「え？　や？　宇都宮さんはレグルスくんのために働いてくれたら良いんですよ」

「いいえ、若様のお望みを叶えることはレグルス様のためでもあります。若様の手足として、宇都宮、がんばります！」

よく解らないけど、宇都宮さんはやる気になったようだ。つか、宇都宮さん、下の名前『アリス』って言うのね。初耳だ。

宇都宮さんの気合いに気圧されて頷けば、彼女の顔がふっと真顔に変わる。

「若様、どうかレグルス様と仲良くなさってくださいね。レグルス様と若様が仲良くしてくだされば、宇都宮、必ず若様とレグルス様を守ってみせますから！」

「ぇー……何か気合い入りすぎじゃないです？」

「ぇ⁉　そ、そんなことありませんよぉ！　って言うか、若様も意外に激しいんですね！『あの野郎』だなんて！」

キャハッと明るく笑うと、宇都宮さんは素早く「若様がお気がつかれたことお知らせしてきますー！」と、歌うように扉から廊下に消えていった。

なーんか、怪しいなぁ。

白豚の体質とひよこの性質と

頭に虹色の蝶を止まらせた幼児に、いきなり抱きつかれて大泣きされるとか、ちょっとない経験らしい。

宇都宮さんにまんまと逃げられた後、部屋に様子を見に来てくれたロマノフ先生が微苦笑しながら教えてくれた。

虹色の蝶は百華公主のお使いで、レグルスくんに「大人を探せ」とか「屋敷の方に走れ」とか指示を出していたらしい。ロマノフ先生を連れてきたレグルスくんを「中々見所のあるひよこじゃ」と誉めてくれたそうだ。

それは兎も角、姫君の仰るには、私は件の流行り病の後遺症で、倒れやすくなっているらしい。

自分は医神ではないから断言できないがと前置きしつつ、事故や病気で彼の岸と此の岸を行き来したものは、極々希に魂と肉体の繋がりが細くなると聞いたことがあって、私の症状はそれではないかと仰ったそうな。

「『詳しく調べるゆえ、七日間休みをやる。英気を養うが良い』だそうですよ」

「七日間⁉　そんなにお歌唄いに行っちゃ駄目なんですか⁉」

「ダメと言うか、留守にするから来ても鍛練にならないそうで。代わりにレグルス君に子守唄を聞かせて、後は魔素神経が鈍らないように魔術の修練をしていなさい……と言う？」

普段、魔素神経を利用して音程の安定やら、声帯の保護とかしてるから、魔術の修練をしておけと言うのは解る。

けれど何故、レグルスくんに子守唄を聞かせておけって名指しなんだろう。

「……私、レグルスくんに子守唄なんか歌ったことないですよ」

「これも姫君が仰せだったんですが、『ひよこに棒振りをさせておけ』と」

「棒振り……ですか？」

なんのこっちゃ？

眉間に刻まれたシワに、ロマノフ先生が指を入れて撫でさする。くすぐったさに身を捩れば、今度は頬をもちもちされた。エステなのか。

「棒振りってのは多分剣術ですね。姫君の見立てでは、才能がある部類らしいですよ。姫君の剥き出しの神気にも怯まなかったらしいですし」

「神気ってなんですか？」

「簡単に言えば神様の圧力ですね。姫君は思わず跪いてしまう雰囲気をお持ちでしょ？　神様は皆、あのような雰囲気をお持ちなのです。でも、あれ、普段かなり抑えてらっしゃるんですよ。ひとの魂を潰してしまわないように」

「それが剥き出しって……？」

「レグルス君を導くのと、倒れた鳳蝶君を守るのに、姫君は魂を二つに分かたれました。分霊を作ると、神気が増えた分だけ複雑になってコントロールが甘くなるのだそうです。だから一瞬とはいえ、レグルス君は姫君の剥き出しの神気を浴びたのだとか。しかし、彼は怯えるどころか、姫君の指示を過たず聞いて、姫君の望むところをなした。『肝が太い、英雄の気風を感じた』と仰ってましたよ」

「やだー……レグルスくん天才ですか⁉　やだー……うちの子すごぉい！」

「うちの子って……」

若干ロマノフ先生の視線が生暖かいけれど、もう私、開き直りました。

レグルスくんを立派な領主に育てます。ええ、レグルスくんの亡きお母様に代わって！

そんな私に苦笑を向けつつ、先生が続ける。

「子守唄でも聞かせておけって言うのは、よく遊びよく寝かせろってことじゃないですかね。寝る子は育つと言いますし。レグルス君は君の歌を聞き慣れてるから、下手な子守唄では寝られなくなってるんじゃないですか？」

「まさかー」

そんな大袈裟な。

今度は私が苦笑する番だ。しかし、ロマノフ先生は真面目に首を横に振る。

「鳳蝶君、君は毎日のように姫君にお会いしているから感覚が麻痺しているんです。普通、神様は人間の前に姿を現さない」

「それは……私が異世界の歌を歌えるから……」

「それにしたって、他の歌手に教えて歌わせても良いのです。それがそうせずに、君をご指導なさっている。それはつまり、君に才能があるからです」

「いや、そんな……」

「確かに神様が直々に人間に何かをご指導されたり伝授なさったりすることもありますが、それだって伝授される側の人間は百年、二百年に一度の才人。きっと君は百年か二百年に一度の歌い手なのです」

物凄い真顔で断言されたけど、本当に違うってば。

姫君が毎日いらしてるのは、珍しい前世の歌を聴きに来られてるだけなんだってば。

こんなことならあの時本当のことを言えば良かった。

白分の前世の記憶と言えど、他人からの借り物を自分の物のように扱ったツケが来ている。

ばつが悪い。

それが表情に出ていたのだろう、ロマノフ先生が肩を竦めた。

「疑り深いですねぇ。君くらいの歳の子は、誉められたら調子に乗るくらいで丁度良いのに」

「あー……だって、私、自分以外の歌聞いたことがないので。上手いって言われてもなぁみたいな？」

本当のことが言えない以上、嘘を重ねるしかない。いや、比較対象がないから上手下手の区別がつかないのも本当のことなんだけど。

しかし、その言い訳は、私が思うよりロマノフ先生に深く刺さったようで。

「そうか……ロッテンマイヤーさんから聞いてはいましたが、君はこの屋敷から出たことがないんでしたね。それじゃあ自分の力量が解らないのも致し方ない」

「……先生、私が歌上手いの前提なんですね」

「姫君の御前に伺った時に少しだけ耳にしましたが、綺麗だと思いましたよ？」

「はあ……」

「兎も角、比較対象がない限り、自分の力量は量れませんね。解りました、帝都に行きましょう」

「んんん？」

なんでやねん。

思い切り不思議な物を見る目をしていたのか、再び頬っぺたをもちもちされる。頬肉が削げないかな。

「帝都には音楽家がいます。それでなくても旅芸人の一座が公演してたりしますしね」

「そうなんですか……？」

「菊乃井領はよく言えば長閑(のどか)ですが、悪く言えばドがつく田舎。中々旅芸人の一座も来たがらないので、待つより行く方が早いですからね」

あれ、ちょっと待てよ？

姫君、ミュージカルは初めて見たって言ってたけど、ロマノフ先生の言葉からして芝居はあるっぽい。

もしかして、芝居はあるけどミュージカルとかオペラはないのかな？

「先生、ちょっとお聞きしますけど『ミュージカル』とか『オペラ』ってご存じですか？　芝居に歌やダンスが混じってるやつなんですけど」

「さて……？　私は覚えがありませんが」

「そうなんですか……。姫君様が見たいと仰ってたんですが」

「異世界の話かも知れませんね。しかし、たとえそう言った物が帝都で流行っていても、菊乃井にはおそらく何年か待たないと来ないかと」

なるほど、菊乃井って芸術系のひとにとってはそんなド田舎なのか。

これは菊乃井で『菫の園』とか夢のまた夢なんだろうな。

でも、そうか。帝都にはお芝居もあるし音楽家もいるのか。レグルスくんも連れていってあげたいな。

しかし菊乃井から帝都までは確か馬車で十日。往復二十日。

どれだけの費用がかかるんだろう。

「先生……」

「はい？」

「旅費はいかほどですかね？」

おずおずと聞けば、先生は一瞬目を丸くして、ニヤリと唇を上げた。

「そうですねぇ、安くはないですね」

「レグルスくんや宇都宮さん、ロッテンマイヤーさんも行くとしたら、護衛のひとも要りますもんね。えぇっと、そのひとたちの食料とかも……」

指折り数えれば切りがない。そしてこの額は増えこそすれ、減りはしないんだろう。

だんだんと眉が下がってくるのを見かねたのか、ロマノフ先生の手が私の頭を撫でた。

「劇場は小さなこどもは入れないところもありますし、今回は私と鳳蝶君だけにしておきましょう。それから、私と君の旅費は気にしなくて結構ですよ」

「ぅえ⁉　良いんですか⁉」

「はい、でもお土産を買うお小遣いは自分で用意しましょうか」

そう言ったロマノフ先生は、いたずらっ子が悪戯を思い付いたみたいな表情だった。

「あの……働き口はありますか？」

鳩が豆鉄砲食らうって、こう言うことなのか。

笑うロマノフ先生を三度見くらいしてから「へ？」と間抜けた声が喉から飛び出た。

お小遣いを用意する。

遠足のおやつは三百円までですよ、とか言うみたいに気楽に行ってくれますが、その三百円は何処のお財布から出るのでしょうか？

考え込んでいると、ぷにぷにと頬をつつかれる。

ロマノフ先生ってぷにぷに好きなのか。隙あらば私の肉付きの良すぎる頬っぺたをもちってくるような。

いや、それよりも、だ。お小遣いってことはお金。お金を手にいれるには、貰うか奪うか稼ぐしかないわけで。

「働き口……普通は、無いんじゃないですかねぇ」

「ですよねー……」

農家のこどもや商家のこども、職人のこどもなら、家業を手伝うことで、お小遣いを貰うことも出来るかもしれないけれど、それは家業がある場合、かつ、こどもを養った上で小銭を与えられるほど裕福ならば、だ。しかし、私は単なる貴族のこども。

お小遣い以前に、考えてみりゃ、一番人道にも文明にも寄与してないわ。

えぇ……じゃあ、どうすりゃ良いんだろう。

「普通は無いかもですが、鳳蝶君にはありますよ」

「は？」

「君のスキルはどういう類いでしたっけ？」

よっぽどアホ面を晒してたのか、出来の悪い生徒を諭すように、ロマノフ先生は続ける。

「お針子さん、或いは手を使う職業のひとの憧れの『青の手』ですよ。それを活かさない手はありません」

「はぁ……『青の手』ですか……」

「イマイチ、イマニくらいピンと来てないみたいなんで説明しますが、何時だったか貴方に空間魔術の話をしたのを覚えていますか？」

「はい、えぇっと……」

空間魔術は四大精霊に呼び掛けて行使するもので、莫大な魔力と引き換えにかなり便利だとか、使えるひとはレアだとか。

思い出したことを口にすれば、パチパチと拍手が。

「空間魔術に関してはそれで良いでしょう。でも、そっちじゃありません」

「えーっと、他に何かありましたっけ？」

「君のウェストポーチにマジックボックスの魔術を付与した対価。あれはなんでしたかね？」

「ああ、ロマノフ先生のマントにしたエルフ紋様のコンドル十羽と、私が刺繍したハンカチ……ん？」

そう言えば、あの時なんかびっくりするような事を言われた気がする。

なんだっけ？

あー、喉まで来てるのに思い出せない。ジタジタしていると、ロマノフ先生がくふんと口角を上げた。

「私の空間魔術付与と君の刺繍は充分等価交換だと言いましたね。さて、何故か……」

「えーっと、えーっと……あ!?」

魔術を使う際、呼びかけに応えてくれる精霊たちは、『青の手』や『緑の手』を持つ者の作品や育てた物を好み、それらを持っていると勝手にブーストをかけてくれるとか、なんとか……！

喉の奥に刺さった小骨が抜けたような爽快感に酔いしれて、しかし、はたと気づく。

それとお金を稼ぐのと、なんの関係があるのさ。

頭にいくつも疑問符を浮かべた私に、ロマノフ先生がいつかの対価に渡した蝶々の刺繍入りハンカチをポケットから取り出してみせる。

「魔素の扱いに補正をしてくれるということは、魔術を使う時に補正が掛かるばかりではなく、受ける時も手助けをしてくれます。ダメージなら少なく、回復量は多くしてくれるという具合に」

「そうなんですか……。で、それとお仕事がどう結びつくんですか？」

「うーん、まだ察しが付きませんか。君は自分のこととなると認識が甘いと言うか、自己評価が低いと言うか」

そうかな、過不足なく白豚なのは把握してると思うんだけど。

「魔術を使うのにブーストをかけたり、魔術によるダメージを減らしてくれたりする道具は概ねかなり高額で売れるんですよ。なにせ『青の手』なんて熟練の職人しか普通は持ち得ないスキルです。そんな名工の手になる道具なんて希少で高価なのは当たり前でしょう？」

「……スキルに関してはちょっと何とも言えませんが、名工の品がお高いのは解ります」

本来『青の手』は五歳児にはあり得ないスキルってことも解った。

とりあえずそれは前世の俺の培った技術がかなり高かったと思っておこう。

それはそれとして、それがどう商売に結び付くんだ。

首を傾げると、先生が部屋のすみに置いてあるハンカチやら布の山を指差す。

前に、魔術が使えるようになったお祝いに、しこたま手芸の材料を買ってもらったんだよね。

「あのハンカチ……そうですね、五枚ほどの四隅に、エルフ紋様のコンドルを刺繍してもらえますか？」

「はあ……明後日の朝くらいまでで良いですか？」

「君が体調を崩さない、無理のない範囲で結構ですよ。でね、それが出来たらとあるところにお連れします」

「とある、ところ……？」

「はい。いずれ君を連れていこうと思っていた場所なんですが、予定より少し早くなっても良いでしょう」

どこかしらん？

と言うか、ロマノフ先生って結構長いスパンで私の教育計画立ててくれてるんだなって改めて思うんだけど。

魔素神経が定着するまで一年かかる予想とか、何処かに連れていこうと思っていたのが予定より早くなったとか、凄くきっちり色々教えようとしてくれてる。

「あの……先生、いつもありがとうございます」

「なんですか、藪(やぶ)から棒に」

「だって先生、私の魔素神経が定着まで一年はかかるって予想しながら勉強させてくれたり、課題のある場所に行く予定を立ててくれてたり、それって私の家庭教師を長く続けてくれる気だってことですよね。ボランティアなのに」

「んん？　ああ、そういうことですか……」

顎を擦るとロマノフ先生が笑う。

「エルフは短くても二千年は生きる生き物ですよ。そのうちの五年や十年を家庭教師として過ごすのも、冒険者として過ごすのも、そう変わりのあることではありませんから」

「そうなんですか。それでも先生の五年や十年を無駄にしたと思われないような生徒でありたいと思いますので、よろしくお願いします」

「いやいや、五年や十年と言わず百年くらい使ってもらって大丈夫ですからね」

にやっと凄く良い笑顔を浮かべたあげく、バチコーン！　とウィンクくれたけど、流石に百年とかないわ。

「先生、私、確かにアホの子ですけど、流石に百年もアホの子とかはないかなって……」

「いや、そういうことじゃないんですけど」

眉が八の字に落ちる自覚をしながら言えば、先生の目が丸くなる。

じゃあ、どういう意味なんだろう。

突っ込んで聞くようなことか判断が出来ずにいると、「まあ、おいおいね」と先生の方からこの話を終わらせてくれた。

先生、とったどー！

さて、倒れたことを考慮して、その日一日は刺繍しながらベッドで過ごして、翌日はレグルスくんと歌いながら散歩に出掛けて。

奥庭に姫君はいらっしゃらないそうなので、庭師の源三さんの菜園に行く。

夏の陽射しに照らされたトマトの艶やかな赤さ、キュウリの瑞瑞しい緑、それから黒と見紛うばかりの極々濃い紫のナス。

色鮮やかな夏の恵みが、庭の一画を美しく彩る。

いかにも食べ頃な野菜たちに混じって、フランボワーズも可憐ながら自己主張を忘れず、紅色の果実を実らせていた。

どれもこれも凄く美味しそう！

るんたった♪　と鼻歌混じりに畑の前に置いたベンチで靴を農作業用のに履き替えると、レグルスくんも同じく履き替える。

それから重いものを持つこともあるので、うろ覚えの前世のラジオ体操第一を一緒にして身体を暖めて。

農作業は割りと重労働だから、侮っちゃいけない。準備体操は必要なのだ。

因みに剣術とか弓術、馬術みたいな激しい運動の前には、ストレッチも兼ねてやってる。うろ覚えだから、何処まで予備運動になってるか解んないけど。

ぽてぽてと歩くレグルスくんの手を引いて、野菜の収穫をしている源三さんの側に行く。

「おはようございます」

「おはよーございます！」

「おお、若様方。よう来んさった」

禿げ上がった頭に、豊かな白髭はなんかサンタクロースっぽい。

歳は確か七十の手前って聞いてるけど、長年の庭仕事や農作業のお陰で、筋骨隆々だ。

穏やかな好々爺だけど、仕事には厳しく、慣れるまでは結構叱られた。

でもそれだって理不尽って訳じゃなく、一歩間違えたら大怪我に繋がるような道具の使い方をしたせいだったりだから。

そんな源三さんがキュウリをもぎって、私とレグルスくんに渡す。

「夏野菜はそろそろ終わりにせんと、ですな」

「そうですねぇ。秋になったら違うの植えて、冬から春に何か穫れたら……」

「そう言うと思いましてな、白菜を用意してみましたじゃ」

白菜！

冬には欠かせない野菜じゃないですかー！

なんと源三さんは他にもじゃがいもや白ネギなんかも用意していてくれたらしく、苗をお家で育ててくれているそうな。

「じゃあ、その苗が育ったら、夏野菜をお仕舞いにしなきゃですね」

「改めて土を用意せにゃならんので、植えるしばらく前から準備はせんと」

「おお、なるほど」

「苗を植え付けるのは九の月の中頃を考えておりますじゃ」

「九の月ですね、解りました！」

この世界の暦は前と同じで一日二十四時間、一年三百六十五日の十二ヶ月。

月の呼び方は一月が一の月、次が二の月と至ってシンプルだし、一の月の一日が年の始まりで十二の月の三十一日が終わり、二の月は四年に一度二十八日が二十九日に変わる。

今が八の月の初めだから、まだ一ヶ月ほど余裕があるのか。

それまでは夏野菜とフランボワーズを楽しませて貰うとしよう。

まずは貰ったキュウリをレグルスくんのも合わせて、ウエストポーチにしまって。

「始めるとしますか」と言う源三さんの言葉に従って、真っ赤に熟（う）れたトマトに手を伸ばす。

張りがあって、艶々（つやつや）。

それを見て「わぁ！」と歓声を上げたレグルスくんが、四苦八苦しながらもいだのも、トゲが綺麗に立ってちくちくする濃緑のキュウリで、指にちくっとするのが楽しいのか、そういうキュウリを探し出す。

三歳児に鋏を持たせるってどうなのか解らないから、とりあえず素手でもぎれる範囲で。

「にぃに、トマトたべたい！」

「トマトね、ちょっと待ってて」

私は枝切り用の鋏を許されてるから、それでトマトのヘタより少し上を断ち切る。

真っ赤な果実をレグルスくんに渡すと、にぱぁっと満面の笑みを浮かべて。

んん可愛い！

キラキラ金の髪が光を弾いて、眩しいくらいに輝くひよこちゃん。

それに引き換え、大分ましになったとは言え、私の弛んだお腹ときたら。

ぷよぷよの腹肉を摘まむ。

前世の記憶が生えた直後より減ったとは言え、まだまだ五歳児の体積には程遠い。

ダイエット頑張ろう。

気合いを入れて再び収穫に戻ると、レグルスくんもぷちぷちと茄子やキュウリをもぎっては源三さんに渡していく。

それを繰り返すこと、数度。種類ごとに用意していたバスケットが一杯になった辺りで本日の収穫はおしまい。

フランボワーズも、小鳥が食べる分を残してもスープボウル一杯には獲れた。

その中の一粒を水で洗ってから、金のひよこのお口にいれてやると、ひよこは「んー！」とお口を両手で押さえる。

「しゅっぱあまい！」

「すっぱあまい、かな？　それは甘酸っぱいって言うんだよ」

ふわふわの金髪を混ぜ返せば、こども特有の高くて甘い笑い声が響く。

「若様方は、仲がよろしゅうござんすなぁ」

年輪を感じさせる、それでいて優しいバリトンに、源三さんを振り返れば、その目元には柔らかなシワが刻まれている。

穏やかな春の日差しのような眼差しは、けれど私とレグルスくんを透かして遠くに注がれているような。

「……何か、ありましたか？」

「いや、何かってほどじゃあないんですがね。ワシにも孫がいましてなぁ」

「お孫さん？　お小さいんですか？」

「若様の一つ上と、レグルス様の一つ下でして……」

一日唇を閉ざした源三さんに、視線で続きを促す。すると、首を緩やかに振って、源三さんがもう一度話始めた。

「こども返りと言うのか……弟にひどく当たりましてのう。親ももて余しておりますのじゃ」

ああ、何となく察しがつく。

小さな弟に両親が手をとられて、年嵩な兄は割りを食うと言うやつで、それはきっと兄のせいでもなければ弟のせいでもない。

「親に相手にされない鬱憤が、弟に向けられておるのでしょうが。それで更に叱られては不憫でのう……」

「なるほど、それは逃げ道が必要ですね。なんだったら菜園をお孫さんに手伝ってもらってもいいですよ。レグルスくんの遊び相手にもなってもらえるかもだし」

「ありがとうごぜぇますだ」

深々と頭を下げた源三さんはお孫さんが本当に可愛いからこそ、叱られるのが不憫で仕方ないのだろう。

そのお孫さんにお裾分けと、フランボワーズとキュウリとトマトと茄子を見繕って渡すと、そう言えば……と源三さんが切り出した。

「ここの野菜と家で作っとる野菜、同じ種類で肥料も同じなんですがの。ここのが育ちが良くて、味も格段に違いますのじゃ」

「そうなんですか。土が違うのかしら?」

「そう思いましての、白菜の苗用にこちらの土を使わせてもらっておりますじゃ。事後承諾で申し訳ねぇですが……」

「ああ、大丈夫ですよ。白菜よろしくお願いします」

「はい、お任せくだせぇまし」

ぺこりとお互いに頭を下げる。

さて、収穫も終わったし、野菜を厨房に運ぼうか。

源三さんが茄子とトマトのバスケット、私がキュウリ、レグルスくんにはフランボワーズのボウルを。

そう配分を決めている間に、ちょっと飽きてきたレグルスくんは、その辺に落ちている木の枝を手にしてブンブンと振っている。

「棒振りかぁ……」

「棒振り、でごぜぇますか？」

「はい、レグルスくんには剣術の才能があるらしくて。そっち方面をどうやって伸ばそうかと」

これは私が教えるって言っても、私自身の武術の才は頭打ちしてるから直ぐにロマノフ先生に頼ることになるんだろう。

苦く笑うと、源三さんが顎を擦りながら、何かを決めたように一つ頷いた。

「若様、ワシは先代の御領主様に拾われる前は冒険者をやってましての」

「え!? そうなんですか!?」

「うむ、今でも朝は素振りをしておりますじゃ」

「えー……じゃあ、筋骨隆々なのは……」

「昔とった杵柄（きねづか）と、今でも鍛えておる成果ですかのう」

「ははぁ、それは凄い」

「なぁんも。それで、ですじゃ。レグルス様の剣術、ワシにちっとばかりお任せくれませんかのう？　位階は上の下、これでも名（な）うてじゃった」

これは願ったり叶ったりじゃん!?

やったね、レグルスくん！　先生が増えるよ！

「それ、結構お屋敷の中では有名な話らしいですよ」

昼食後のレグルスくんのお勉強兼お昼寝タイム。

守役としてついてきた宇都宮さんにも、レグルスくんの先生が増えたことを告げると、宇都宮さんはふふんと得意気に言った。

「源三さんが昔上の下の冒険者だったの、有名なんですか……」

「先代様に拾われた辺りも、大概のひとが知ってましたよ」

「へぇ、そう……」

宇都宮さんは頼んだ通り、レグルスくんの味方を増やすために、彼の可愛さや賢さを然り気無くアピールしてくれているようだ。

そのついでに「敵を知り己を知らば、百戦危うからずですよ」と、屋敷の中の情報を集めているらしい。

「そうそう、先代様に拾われたのは、源三さんだけじゃなくロッテンマイヤーさんもだそうで」

「ロッテンマイヤーさんも……!?」

「はい。ロッテンマイヤーさんは私と同じく口減らしで売られた先で先代様に拾われたそうで、源三さんはギルドで受けた討伐依頼には辛うじて成功したものの、大怪我で引退を余儀無くされて荒んでたのを拾われたとか」

「口減らしに大怪我ですか……」

「ちなみに先代様って言っても若様のお祖母様の方で、お祖父様に関してはちょっと皆さんお口が重いですね」

布で作った絵本を広げて遊ぶレグルスくんの髪を撫で付けながら、宇都宮さんの情報に頷く。

両親の顔を覚えていないのだから、その上なんて解る訳がない。

けれど、ロッテンマイヤーさんや他の人の口から、祖父母の名前が出たことがないから、最早この世のひとではないのだろう。

そう言えば、この屋敷には肖像画のようなものがあったろうか？

「宇都宮さん、この屋敷どれくらい見て回れました？」

「奥様のお部屋以外はすべて、ロッテンマイヤーさんについてお掃除の仕方を教わった時には」

「では、肖像画の類いを見かけましたか？」

「あ！　それなんですが！」

宇都宮さんの数年のあちらのお屋敷勤めで得た知識では、おおよそ貴族の屋敷には当主や先代の肖像画があるものらしい。

当代一流と呼ばれる絵師に肖像画を描かせるのは貴族のステータスだからだ。

翻ってこの菊乃井の本宅には、図書館かと思うような蔵書の書斎はあっても、当代はおろか先代、先々代の肖像画すら無いと言う。

「親子仲が悪いのは菊乃井のお家芸ですか……」

「若様、なんでそんなこと解るんです？」

「単純に先々代から肖像画を描いてもらう費用すら捻出出来ない伯爵家なんて、恥ずかしくて社交界に顔出し出来ないからですよ。母と父の出会いはとある大貴族の舞踏会ですから」

「ああ……なるほど」

「しかし、衰退の原因とは無関係ではないでしょう。親子仲が良ければ、もう少し母や父に領地経営の何たるかが解るひとを残していくでしょうから」

一概には言えないな。溺愛しすぎて現実から目隠しする親もいないことはないのだ。

しかし、可愛い娘の尻は叩けないだろうが、娘の夫の尻ならバシバシいけるだろう。なんで叩いておかなかったし。

まあ、良い。

墓の下にいる人間は戦力にならないのだから、当面はアンタッチャブル。

今の私に必要な情報ならロッテンマイヤーさんが耳に入れてくれるだろうし、ロマノフ先生が黙ってはいないだろう。何だかんだ面白がってる節はあっても、先生は私が困るのを良しとはしないひとだ。

それにしても。

「宇都宮さんには間諜(かんちょう)の素質があるんですかね?」

「いやぁ、それほどでもぉ」

「実に見事に情報を引き出してるじゃないですか」

「だってメイドですもの。メイドなんて扉の隙間からお家の事情を見るとはなしに見るものって相場が決まってます。かせい……じゃない、メイドは見た！　ですよ」

今、なんか『家政婦』って言いかけなかった？

びっくりして宇都宮さんを見れば、げふんげふんとわざとらしく咳払いをして誤魔化そうとしている。深く追及してもきっと吐いたりはしないだろう。

「ま、まあ、あれです、ロッテンマイヤーさんからメイドは主の目と耳でもあるって言われました。広く情報を集めて主に渡し、外には決して水一滴たりとも漏らさないものだ、と」

「なるほど」

「ちなみに宇都宮はモップさばきにも才能があると誉められました！」

モップさばきって掃除が得意とかそんなことだろうか？

疑問符が顔に張り付いていたのか、宇都宮さんがどや顔で胸を僅かにそらす。

「そんな訳で、宇都宮はこれからも若様とレグルス様のために頑張りますので！」

「はい、ありがとうございます。期待してますよ、宇都宮さん」

「お任せくださいませ！」

ぺこんと勢いよく頭を下げると、遊んでいると思ったのかレグルスくんも大きく頭を動かす。

でもちょっとその頭がぐらついてる辺り、おねむなのかもしれない。

「レグルスくん、眠いならお昼寝しようか？」

「んー……」

唸り声と言うのか寝ぐずと言うのか、こしこしと目を擦りながら、何やらうにうに言ってる。

「レグルス様、眠いならねんねした方が良いですよ。寝る子は大きくなるんですから」

「おっきくなるの？」

「なりますよ。ね、若様！」

「うん、よく寝てよく遊んでよくお勉強してよく食べたらね」

「にぃによりも？」

眠気には押されぎみだけれど、目を輝かせたレグルスくんに、宇都宮さんと二人で顔を見合わせて頷く。

「私よりも大きくなれるんじゃないかな」

「せんせーより？」

「せんせー？　……ああ、ロマノフ先生かな」

問えばこくりとレグルスくんは頷く。

脳裏に父とロマノフ先生とを浮かべて体格を比べると、拳一つ分くらい父の方が背が高かったし、厚みに関しても父の方がぶ厚かったような。

「なれるんじゃないかな。父上も立派な体格だったし」

「お母様も女性にしては背が高い方でいらっしゃいました！　レグルス様のお祖父様も背が高かったとお聞きしております！」

いつか見た光景のレグルスくんは、私が多分屈んでるアングルだったのだろうけれど、それでも充分に背も高く立派な青年だったように思う。

そして奇しくも彼方のお母様の情報も知ってしまったから、尚の事あの光景に説得力が出てきた。

太鼓判を押すような言葉に、レグルスくんがほにゃっと笑う。可愛い。

そして座っていたふかふかの敷物から立ち上がると、私の手を引く。立ち上がって欲しいらしく、何度も引くから、望む通りにすると、行き先は私のベッドで。

するんと私のベッドに潜り込むと、レグルスくんは自分の横をぽんぽんと叩いた。

「にぃにも、ねんね」

「え？　いや、私はやることあるし……って言うか、自分のお部屋で寝ようよ」

「……ここでねるの」

なんでさ？

上と下の睫毛が合わさりそうなほど眠たげなのに、レグルスくんは「いやいや」と首を振る。

ぷぅっと頬を膨らませて、上目使いに自分の要求を呑めというアピールに、先に折れたのは宇都宮さんだった。

「若様……」

「いや、でも私、これから刺繍……」

「昨日、ロマノフ先生から言われた分は出来たと仰ってましたよね⁉」

「ま、まあ、出来てますよ、でもね？」

「寝る子は育つ！　は、若様にも言えることですから！」

ぐいぐい昼寝を推してくる宇都宮さんに、レグルスくんが加勢して、ベッドに座った私の膝を枕にしようともぞもぞ動く。その度に金の柔らかな髪が身体にすれて、擽(くすぐ)ったくて身体から力が抜けた瞬間、風のような速さのレグルスくんにボディプレスを食らった。

「ぐふっ⁉　おもっ⁉」

「レグルス様、そのまま押さえ込んでくださいー！　宇都宮がお布団かけてあげますから！」

「あい！」

素晴らしい連携プレイでベッドに沈められて、思わず「降参！　降参するから！」と布団をタップすると、レフェリー宇都宮さんがすかさず布団を被せて、私とレグルスくんのお昼寝闘争はレグルスくんの勝利に終わる。

「おやすみなさいませ」と、スカートの端をちょんと持ち上げた宇都宮さんを見送ると、レグルスくんは私の横に寝そべった。

ここは大人しく姫君の仰せのままに子守唄でも聴かせよう。

そう思って、頭の隅から子守唄の記憶を引き出して。

『俺』が『田中』と一緒に通っていた飲み屋で仲良くなった人に、日本の一番端っこには沖縄という島があって、そこの方言がきちんと話せるひとがいた。

そのひとの歌う子守唄――として作られたかは『俺』にはさだかじゃないけど――は、とても暖かくこどもへの愛に満ちた歌だったのを覚えている。

方言で歌うのは難しく、何度も教えてもらって歌えた時は嬉しかった。

独特な発音と発声の歌は、『俺』にはかなり難しかったのに、私にはするすると出来てしまって、心の隅っこで『俺』がのの字を書いていじけているのが可笑しい。

歌い終わった時、レグルスくんは健やかな寝息を立てて、楽しい夢を見ているのか、ほのかに笑っていた。

ロマノフ先生とのお約束の日。

言われたブツとおまけのミサンガ、それから料理長が作ってくれたオムレツとハムとトマトとキュウリを挟んだサンドイッチ入りのバスケットをウェストポーチに突っ込んで、凍らせたフランボワーズと蜂蜜と炭酸水を入れた水筒を肩からさげて、お馬に揺られること暫く。

泣いて追いかけてくるレグルスくんを宇都宮さんに任せて、やってきたのは宿屋と酒屋と食事処と道具屋、武器屋、そして冒険者ギルドのある、寂れた商店街だった。

屋敷からこっち、商店街に着くまでに、誰かと出会いもしなかった辺り、本気で菊乃井はヤバい気がする。

若干背中に嫌な汗をかく。

石造りの建物にちらほら混じるレンガの赤も、心なしか色褪せていて。

「ここは冒険者の利用が多い商店街ですからね、昼間は割りと静かですよ。皆ダンジョンに行ったり、依頼をこなしに行ってますから。夜にはまた賑やかになるので、鳳蝶君が思うほど危機的状況ではありません。まだ、ですけど」

「まだ、なんですね……」

おうふ、近い将来はその危機的状況が来るってことですか？

一緒に乗ってきたロマノフ先生の大きなお馬を、冒険者ギルドの厩舎に繋ぐ。

木造の扉と合わせて、建物は西部劇にでも出てきそうな雰囲気で、扉を先生が開ければ来客を知らせるベルが鳴った。

ざっと中にいた人たちの視線が、ロマノフ先生に注がれたついでに私にも。

誰何、好奇心、敵意。

それより多いのは、一瞬見ただけで興味を無くす、無関心。

敵意をずっと向けられているより余程良い。

先生に手を引かれて奥にあるカウンターに進む。すると、カウンターから受付嬢がピョコンと顔を出したが、その頭から茶色いウサギのロップイヤーが垂れていた。

「あ、ロ、ロマノフ卿⁉」

「はい、ギルドマスターはおいでですか？」

「はい、少々お待ちください！」

脱兎のごとくってこう言うことかと思うような速さで、ロップイヤーの受付嬢が走って奥に消えていく。

ぼんやりと辺りを見回している間に、受付嬢が息せき切って戻ってきた。

「ギルドマスターが奥でお話をお聞きするとのことです」

「解りました。ありがとう、お嬢さん」

「ありがとうございます」

奥に続く扉をロマノフ先生の背中を追って入るのに、お嬢さんにお礼を言うと、その時初めて彼女は私に気づいたらしく「へ？」と小さく呟く。

先生美形だからね、先生のお顔しか見えてなかったのね。

それはそれとして、通されたのは応接室らしく、それなりに良さげなソファが開けた扉から見えた。

「おう、よく来たな」

「ええ、先日ぶりですね」

先にソファに座ってたのはマッチョな黒髪角刈おじさんで、割りと強面だけど目元に笑いじわがあるから、陽気なひとなのかしら？

ロマノフ先生とは親しいのか、片手を上げるだけの挨拶にとどめ、ソファを勧める。

背中にちょこちょこくっついてきた私に気づいた途端、えらい目付きが険しくなった。

睨み付けられる覚えはないから黙ってじぃっと見ていると、何だか相手が勝手に目を逸らす。それから失礼にもいきなり人を指差した。

「なんだ、この小僧。俺の【威圧】が効かないぞ？」

「ちょっと、大人げないことしないでいただけますか？　私の大事な生徒なのに」

「……のわりに、俺が【威圧】するの止めなかったじゃねぇか」

「最初から効かないのは解ってましたから。この子には図体は大人、頭の中身はこどもって人種がいるのを知ってもらいたかったし」

おぉう、何かされとったのか？　気付かなかったわ。

てか、ロマノフ先生が毒を吐いておる！

それに驚いていたら、にかっと強面マッチョおじさんが歯を見せて笑った。

「顔から想像出来ないくらいヤな奴だろ？」

「そんなことありませんよね。私は鳳蝶君には優しいでしょ」

「そう、ですね。先生は概ね優しいです」

「概ねだってよ！」

ゲラゲラとおじさんの豪快な笑い声が、部屋に響く。ロマノフ先生はと言えば「概ねとはなんですか」と、私のほっぺを凄くもちる。痛くはないけどやっぱり削げそうだ。

それは兎も角このギルドマスターおじさんは、どなた様でしょうか？

「ああ、悪い悪い。俺はこのギルドの長、ギルドマスターのドミニク・ローランだ。このエルフとはちょっと顔馴染みでな」

「彼が帝都のスラムの洟垂れ小僧の頃からの知り合いですね」

「ざっと四十年くらいか」

「おやまあ……」

相槌を打っておいてなんだけど、なんで帝都の洟垂れ小僧がこんなところにいるんだろう？

疑問に思ったのが顔に出たのか、ガシガシとギルドマスターが頭を掻いた。

「ちょっとやらかして飛ばされたんだよ」

「……菊乃井は流刑地ですか？」

「うん？　うちって……」

「申し遅れました、菊乃井伯爵が長男の鳳蝶です。お初にお目にかかります」

「お、おう、えー……お前さんのおとっつぁんは俺の【威圧】にびびって青ざめてたってのによ」

握手すると、そんなことを教えてくれた。

いや、父がびびったとか正直聞きたくなかったし、どうでもいいけど。

それにしてもさっきから【威圧】とかビビるとか、何なんだろう？

伺っているとロマノフ先生が「ああ」と小さく声を出した。

「【威圧】と言うのはスキルの一種で、相対した相手に恐怖心を与えて圧倒するもので、主に上級の冒険者に生えます」

「そうなんですか。いきなり睨まれたから、何かあったのかと」

「眼で【威圧】かけたのに『睨まれた』で済ましやがったぞ、この坊や」

「鳳蝶君には多分【精神攻撃耐性】があるんじゃないですかね」

「なんですか、それ？」

首を傾げる私に、ロマノフ先生とローランさんが二人がかりで説明してくれたことには、なんでも私が普段見ているステータスは凄く簡易なやつで、本来はもうちょっとステータスボードは多岐に渡って書き連ねてあるらしい。

それを見るには【鑑定】のスキルを身に付けるか、最寄りの冒険者ギルドや神殿にある道具で【鑑定】してもらうしかないそうだ。

で、【威圧】もスキルならば【精神攻撃耐性】もスキルで、混乱や威圧や魅了等精神異常系攻撃に非常に高い耐性を持つものに生えているのだとか。

私、そんなにストレス耐性高かったろうか？

前世は確かにちょっとばっかり職場がブラックぽくて、耐性付きそうだったけど。

解せぬ。

しょっぱい顔をしていると、またロマノフ先生に頬をもちられた。

「まあ、それは兎も角ですよ。今日はちょっと君に見せたいものがありましてね」

「おう、なんだ」

問われたロマノフ先生が、私のウエストポーチから四隅にエルフ紋様のコンドルが刺繍したハンカチを出すように言う。

言葉通りにハンカチを、応接セットのよく磨かれたテーブルの上に並べると、ローランさんが目を見張った。

「こりゃあ、あんた……」

「エルフ紋様の刺繍で魔力向上効果を付与したハンカチですよ。紋様四つで倍の向上を見込めます」

「おいおい、よくそんなもんがこんな辺鄙なとこで手に入ったな？」

「ええ、まあ、伝手がありましてね。私が言ってることが本当か、とりあえず確認してもらえます？」

「おおよ、待ってろ」

鷹揚に頷くとローランさんは、ソファの奥にある机に向かい、モノクルを取ってくる。それをハンカチに翳すと、眉間にシワがよった。

「こらエルフ、嘘つくなよ」

「は？」

は？　じゃないよ。

だってそのハンカチに刺繍入れたの五歳児の私だよ？

いくら『青の手』があってもそんな効果あるわけ……。

「倍どころか四倍ブースト掛かるじゃねぇか。訳の分からん謙遜してんじゃねぇよ」

「はぁ？」

「はぁ？　じゃねぇし。つか、こんな安物の布に変哲もない糸で、エルフ紋様入れただけで四倍ブーストってどんな熟練の職人だよ、これ作ったの」

唖然とする私の前で大人二人がそんな会話をしている。

もう、なんか、ついていけない。

遠くを見て「レグルスくん元気かな？」なんて現実逃避をしていたら、隣から咳払いが聞こえて。

「……鳳蝶君、君、また私に内緒で何か生やしましたね？」

「や、今回は、本当に知りません」

じっとりしたロマノフ先生の視線に耐えかねてブンブン首を振ると、怪訝そうにローランさんが首を傾げる。

そりゃそうだ。

私が吐かないと解ったのか……って言うか、思い当たることがないから吐きようがないんだけど、成り行きを見守っていたローランさんに向かって先生が口を開いた。

「さっきのハンカチですけどね、それを作ったのは鳳蝶君なんです」

「…………は？」

「『何言ってやがる、耄碌（もうろく）したのかジジィ』みたいな顔してますが、本当のことですよ。証拠もあります。鳳蝶君、ステータスを見せてください」

「はーい」

いつも通り「オープン」と口にすれば、簡易なステータスボードがふよんと空中に現れる。

「あ」

名前／菊乃井 鳳蝶
種族／人間
年齢／５歳
ＬＶ／１
職業／貴族
スキル／調理A+　裁縫A+　栽培A+　工芸A+　剣術E　弓術E　馬術D　魔術B+
特殊スキル／緑の手　青の手　超絶技巧
備考／百華公主のお気に入り、イゴールの加護

なんか、見たことないのがついている……!?

ぎぎぎと鈍い音がしそうな固さで首を巡らせれば、ローランさんの顎が外れて、ロマノフ先生はどこか憮然としていて。

「ほらー⁉　ちょっと見ない間にまた妙なもの生やして、この子は⁉」

「ちょ⁉　知りません！　本当に知りませんてばぁ⁉」

この後、私は先生が落ち着くのとローランさんの顎が治るまで、思い切りほっぺたをもちられることになった。

経済のパイの味と効能

超絶技巧とは、『緑の手』・『青の手』系スキルの補助スキルというのか、主に手を使うことに対してブーストがかかるスキルらしく、熟練の中でも名人と呼ばれる一握りが持つスキルなのだとか。

イゴールの加護とは、ずばりそのまま空の神にして技術と医薬、風と商業を司る神イゴールから加護を与えられている状態を指す。

ちなみに、私は百華公主以外の神様との面識は無い。

「だから『超絶技巧』は兎も角、『加護』の方は全く思い当たりません」

「じゃあ、なんで生えてるんです？」

「さあ？」

ちくちくと草臥れたシャツのボタンつけとほつれを止めて、ズボンの破れた部分には接ぎ当てして、更にその当て布の上に渦巻きみたいなエルフ紋様の蔦を刺繍する。

ロマノフ先生によれば、コンドルは魔力向上、蔦は頑健さを向上させるのだそうな。

ズボンのお膝は破れやすいから、丈夫になればいいね。

「はい、出来ました」

「お、おお、ありがとよ」

男やもめになんとやらで、ローランさんの服は結構なダメージを負っていた。

私の『青の手』が本物かどうかのお試しに、今まで放っていたボタンが取れてたのとかほつれとか穴空きを、ちくちくとその場にあった針と糸でお直しした訳なんだけど。

その直したズボンを【鑑定】にかけて、ローランさんはごふっと噎せた。

「信じられん、本当に頑健にブーストかかってら」

「これでハンカチに刺繍入れたのが鳳蝶君だって証明になりましたね？」

「おお、目の前でやられたら、そりゃなぁ」

ローランさんは顎を擦りながら頷くと、今度は持ってきたハンカチに視線を移す。

そもそも私、何しにきたんだっけか？

借りた針と糸を返すついでにロマノフ先生に伺うと、がくっと肩を落とされた。

「君のハンカチを売り付けに来たんですよ……」

「ああ、そうなんですか……って、へ？」

いやいや、無茶言うな。

冒険者ギルドって言うからには冒険用の物品は売り買い出来ても、私が持ってきたのは刺繍入りハンカチなんだから。

売り物になるはずが無いで……。

「うーん、全部で金貨二枚でどうよ？」

「はい、売った」

「売れたー⁉」

びっくりしてついつい叫ぶと、大人二人がぽかーんとこっちを見る。

「……そりゃ、売れますよ」

「……そりゃ、買うだろ」

「なんで⁉」

「いや、なんでってお前……」

困惑しながらもローランさんの説明してくれたことには、頑健というのは物理防御を指すのだけれど、これは肉体を鍛えればいくらでも上がるのだそうな。しかし魔力と魔術耐性というのは魔素神経の出来で決まるらしく、鍛えようがない天性のものなのだとか。

「つまりな、そこのエルフみたいに全身に魔素神経が行き渡ってるようなやつなら、最下級魔術でも人は殺せる。逆に俺みたいに最下級魔術を使うのすら覚束無い奴は、最上級魔術を使うなんてとんでもないし、使えたとしても、そのオッサンの最下級魔術レベルの威力もでねぇのよ」

「だけど、そんなひとでも鳳蝶君の刺繍ハンカチがあれば、私の魔術でも半殺しくらいで済む可能性が……」

「はーい、先生！　先生の凄さがイマイチ解んないので、それが凄いのかどうなのか解りません！」

「おぉう、そうきましたか」

「あー……えっとな、俺が素の状態で出せる火の玉が一つだとするだろ？　お前さんのハンカチを持つとだな、出せる火の玉が四つに増えるんだよ。逆に火の玉一つ食らったら死ぬやつが、四つまでは耐えきれるようになる」

「やだー、凄いじゃないですか、やだー」

「おう、やっと解ったか」

はい、どうにか。

ブンブン首を上下させると、横から現れたロマノフ先生の手に顎を掴まれて、強制的にタコ口にされる。

「この間からの私のお話は、これで理解してもらえましたね？」

「あい、わかりまひた！」

「よろしい」

とりあえず売り物になるってのは、どうにか。

だけど、ハンカチだ。防具や武器なら解るけど、ハンカチに金貨二枚ってどうなの？

因みに金貨二枚は独り身なら一ヶ月余裕で暮らせる、筈。多分。私のポンコツ記憶が正しかったらだけど。

それを素直に口にすると、ローランさんは苦い顔でうむと頷く。

「本来こういうブーストがかかるような武器や防具や道具は、それ専用に作られた特殊な材料で、特殊なスキルを持った職人が誂えるんだ。だから材料の生育だの調達だの運搬だののコストや職人の育成費込みの人件費でべらぼうに高くなるんだよ。金貨二枚じゃとても買えん。だけどこれはハンカチだし、特殊な材料を使ってる訳でもないから、これくらいで手打ちにしてくれや」

「いや、私は金貨二枚でも怖いくらい高いと思いますけど……。特殊な材料って言うと、魔力のこもった糸とか金属ですか？」

「それだけではなくて、魔物の皮や骨、粘液なんかもそうですね。そういったものは冒険者に依頼して、魔物を倒すか採取してきてもらって調達するんです」

「概ねそんな材料は危険を伴うから、やっぱり高いんだよ」

「ははぁ……そうやって経済は回るんですねぇ……」

そうやって経済が回るなかに、その辺りのなんの変哲もない布と糸で作ったこれを放り込んだらどうなるだろう？

いや、いっそ木綿のシャツか何か、鎧の下に着る物に刺繍をして売り出せば……。

しかし、と思い直すと、無意識の内にため息が零れた。

「私一人のスキルに依存するものはよろしくない……」

「おや、君のお小遣い稼ぎにはなるでしょう？」

「はい、ありがとうございます。でもそれとは別口で産業が欲しいんです。家内産業じゃなくて、地域を活性化出来るような」

菊乃井の家のみを思えば家内産業でも、別に困りはしないのだ。没落しない道を見つけたに過ぎないのだから。

けれど、私がしたいことは識字率を上げる、もっと言えば広く領民に教育を受けてもらいたいのだ。そのためにはやっぱりお金が、それを産み出す産業が必要な訳で。

つらつらとその辺りのことを話すと、ロマノフ先生は真剣な顔で頷いてくれた。

「親が貧しいと、とてもじゃありませんがこどもに教育を受けさせる余裕はありませんしね」

「それもありますが、そんな家ではこどもも立派な労働力なんじゃないでしょうか。例えば子守りに使って、両親は畑仕事とか、若しくは子守り変わりに仕事を手伝わせるとか」

「なくはないなぁ」

「それに、貧困と低学力は連鎖してしまうんです」

貧しいと教育にかける費用が削減されてしまう。するとその家庭のこどもは教育を受ける機会を失して、結果読み書きの必要な職業には就けなくなる。

読み書きの必要な職業は概ね高賃金が多いが、そこに勤められないとなれば、自然低所得にならざるを得ない。そうなると、その子世帯も矢張り教育費を削減する。負のスパイラルだ。

「両親が働いてこどもを労働力とみなさなくて済むだけ稼げれば、そのこどもを学校に通わせる余裕が出来るんじゃないかと。そのためには、私一人が儲かっても仕方がない。領民全てが豊かになってもらわなければ」

「そして領民全てに教育の機会を……ですか」

「なんでまた、そんなことを……？」

訳が解らない。

ローランさんの顔には、疑問符が張り付いていた。

「レグルスくんに勉強を教えてて思ったんですが、例えばレグルスくんが大人になって、ひとを使う立場に立つとして、レグルスくんの部下になる人が読み書き出来ずに、過たずレグルスくんの指示が通るでしょうか？」

「それは……」

「無理でしょう？　だからってレグルスくん一人では何も出来ない。仲間は必要です。もっと言えばレグルスくんにだけ優しい世界ではなく、レグルスくんの周りのひとにも優しい世界でなければ、レグルスくんだって生きにくいんです」

絵本をちくちくしてて痛感したことだけど、こどもが一人健やかに育つのは本当に難しい。

「例えば病気の危険を考えて、私は治すより罹らないことを優先してレグルスくんに教えます。でもそれだって、レグルスくんと一緒に遊んでるこどもが病気に罹れば貰ってくるでしょう。それではレグルスくんに予防法を教えても意味が無い」

「だから遊び相手のこどもたちにも予防法を教える。……つまり教育を施したい、と」

「はい。だけどその親が罹ってしまえば、やっぱり蔓延するわけで。でも豊かであったなら医者にかかって、こどもに移す前に治すことだって可能ですよね」

負の連鎖を何処かで食い止めて、明るい連鎖に持っていきたい。

病気の予防法を教わった子供が大きくなって、我が子に同じように教える。それが孫やひ孫の代に続くような。

話しすぎたのか喉が乾く。

ウエストポーチから水筒を出すと、コップを三つ借りて、持ってきたフランボワーズとハチミツ入りの炭酸水をそれぞれ注ぐ。

口に含めば丁度良く溶けたフランボワーズとハチミツの入り交じった甘酸っぱさが、舌の上でシュワシュワと弾けた。

「あのよ、坊や……、いや鳳蝶様よ」

「はい。あ、様はいりませんよ。私はまだ爵位とか持ってませんし」

「ああ、そうかい。いや、こっちの事情だから気にすんな。あのな、お前さんが凄い理想を持って領民の未来も考えてるのは良く解った。だが、なんでまたそんなことを考えるようになったんだ？そこんところを聞かせちゃくんねぇかい？」

「ああ、はい……どこから話せば良いでしょうね……」

「ああ、でしたら私が説明しますね」

ロマノフ先生が斯く斯く然々と、第三者目線でここ暫くで起こった菊乃井家のお家騒動をローランさんに語る。

それに補足を入れながらも、概ねは黙っていると、何か別のことに思い当たったらしい。

不意に「それでか」とローランさんが天を仰いだ。

「どういうことですか？」

食い気味に迫って教えて貰ったことには、父はなんとレグルスくんを屋敷に預けた後で、暫くは代官屋敷にいたらしい。

なんでも帝都で帳簿を調べたら、おかしな金の流れがあって、尻尾を掴んだから今までの代官を更迭したそうな。

「それでよぉ、税金をとりあえず下げるから、どうにか冒険者たちにこの菊乃井領で金を落とすように仕向けてくれっつーんだわ」

「大雑把!?」

なんということでしょう、丸投げか!?

開いた口が塞がらなくて困っていると、ローランさんが顎を擦って笑う。

「俺もそう思ったさ。だから【威圧】かましてやったんだけどな」

「ああ、それで……。君の【威圧】に青ざめるくらいで終わったなら、見所はあるんじゃないです？」

「まあ、なあ……。でも息子が流しちまったからな」

「この子は特殊ですから仕方ないです」

むにっと私の頬っぺたをロマノフ先生の指が掴む。痛くはないけど、先生はもち肌フェチなのか。

あんまりもちもちされたら、私の頬肉伸びるんじゃないかな。

ロマノフ先生を止めて貰いたくて、希望を込めてローランさんを見上げれば、げふりと咳払い。

「『次の代官に優秀なのを見つけてから、本腰を据えて開発に努めるから頼む』ってな。領地に一年に一回来るか来ねぇかだったのがえらい変わりようだって、この辺りの店主たちと話してたのよ」

「ああ……慰謝料払わなきゃいけなくなりましたからね……」

「そう言うわけだったんだなぁ。いやはや、やるねぇ鳳蝶様よ」

「そうですよ、鳳蝶君は色々出来る子なんですから」

それは似非チートなんです。

とは言えないから、とりあえず誉められたお礼は言っておく。なんか、本当に申し訳ない。

居心地が悪くてもぞもぞブラウスの裾をいじっていると、頭を優しく撫でられた。

「君は誉められることに慣れませんねぇ」

「……すみません」

だってズルしてるみたいな感じだし、それを気持ち良く思ったら終わりだと思う。

私とロマノフ先生のやり取りを興味ありげに見ていたローランさんが、渡した炭酸水を口に含む。

それから「ぷはっ」と吹き出して、目をしばたかせた。

「炭酸水に凍らせたフランボワーズとハチミツか……。お貴族様は炭酸水飲むのも庶民とは違うねぇ」

「あ、お口に合いませんでしたか……」

「いやいや、これはこれで旨いけどな。俺はもう少し甘くなくても良いや」

「私はこれくらいの甘さが好きですね」

ロマノフ先生も飲んだようで、それぞれに感想をくれる。

今度はレグルスくんに炭酸水じゃなくて、お水で作ろうか。

「甘さ控えめのが良いなら、フランボワーズをレモンに変えてハチミツを少量にしても美味しいですよ」

「ふぅん、果物を変えればアレンジが利くんだな」

「はい。炭酸水に入れる時に果物を凍らせると、それが氷がわりになって冷たさが長く保ちますし」

ふんふんと頷いて聞いていたローランさんが、腕を組んで少し考える素振りを見せる。ややあって、にやっと口端を上げた。

「あのよ、冒険者たちに金を落とさせるには何が必要だと思う？」

「武器とか防具ですか……？」

「それもあるが、それなりの値段のものだから滅多に買い換えたりはしないんだよ。だからそれほど頻繁に金を落とすようなもんじゃない」

武器でも防具でもない。それなら薬や包帯の類いかと尋ねれば、首を横に振られる。

冒険者に回復魔術は必須、どのパーティーにも一人は回復役がいるし、薬草なんかは確かによく売れるが、安価なものが多いらしい。

それなら、後は冒険者だけでなく、人間が生活するのに必要なものになる。

「衣食住の食と住……ですか？」

「おう、当たりだ」

つまり、宿屋と食事処をまず整えるということか。

しかし、宿屋も食事処もこの商店街にあったような。

「新しく宿屋や食事処を建てるんじゃなくて、とりあえず既存のものを繁盛させたら、それなりに金は動くからな」

「確かに先に既存のものを埋めなければ、新しい箱が埋まるとは限りませんもんね」

「おうよ。だけど今のままじゃ無理だな。売りがない」

「めあ……税金が安くなっただけで、他は変わりがないから……ですね」

「そう言うこと。だけどな、それなら売りを作りゃ良い」

売り。

菊乃井の宿屋や食事処にはあって、他にはないもの。いや、将来的には真似されても、菊乃井が発祥なら発祥のブランドは手に入るから真似されても構わない。

宿屋や食事処に置くなら、それは矢張り食べ物で、何度も食べたくなるような、それでいて材料も売り値も安価に設定出来るものを名物に出来れば、或いは――。

「食べ物……何か、菊乃井の特産品を使った……」

「おう、それも旨けりゃ旨いだけ良い。旨い飯は生きて帰ろうって気力になるからな」

「ああ、なるほど」

食は明日への活力とは古来から言われてきた言葉だ。

それなら何かしら美味しいものを考え出せたなら。

と、考え出したところで、何だかお腹が空いてきた。

ウエストポーチからお弁当を出すと、さっくり並べる。

ポーチのなかは時間経過がないから、作り立てがそのまま味わえるのだ。

ハムとキュウリとトマトとオムレツのサンドイッチを手渡すと、しげしげと眺めてからローランさんがかぶりつく。

「あ、うめぇな」

「はい、料理長が作ってくれました」

庭でとれたキュウリとトマトは味が濃くて、爽やかな夏を感じさせてくれる。

しゃきしゃきの歯触りと、ハムの程よい塩気を、オムレツのふわふわが上手く包み込んでいた。

流石料理長。

同じくサンドイッチを楽しんでいたロマノフ先生が、飄々と言う。

「菊乃井のレシピ、名物作りに応用出来ませんかね？」

「菊乃井のレシピ、ですか？」

「ええ、物珍しいものがなくはないですし。例えばほら、『スフレオムレツ』とか『出汁蒸し卵』とか」

「なんだ、そりゃ？」

興味があるのか身を乗り出すローランさんに、ロマノフ先生が身振り手振りで料理長と私が作った料理を説明する。

と、ふむと少し考えてローランさんが口を開いた。

「それをよ、この近くにある飯屋で作ってみちゃくんねぇか？」

「あー……料理長が許可をくだされば」

「ああ、そうか。そうだな、作った料理人に許可を貰わなきゃだな。で、他には何かねぇのかい？」

「他……と言われても、どんな感じが良いんでしょう？」

「そうですねぇ、冒険者だからスタミナがいりますよね。肉類を全面に出したようなのとかありますか？」

「肉……」

むーん、肉。

この世界の調味料は前世のに似てて、味噌や醤油、酒にみりんなんかもあるんだよね。見たことないのはカレー粉にマヨネーズ、ウスターソース、ケチャップくらいかな。

肉も豚肉に鶏肉、牛肉なんかもあるし、珍しいとこではオーク肉やらロック鳥の肉、ミノタウロスの肉なんかもあるらしい。

オーク肉もロック鳥の肉もミノタウロスの肉も魔物の肉だけど美味しいのだと、料理長が教えてくれた。

ちなみにドラゴンとかワイバーンとかも目茶苦茶美味しいらしい。

話が逸れた。

肉で冒険者っていうか勝ち負けがって……言ったらアレだよね。

「トンカツとかどうですかね？」

「トンカツ……？」

名前をだすと、大人二人から怪訝そうな顔をされる。

ヤバい、こっちはトンカツ無かったのか。

こんな時に自分のいる世界の狭さを思い知る。屋敷の中しか知らないってのは本当に困ったもんだ。

いや、無いかあるかなんて知らんわ。この二人が知らないだけかもしれないし。

「えーっとトンカツと言うのはですね、ちょっと厚めに切った豚肉に小麦粉をはたいて、卵を絡ませて、パン粉を付けて揚げる料理です」

「旨いのか？」

「美味しいと思いますよ」

私の言葉にロマノフ先生の目がきらんと光る。

そしてローランさんと二人して頷くと、にっこりと凄く良い笑顔を浮かべて。

「作ってみましょうか？」

「はあ……誰が、何処で？」

「そりゃ、お前さんだろ。場所は――――」


某灰色的な地球外生命体の捕獲シーンのように、大人二人に両脇を挟まれて連行されたのは、隣の宿屋兼お食事処の厨房だった。

キッチンは何だか昭和三十年代ってテロップが付きそうな雰囲気で、凄く小ぢんまりしてる。

調理台の上には豚肉のブロックに、卵、パン粉、小麦粉が鎮座していた。

「本当にこんながきんちょに料理なんか出来るンすか？」

懐疑的な眼差しを向けてきたのは、料理屋兼宿屋の主人で、茶髪で目付きがちょっと悪くて眉毛が無い若いお兄さん。

なんでも去年親父さんが亡くなってから、彼がお母さんと一緒にお店を切り盛りしてるそうな。

もうちょい若い頃に柄の良くないのと付き合ってたのを、ローランさんに凹まされたそうで、頭が上がらないようだ。

そもそも、菊乃井領の商店街に店を構えているひとは、大抵何らかの形でローランさんにお世話になっているらしく、菊乃井には残念ながら商人ギルドも職人ギルドもないから、商店街は横の繋がりを大事にしていて、ローランさんはご町内のご意見番と言うか自治会長のような存在なのだろう。

ここに来るまでにロマノフ先生から教わった話で、父がローランさんに会いに来たのも顔役としてローランさんに減税を皆に伝えて欲しかったのだろう、と。

閑話休題。

小さな椅子を踏み台にして、エプロンと包丁とまな板を借り受ける。

ざっと刃を見るにちょっと切れ味良さそうだから、気を付けないと。

充分に手を洗ってから肉の塊をまな板に乗せると、眉毛が無いお兄さんが吠えた。

「その包丁は死ぬほど切れっかンな！　指ぃ切ンなよ⁉」

「はい、ありがとうございます」

鮮やかなピンク色の肉に、目映いほど白い柔らかな脂。ゆっくりと刃を滑らせると、解けるように肉が分かたれる。

今度は申し分ない厚みに切り分けた肉を、まな板に置くと、脂肪と肉の間に包丁を入れて筋を切って、その背でバンバンと叩く。

鼻唄は料理といえばこの曲な、おもちゃの行進曲でお送りします。

満遍なく叩いて叩いて肉の形を整えたら、今度は塩胡椒。胡椒はお安いわけではないけど、貴重品というほどでもないらしいから、しっかりと。

下味を馴染ませている間に卵を割って、小麦粉とパン粉を別々の皿に出して……なんて、小さい手じゃ何だか上手く出来ない。すると、むすっとしながら眉無しのお兄さんが厨房に入ってきた。

「卵割ってどうすンだ？　かき混ぜンのか？」

「はい、まずはかき混ぜてください」

「おう」

ちゃっちゃかちゃっちゃか、ボウルの中で菜箸が動いて卵が程よく混ざる。本当はバットか何かあればいいんだけど、ないから縁のあるお皿に卵を流して貰うと、やっぱりむすっとしたままお兄さんは次の作業を促してきた。

「次は？」

「お肉に小麦粉付けてください。余計な粉ははたき落としてくださいね」

「おん。で？」

「えーっと、粉を付けたお肉を卵に潜らせて、満遍（まんべん）なく濡らして下さいな。それが終わったら次はパン粉」

「うし……、パン粉も終わったぞ。これも余計なのは落とすのか？」

「はい、落としてください。それが出来たら、もう一回小麦粉、卵、パン粉の順で付けてください」

「あ？　またか」

ぶすっとしつつも、お兄さんは丁寧にお肉を扱う。その間に私は揚げ油の用意をしようとすると、「危ねぇから」と止められて、どうやらお兄さんがしてくれるらしい。

じゃあ、キャベツでも切っておこう。

しゅたたんっと千切りキャベツを量産してる間に、お兄さんが菜箸を油を熱した鍋に突っ込む。

すると静かに泡が立った。

「お肉を入れて揚げていきます。薄いきつね色になったら、油切りに置いてください」

「ん……」

余り弄らずじっくりと中まで火が入るようにしていると、肉が薄いきつね色に揚がる。取り出して油を切る間に、鍋の温度を上げて。

「そんでどうすンだよ？」

「菜箸を油の中に入れて激しく泡が出たら、お肉を油に入れてもう一度揚げます。これで衣がサクッと仕上がります」

「解った……」

お肉を揚げて貰ってるうちに、お皿にキャベツの千切りを乗せて、冷蔵庫を漁らせて貰えば、レモンと大根があったのでちょっと貰う。

大根おろしに、カットレモン、それから酢と醤油とレモン汁で簡易のポン酢も作って。

「はい、トンカツですよー」

「おお、これが……」

そう言いつつ、ロマノフ先生が最初のひと切れを口にする。

サクッと衣を噛む音が耳に心地よく響いたのか、ローランさんも続いてトンカツを口に放り込んだ。

「ほっ！　こりゃ良いわ。歯ごたえはサクサクしてるのに、肉は柔らかい。その上肉汁もたっぷり出てくるし」

「食いでもありますし、中々いけますね」

「あ、レモン搾っても良いですし、大根おろしとポン酢も合いますし、お塩やお醤油でもいけますよ～。冷めちゃったら玉葱やおねぎと一緒に甘辛く煮付けて卵でとじても美味しいですし」

わいわいと二人が食べるなか、おずおずと眉毛がないお兄さんが箸をトンカツに伸ばす。

ザクリと良く揚がった衣を噛み締め、咀嚼して頷くと、それからまたレモンを搾ったものや、おろしポン酢を付けて食べて。

箸を置くといきなりガバッと頭を下げられた。

「『こんながきんちょが』とかナマ言ってすンませンっした！」

「うえ⁉　や、別に気にしてないです……」

がきんちょなのは事実だし、生意気に見えるのも事実だろうし。

だけど根が真面目らしいお兄さんは中々頭を上げない。

どうしたもんかと思っていると、お兄さんがいきなり私の足元に跪いて。

「これからは師匠と呼ばせていただきます！」

……どうしてこうなった⁉

地頭には勝てても泣くひよこには勝てない

眉毛無しのお兄さんはフィオレさんと言うそうで。

あれから豚のしょうが焼きとか、チキンカツとか、キュウリを塩こぶと胡麻油で和えた無限キュウリとかを教えると、即座に自分で作ってみせた辺り、彼はとっても真面目なのだろう。

「トンカツは験担ぎ（げんかつぎ）に良いんでこれかな？　って思っただけなんで、まあ、色々試せた方がいいかと」

「験担ぎっスか？」

「はい。『トンカツ食べて勝負に勝つ！』的な」

「ああ、カツと勝つをかけてるンスね」

「そんな感じです」

エプロンを外してフィオレさんに返すと、私のお仕事はお仕舞い。

レシピは聞かれたら開示しても良いということで、商店街で共有してもらうようにする。菊乃井のお屋敷でも食べたいしね。

「ポン酢はみりんを煮きって、醤油と柑橘類の果汁とを合わせてだし昆布を一緒に入れて、二、三日寝かせたらもっと美味しくなりますよ」

「解りました！」

「トンカツに合うソースも本当はあるんだけど、それはスパイスが手に入り次第ですね」

ウスターソースもケチャップも、スパイスがあれば作れなくはない。けれどその肝心なスパイスがあるかどうか。

それは帝都に行けばわかるかも知れない。

この料理が何かしら良い効果をこの商店街にもたらしてくれることを祈りつつ、ローランさんからハンカチの報酬の金貨二枚を受け取りに冒険者ギルドへ。

しかし、ロマノフ先生が受けとる前に、こんなことを言った。

「金貨二枚でなくて、金貨一枚と銀貨九十九枚と銅貨九十九枚、鉄貨百枚で下さい」

「うちは両替商じゃねぇぞ」

「帝都でお土産買うのに金貨なんて使えないでしょう？」

「あ？　鳳蝶様、帝都に行くのか？」

「ああ、はい。実は今日は帝都でお土産を買うお小遣い稼ぎに来たんです」

斯く斯く然々で帝都に行く理由を話せば、ローランさんは顎を擦って、それから執務机から小さな皮袋を取り出す。

「餞別だ」

「え？　や、そんな!?」

「レシピを提供してくれた礼もある。そんなに入っちゃいねぇから、受け取ってくんな。なんならそれでスパイスってやつを買ってきてくれてもいい」

放物線を描いて皮袋が私の手に落ちる。その重さは結構なものだった。


そんなちょっとした社会見学を終えて屋敷に戻ると、宇都宮さんが疲れきった顔で迎えてくれた。いや、宇都宮さんだけでなく、心なしかロッテンマイヤーさんも。

「お、お帰りなさいませ……」

「どうしました、随分窶(やつ)れて」

「それが……」

ヘナヘナと宇都宮さんの膝が崩れる。

ロッテンマイヤーさんがそれを咎めようとした瞬間、バビュンっと何かが飛んできた。

あわあわする私の脇に、ロマノフ先生がひょいっと手を入れて持ち上げる。

持ち上げられた私の下をすり抜けた後、突進してきた何かが後ろにある壁に突っ込んだようでゴスッと凄い音がして。

「にぃに〜、いたいよぉっ」

「ふぁー!?　弾丸がレグルスくんだった!?」

おでこを押さえぴぃぴぃ泣きながら、レグルスくんがふらふらとやってくる。

ぽすりとお腹に顔を埋めるのを受け止めると、泣きかたが更に激しくなった。

「もー、凄かったんですよぉ。若様がお出掛けになってから玄関から何度も脱走なさろうとして」

「捕まえようとすれば、更に激しくお泣きあそばして。脱走を止めれば屋敷中走り回られまして」

「わぁ、元気ですね……」

実際は元気どころの騒ぎじゃなかったんだろう。

褐色の肌で目立たないけれど、僅かに赤くなったおでこを擦ると、少しだけ涙が収まった。

「ただいま戻りました」

「おかえりなしゃい」

垂れている洟をちーんとして拭き取る。

朝から昼過ぎまで出掛けただけだけれど、普段ほとんどの時間を一緒に過ごしている相手がいなくて寂しかったのだろうか。

ふわふわの金髪を手櫛で整えていると、落ち着いたのか、完全に涙は止まったようだ。

「やー、もー、本当に大変でした！　『にぃに、いないの～』ってぐずってぐずって。泣き止んでたのは源三さんの剣術のお稽古の時だけで」

「おや、早速稽古をつけて貰ったんですか」

「完全なり行きですけど、『泣き虫だと兄上様にずっと置いてけぼりにされるかもしれませんのう』って源三さんに言われて、頑張ってました」

「あらまあ」

ふんす！　と胸を張ったレグルスくんに、ついつい頬が緩む。もともと緩いのに更に緩む。

頭を撫でると擦り付けてくるような仕草が更に可愛くて撫でていると、くすりとロマノフ先生に笑われた。

いいじゃん、兄バカ万歳。

そう言えば、レグルスくんのためにこっそり働いていた人がいたな。

あの人の味方もしないけれど、目的が同じなら協力するのは吝かじゃない。

「ロッテンマイヤーさん、料理長に手空きの時に私の部屋に来てもらうよう伝えてもらえますか？」

「承知いたしました。……何か御座いましたか？」

「実はですね」

街で知ったことをロッテンマイヤーさんと宇都宮さんに話す。すると二人とも何とも言えない顔をした。

「丸投げは良くないですよ」

「差し出口ですが、帝都のお屋敷で不正を暴けていたなら、産業もついでに誘致なさっておけば宜しかったのでは」

ですよねー。

宇都宮さんやロッテンマイヤーさんの言葉に頷く。するとロマノフ先生がため息混じりに首を横に振った。

「仮にも鳳蝶君のお父上ですから悪くは言いたくありませんが、『不正を暴いてやったんだ、ちょっとは領地の経済状況を良くしてやったのだから、レグルスを黙って育てろ』的な要求をする気だったんじゃないですかね？　それを鳳蝶君に先手を打たれて防がれちゃったわけですけど」

「うーん、そこまでアレなひとだとは思いたくないですが……」

父の人となりを知らない以上何とも言えないのがなぁ。

レグルスくんの父上だし、悪くは言いたくないけど。

「どんな理由にせよ菊乃井が潤うのは良いことです。それを優先しましょう。黒かろうが白かろうがネズミを捕る猫は良い猫です」

「では、料理長に冒険者ギルドのマスターにレシピを届けてもらうように手配いたしますね」

「理由は私の方から説明します。料理人にとってレシピは命、それを開示してもらうのですから相応の誠意が必要でしょう」

「承知いたしました」

ペコリと頭を下げると、ロッテンマイヤーさんが厨房の方向に消えた。

大人の難しい話に飽きたのか、その間レグルスくんは私のお腹に顔をぐりぐりしていたけど、この子も脂肪フェチなんだろうか。

「それにしても、鳳蝶君がちょっとお出掛けしたくらいでこの騒ぎだと、丸一日留守にしたらどうなっちゃうんでしょうね？」

「へ？　若様またお出掛けですか？」

「にぃに、また、おでかけするの？」

何気ないロマノフ先生の言葉に、レグルスくんはショックを受けたのか、泣き止んだ筈の目に、見る間に涙の膜を作る。

あ、ヤバい。

そう思った時にはもう遅くて。

「いやぁぁぁぁぁ⁉　れーもいくぅぅぅぅぅ⁉」

鼓膜が破れるかと思うほどのギャン泣きを至近距離で食らうとか、死ぬかと思った。

街から帰った後とその次の日は、どこに行くのもレグルスくんに見張られていて大変だった。

何せトイレに行くにもお風呂に入るにもついてきて、出てくるまでじっとドアの前で「にぃに、いる～？　おでかけしてない～？」って聞いてくるんだもん。

ちょっとしたホラーで、腹のお肉が落ちるかと思った。錯覚だったけど。

でもそれも、源三さんが菜園の手伝いをした後に、レグルスくんにごにょごにょ耳打ちしてくれて、それからは後追いもないし、トイレやお風呂についてくることもなくなった。

その代わり目茶目茶幼児らしくないキリッとした顔で「がんばるから、にぃにもがんばってね」って言われるようになったんだけど、私は何を頑張ればよいのですか。ダイエットですか、そうですか。

更に翌朝、晴天。

遂に帝都に行く日がやってきました！　拍手！

後追いが予測されたレグルスくんには、源三さんが棒振り用の道具を作ってくれると説明して私より先にお出かけさせました！　用意周到！

昼前に出発するとかで、十時に屋敷の玄関に集合の筈なんだけど、馬車もなけりゃ馬すらいない。どうなってんのかな？

ぼんやりと立っていると、ぎっと玄関の扉が開いて、ロマノフ先生が手を差し出してきた。

「さあ、行きますよ。ちゃんと掴まっててくださいね」

「え？　や、先生、馬車も馬も無くてどうやって……？」

「転移魔術を使うんですよ」

「転移魔術⁉」

ファンタジー、きたこれ！

いそいそと差し出された先生の手を握る。すると先生がにっこり笑った。

「忘れ物はありませんか。お小遣いはちゃんとウエストポーチに入っていますね？」

「はい、大丈夫です」

「転移魔術は空間魔術の一種で、多量の魔力を消費しますが、目を閉じてまた開いた時には既に帝都です」

「わぁ、凄い……」

「それに便利ですよ、一度行った処ならどこでも飛べますし。でもいきなり帝都のど真ん中に二人も人が転移したら騒ぎになりますから、帝都の私の友人宅に転移します」

「え？　じゃあ、先様に手土産とか……」

ヤバい、なんにも用意してないよ⁉

あわあわしていると、バチコーンと美形エルフからウインクが飛んできた。

何か最近本当に美形によく殺されるわー。

ちょっと遠くを見るような目をしていると、先生がウエストポーチに何かを突っ込んでくる。

「ロッテンマイヤーさんに頼んで準備してもらったから、大丈夫ですよ」

「えー……今、何突っ込んだんですか……？」

「料理長謹製出汁蒸し卵の冷製風です」

「なん、だと……⁉　まだ私も食べてないメニューじゃないですか⁉」

「やったもん勝ちですね」

冷やし茶碗とか、私も食べたい。

ちょっと膨れると、空気の入った頬っぺたを摘ままれる。

「まあまあ、鳳蝶君は帰ってから食べたら良いじゃないですか」

「まあ、そうなんですが」

「じゃあ、そういうことで飛びますよ！」

「ふぇぇ⁉」

ぎゅっと先生に両手を握られたかと思うと、ぎゅんっと身体が引っ張りあげられるような感じがあって、思わず目を瞑る。

時間にして僅か数秒、ロマノフ先生の声が頭上から降った。

「もう目を開けて大丈夫ですよ、着きましたから」

「……へ？」

固く閉じていた瞼をゆっくりと開ける。

感じたのは夏の太陽特有の刺すような光ではなく、柔らかで包み込むようなオレンジの灯火で。

徐々に見えてくるのは沢山の本が並べられた本棚と、意匠を凝らして織り上げられただろう絨毯。

それから磨き上げられた飴色のデスクと、その上には羽ペンに紙が散らばっていて。拾い上げたそれには、五本で一組になる直線が何組か引かれていた。

「五線譜（ごせんふ）……⁉」

「おや、ご存知でしたか？」

「は、はい！　これは音楽に使う楽譜を書く紙ですよね⁉」

「そうですよ」

「これがあるって……もしかして…もしかして……⁉」

ここは音楽を嗜む、もっと言えば作曲をするひとのお屋敷なのでは⁉

尋ねようとした私の口を人差し指で塞ぐと、ロマノフ先生は優しい微笑みを浮かべて頷く。

「ここの家主は変わったひとなんですが、楽器を奏でさせたら古今東西に並ぶ者無しと言われています」

「そんな凄いひとと先生はお友達なんですか⁉」

「はい。いや、私も『そう言えばそんな風に言われてたな』くらいにしか、そっち方面には明るくないんですがね。でも彼の演奏も曲も素晴らしいのは何となく解ると言うか」

「ははぁ、やっぱりロマノフ先生は凄いエルフさんなんですねぇ」

「ドラゴンキラーには食いつかないのに、音楽に食いつくとか、流石鳳蝶君」

「あー……」

だってドラゴンとか見たことないんだもん。

それより身近にある音楽のが、やっぱり興味を引くのはちかたないちかたない。

目を逸らすと、先生が忍び笑う気配がした。

「まあ、良いでしょう。では家主に挨拶に行きましょう」

「そうですね、ご挨拶とお礼を申し上げなくては」

「一応、君を連れて訪うことは知らせていますが、詳しい時間とかは知らせてないので」

そう言いつつ、勝手知ったる何とやらで、降り立った部屋の出口へ向かう。ノブに手をかけて扉を開くと、やっぱり良く磨かれたフローリングの廊下に出た。

どうやら建物的に、出てきた部屋は二階にあるらしく直ぐ近くに下に降りる階段が。

ロマノフ先生に手を引かれて階段に近づけば、人の諍うような声がわずかに聴こえてきた。

先生がしっと人差し指を立てて唇に当てる。

『――だから、君に……』

『な……すて⁉　……わたし……だれ……⁉』

片一方は割りと柔らかめの男声、もう片方は女性の金切声。

痴話喧嘩かと思うと、ロマノフ先生が眉間にシワを寄せる。

「うーむ、まずい時に来ちゃったかな？」

「えーっと、何か揉めていらっしゃる？」

「揉めているというか、一方的に詰め寄られてると言うか」

「あー……お暇した方がいい感じですかね？」

「いや、男女の由無し言ではないようですし、ここはわざと出ていって、アイツに恩を着せてもいいかな」

「……なんで男女の由無し言じゃないって」

「エルフの耳は地獄耳ですから」

しれっとした顔で言われたけど、それって大したことなんでは？

微妙な顔をしていると、ロマノフ先生は私の戸惑いとかお構いなしに、階段を下っていく。手を引かれているから私も自然と降りることになって。

トントンとリズミカルに降りていった先は、どうもエントランスだったらしく、人の姿が二つ見えた。

一つはロマノフ先生のと同じく尖ったお耳に、長い金の髪を三つ編みにして緩くまとめた長身痩躯の緑の目の美形に、もう一つはロココ様式っていうかローブ・ア・ラ・フランセーズって様式の、コルセットで締めてパニエでスカートが幅広になる形のドレスを着た狐目の美女。金切声は多分こちらから。

「やあ、お邪魔しますよ、ヴィーチャ」

素晴らしく空気を読まずに、ロマノフ先生がエルフとおぼしき男性に声をかけると、狐目の美女の眦がきっと吊り上がる。怖い。

しかし、そんな美女をものともせず、エルフの男性――先生はヴィーチャって呼んでた――は、ぱぁっと眼を輝かせて、ロマノフ先生に飛び付いた。

「ああ、アリョーシャ!? 君を待ってたんだ!」

超絶キラキラした笑顔を美形が振り撒くのは、目の毒です。ついでに、狐目のお姉さんから発せられる怒気が益々強くなるんですが。

それなのに、エルフってのは空気が読めないんじゃなくて、読む気がないんだろうけど、いきなりロマノフ先生と手をつないでいた私を見つけると、親しげに抱きついてきた。

「君があーたんだね! 待ってたんだぁ! お歌聴かせてよ!」

やめてください、気弱な白豚は色々あって死にそうです。

つか、『あーたん』って誰ですか？

帝都一の音楽家と歌手は握手するのか、しないのか

ヴィクトル・ショスタコーヴィッチとは、麒凰帝国の宮廷に勤める宮廷音楽家で、音楽に関して

古今東西に並ぶものがないとされる。エルフの長命を生かし、古い曲や楽器の保護、また各大陸固有の楽曲・楽器の収蔵に努める人物でもある。

尚、魔術師としての腕も確かで、世界でも両手の指には入る腕前であるが、それを知るものは少ない。

出典・ロマノフペディアより

「いやー、私にとって大事だったのは魔術の腕の方だったんで、音楽のことはつい最近まで忘れてたんですよね」

「本当にヤになるよ、この朴念仁（ぼくねんじん）。どんな曲聴かせても『良いんじゃないですか』しか言わないんだ。たとえ、か〜な〜り間違えてたとしてもだよ」

「だって私、素人ですよ。音を飛ばしたって、そういうものなのかと」

親しげにワイワイ話してるのは良いんだけど、いい加減放して欲しい。

なんと私は、ヴィクトルさん——苗字が舌噛みそうだから、そう呼んで良いって言われました——の自己紹介から今の話まで、ずっと抱きつかれっ放しで、更に狐目のお姉さんにも睨まれっ放しなのだ。

「あの、はい、ヴィクトルさんとロマノフ先生が仲良しなのは解りました……。初めまして、私は」

「菊乃井伯爵家の嫡男・鳳蝶君だよね。お話はアリョーシャから聞いてるよ。よろしくね、あーたん」

「あーたん……」

「鳳蝶君だからあーたん。可愛いよね！」

白豚にあーたんとか、どんな視覚と聴覚の暴力ですか。羞恥で軽く腹が切れるわ。

私が微妙な顔をしてるのにロマノフ先生は気づいたみたいだけれど、その顔には「諦めなさい」とでも言うように爽やかな笑顔が張り付いていた。

それは兎も角、狐目のお姉さんがそろそろ限界だ。

眦がつり上がるだけでなく、怒りに頬が上気してきている。

爆発する前に、「あの……」と声を出せば、ヴィクトルさんが狐目の美女に顔を向けた。

「ああ……そう言えば君、僕に歌の指導して欲しかったんだっけ。気が変わった、良いよ」

「はぁっ⁉」

「レッスンしてあげるって言ってるの。嫌なら別にいいけど？」

「……っ……⁉」

赤い唇が戦慄(わなな)いて、瞳は燃え上がるように煌々と輝いて。

綺麗な顔のひとが怒ると、元々が綺麗だけに、物凄く迫力がある。

対してヴィクトルさんは、なんの興味もないのか、向けられた怒りを軽く受け流していた。

しかし、ギリギリと扇を握りしめていた手から力を抜くと、美女が胸を逸らす。

「その前に、そちらのお客様を紹介してくださいませんこと？」

「あー……アレクセイ・ロマノフ卿とその教え子の菊乃井伯爵家の嫡男・鳳蝶様だよ」

面倒くさそうにロマノフ先生と私を紹介する。

狐目の女性はロマノフ先生の名前を聞いた途端、不機嫌が嘘のように吹き飛んだ。

「まあ！　ロマノフ卿とは、あのロマノフ卿でいらっしゃいますの？」

「あの、が、どのを指すのか解りかねますが、アレクセイ・ロマノフと申します」

余所行きの笑顔を顔に貼り付けた先生に気がつかずに、女性は「まあ！」とか芸能人に会ったファンみたいにキャッキャしてる。

私もきちんと名乗った方が良いのかと思ったけれど、女性と視線が合った瞬間興味無さげに逸らされた。

触らぬ神に祟りなし。

ヴィクトルさんを見れば肩を竦めたから、それで良さそうだ。

「ねぇ、君さぁ、レッスンしないの？　しないなら帰ってくれないかな」

「……っ!?　しますわよ！　しますけれど……！」

美人さんが私とロマノフ先生を見る。

まあ、部外者がいたら集中出来ないよね。

私たちはお暇させて頂いた方が良いんじゃないかと、ロマノフ先生の服の裾を引っ張ると、先生もそう思ったのか頷く。

しかし、ヴィクトルさんが首を振った。

「部外者がいたら歌えない程度の腕前で、よく国立劇場に立とうと思うよね」

「なっ、何ですって!?　歌えますわよ！　わたくしを誰だと思ってますの!?」

誰かは知らないけど、国立劇場に立てるくらいなら、相当な歌手なんだろう。

「あーたん、彼女はね、今度国立劇場に立つ歌手なんだよー！」

「わぁ、凄い！」

「あ、当たり前でしてよ！　わたくしはマリア・クロウなのですから！」

ぱちぱちと拍手すると、マリアさんが胸を張る。年のころは二十代そこそこくらいか、全身に覇気が漂っていた。

「なるほど、それは素晴らしい歌い手さんなのですね。丁度良かった。鳳蝶君を帝都に連れてきた甲斐がありましたね」

「……どういうことですの？」

蕩けるような微笑みを浮かべ、マリアさんはロマノフ先生に問うた。しかし、答えたのは眼を胡乱げに細めたヴィクトルさんで。

「アリョーシャはね、さるやんごとないお方から、あーたんの音楽の才を磨くよう仰せつかってるの。そんで昔からの幼馴染みの僕を、最近になってようやく思い出したんだってさ。ちょっとくらい何かしら、あーたんに教えられるんじゃないかって」

「ちょっ⁉　ロマノフ先生⁉　ヴィクトルさんは、宮廷音楽家ですよ⁉　ちょっとくらいって！」

「えー……だって私もどのくらいヴィーチャが凄いか解んなかったんですもん」

このひと、私のこと言えないくらい色々興味のないことにはアンタッチャブルなんじゃ……。

って言うか、私の反応も知ってるひとには大概酷い反応なんだね、気を付けよう。

やんごとないお方ってのは、多分姫君か。

マリアさんも気になったのか、小首を傾げる。

「やんごとない、お方？」

「はい、どのような身分の方かは明かせませんが、やんごとないお方ですよ」

「左様ですの……」

「それで、まあ、音楽と言えば帝都に劇場があったし、帝都一の歌い手の歌を聴くのも勉強になるのではと思いましてね。ヴィーチャに伝手が無いか聞こうと。無ければヴィーチャに歌って貰えばいいことですし。なんせ彼は私の知るなかでは音楽のことなら一番解るひとですから」

「期待してもらってなんだけど、僕、楽器は得意だけど、歌はそうでもないよ」

そう言うと「こっち来て」と、ヴィクトルさんが奥に案内してくれる。

奥まった部屋の扉を開ければ、カバーがかけられた三本足の大きなテーブルのような物が中央にどんと鎮座していた。形からして、これは⁉

「グランドピアノ⁉」

「お、あーたんよく知ってるね」

「ん？　フリューゲルではないんですか？」

「帝国ではフリューゲル、グランドって呼ぶのは北のルマーニュ王国かな。やんごとないお方にそう教わったんじゃないの？　あーたん、お家から出たことないんでしょ？」

「はい、そうです……」

いいえ、前世でグランドピアノって呼んでただけです。姫君に教えてもらったとか、嘘です。ごめんなさい。

僅かに眼を逸らしたのを不思議そうな顔で見られたけど、黙っているとヴィクトルさんがカバーを外して、ピアノの前の椅子を引く。

ぽーんと指をおくと、耳に懐かしい響き。

「じゃ、ちょっと歌ってみてくれる？　曲は……君、何が得意？」

「……劇場で歌うのは『帝国よ、そは永遠の楽土なり』ですわ」

「ふぅん、じゃあ、それで良いや」

ポロロンと鍵盤の上に、ヴィクトルさんの細くて長い白魚のような指が走る。

エルガーの『威風堂々』に似た曲調の音に合わせて、ゆったりと低音から始まり、盛り上がりに向けて速くなる。それに従い、マリアさんの声も細くなったり、太く高くなったり。

しかし、サビとおぼしき場所で、僅かに音程が狂う。少しぶれただけだが、ヴィクトルさんには解ったようで、眉が少しだけ上がった。マリアさんも悔しげに眼を眇める。

一言で言うなら圧巻。

最後の一音が消えた瞬間に、素晴らしい演奏と歌い手に手を打ちならす。

満更でもなさそうなマリアさんとは対照的に、ヴィクトルさんはため息を吐いて首を横に振った。

「あーたん、大人を甘やかしちゃダメだ。音がずれたの解ったでしょ？」

「それは……でも……」

「『でも』も『しかし』もないの。まあ、一番いけないのは、ズレたのが解ったのに拍手されたら『これでも良いわ』とか失敗を自分に赦す甘ちゃんだけどね」

うわ、きっつい。

容赦ない指摘に、マリアさんの顔が真っ赤になる。

ワナワナと唇を震わせて今にも爆発しそうな風情だけど、ヴィクトルさんは平然と「何か？」って顔だし。

そこにロマノフ先生が嘴を挟む。

「まあまあ、ヴィーチャ。貴方は貶しますけど、私にはそのお嬢さんの歌は充分素晴らしく聴こえましたし、鳳蝶君もそう言ってるから、それはそれで良いじゃないですか。君の水準で言っても悪くはないんでしょう？」

「まあ、悪くはないよね。国立劇場で歌うだけのことはあると思うよ。だけどねぇ？」

「では、鳳蝶君の歌を聴いて貰って、アドバイスを求めるのはいけませんか。君は歌は専門ではないのでしょう？」

思いがけない提案に、ヴィクトルさんも私も、怒りに燃えていたマリアさんすらきょとんとする。

しかし、ロマノフ先生は本気なようで、余所行きの綺麗な笑顔でマリアさんに「いかがですか？」なんて、声をかけた。

そのロマノフ先生の笑みに絆されてか、咳払いしてからマリアさんは表情を甘く変える。

「解りましたわ。ロマノフ卿にそんな風に願われて、断れる筈ありませんもの。よろしいですわ、わたくしがご指導いたしましょう」

「ですって。良かったですね、鳳蝶君」

「あ、ありがとうございます」

ぺこりと頭を下げたけど、マリアさんは私を見ずにロマノフ先生に夢中だ。

肩を竦めたヴィクトルさんがピアノの前に座ったが、「あ」と小さく呟く。

「あーたん、何かこっちで流行ってる曲知ってる？」

「いえ、全然」

「そっか。じゃあ、あの方に教わったお歌で良いよ。伴奏は出来ないから、アカペラでいいかな？」

「はい、普段もアカペラなので大丈夫です」

すっと息を深く吸い込んで、腹式呼吸を心がけ、いつも姫君に言われているように魔素神経を意識する。

曲は何度も姫君の前で歌ったシューベルトの『野ばら』を。

喉をきちんと開けば音程も発声も、驚くほど安定する。

ゆったりと楽しく歌い終えると、パチパチとヴィクトルさんが拍手をくれた。

「素敵な曲だね。野ばらが観たくなる」

「はい、お家で野ばらを観ながら歌ってました」

「あーたんのお家は野ばらが咲くの？　素晴らしいね」

うふふとヴィクトルさんと『野ばら』について語り合っていると、かつりと物凄く真剣な顔でマリアさんが近寄ってきた。

「貴方……今の歌い方は……？」

「あー……変でしたか？　いつも魔素神経を意識するように言われてて……音程が甘いから、魔素神経を意識することで安定させられるって……」

「それは、貴方のやんごとないお方から？」

「はい、そうです」

マリアさんはぎりっと唇を噛み締めた。

怒らせるほど、私の歌は酷かったんだろうか。

青ざめていると、ぽんとマリアさんの手が肩に置かれた。

「……お陰で目が覚めましたわ。二週間後の国立劇場での公演に是非いらして。本当のわたくし、マリア・クロウの歌を聴かせて差し上げてよ」

マジか⁉　ラッキー！

でも、私の歌が酷かったから、お手本を見せてあげるってことだよね。

ちょっと眉毛を下げると、マリアさんは首を横に振った。

「貴方の歌は聴いたことのない曲でしたが……悪くはありませんでしたわ」

「そう、ですか？」

「ええ、胸を張るといいわ。わたくしは滅多に人を誉めたりしないのよ」

きりっとした凛凛しいお顔に、窓から差した光があたって、とても神聖なものに見える。

それを見ているとヴィクトルさんが、口の端を上げた。

「良い顔になったね、マリア嬢。良いよ、今の君になら喜んでレッスンしてあげる」

「本当ですの⁉」

「ああ、明日から本番までみっちりしごいてあげるよ」

何か良く分かんないけど、雨降って地固まったようだ。

白豚歩けば市場に当たる

さてさて、マリアさんの件はどうやら決着が上手くついたようで、機嫌良さげに彼女は帰っていった。

ヴィクトルさんに改めて訪問の挨拶をしてから、お土産の『冷製・出汁蒸し卵』を渡すと、素晴らしく喜んでもらえたようで、居間のテーブルでお茶の時間に。

にこにことても上機嫌に、ヴィクトルさんはロマノフ先生に尋ねる。

「あーたんのレッスンもちゃんと考えててね。二ヶ月後からでどうかな？」

「そうですね、帰ったらロッテンマイヤーさんにそのように伝えておきます」

「え……レッスンしてもらえるんですか？」

わぁ、宮廷音楽家にレッスンしてもらえるとか凄い。

だけどお月謝とか交通費とかどうしたら良いんだろう。

ローランさんのところに刺繍したハンカチを持っていったら、その分稼げるかな？

眉が八の字に下がるのが解ったけど、その眉間を向かいに座っていたヴィクトルさんが指で擦る。

「お月謝とか交通費とか、あーたんは心配しなくて良いからね」

「え、いや、でも……」

「大丈夫ですよ、鳳蝶君。ヴィーチャには金銭的な対価より、君から欲しいものがあるんですから」

「欲しいもの、ですか？」

なんだろう？　私が持ってるものなんて刺繍の腕とか園芸の腕とかしか。

首を傾げると、くふんとヴィクトルさんか口の端を上げた。

「あーたんが姫君から教わった異世界の曲を楽譜に起こして演奏させて欲しいんだ。ダメかな？」

「異世界の曲を楽譜に……!?」

「うん。さっき歌ってくれたのも異世界のだよね。あれもちゃんと覚えたから、弾こうと思ったら弾ける。でも、これは姫君から教わった曲なんでしょ？　なら勝手には弾けないし、楽譜にも起こせない。だから僕はその許可が欲しい」

許可もなにも渡りに船って奴だよね。

姫君ならきっと「疾く、せよ」って団扇をお振りになるだろう。

許可を取る約束をすると、ヴィクトルさんが嬉しそうに頷く。

なんて言うか、ロマノフ先生とヴィクトルさんしか知らないけど、エルフって皆友好的なのかしらん？

尋ねてみると、二人は顔を見合わせて同時に首を横に振った。

「アリョーシャも僕もエルフのなかでは変り者だよね」

「そうですねぇ、あと一人いるんですけど、それと三人合わせて『人間贔屓(びいき)の三馬鹿』って言われてましたねぇ」

「あー……なるほど、あまり期待しちゃダメってことですね」

「そういうことです」

まあ、人間ですら肌の色やら生まれやらで色々あるんだから、人間と他種族ならもっと色々あるんだろう。仲良く出来るに越したことはないけれど、押し付けは良くない。

ぼんやりと出してもらったお茶を飲んでいると、ヴィクトルさんがカップを置いて立ち上がった。

「さて、じゃあ、行こうか？」

「そうですね、よろしくお願いします」

なんだろう。

二人を眺めていると、「ふふっ」とヴィクトルさんが笑う。

「折角帝都に来たんだから、見物していくと良いよ。目的の『帝都一の歌い手』にも早々に会えちゃったんでしょ？」

「で、ヴィーチャが案内してくれるんですよ」

「そうなんですか、ありがとうございます！」

わぁ、お家と菊乃井以外の初めてのお出掛けだ。

ウキウキしていると、ロマノフ先生が手を繋いでくる。

「帝都は菊乃井よりかなり人が多くて、道も入り組んでますから、手を繋いでないと小さなこどもは直ぐにはぐれてしまいます」

「そうだね、迷子になって泣いてるこどもとかよく見かけるよ」

「おぉう、それは大変」

きゅっと先生の手を握ると、反対側をヴィクトルさんに取られる。

思えば私の知ってる大人の手は、先生の手かロッテンマイヤーさんの手か、後は屋敷で働いてるひとの手で、どれも働くひとの手だ。

ヴィクトルさんの手は柔らかくてしなやかで、なんだかレグルスくんの手に似ている気がする。

ピアノを弾くから大事にしているのかもしれない。

広いドアから連れられて外に出れば、石畳の道が現れる。

帝国は東西文化が入り交じり、独特の雰囲気が街並みに漂う。

モスクのような建物があるかと思えば、鹿鳴館のような西洋建築、武家屋敷や町屋とでも名付けたくなるような建物の間を、舗装された石畳が通り、人や馬、馬車、荷物を積んだリヤカーのようなものが行き交っていた。

大通りの左右には商店だけでなく、屋台だって出ている。

野菜や肉や魚だけでなく、布やビーズ、花なんかも売っていて賑やかだ。

「僕の家はマルシェの開かれる通り沿いにあって、中々賑やかなんだよね」

「あ、マルシェって言うのは市場ですよ」

「市場……!!」

何もかも極彩色を纏ってキラキラと輝くように見えた。

呼び込みをするお店のひとも、籠を手に買い物をするひとも、皆表情豊かに丁々発止のやり取りを楽しんでいる。

それを見ながら露店を見て回ると、不意にこの人生では初めてだけど、前の世界で何度も嗅いだ匂いが。

刺激的で、でも食欲をそそるそれは、随分遠いくせに懐かしくて仕方ない。

店先に並べられた籠には、葉っぱやラグビーボールみたいな形の種の数々、それに混じってシナモンや生姜に鬱金（ウコン）まで！

「スパイスが沢山ある！」

「おや、珍しいですね」

「ここ最近見るようになったんだよね」

二人の手を引いて露店に駆け寄れば、浅黒い肌のおじさんがニッカリと笑う。

「スパイス、沢山アルヨー！　肉桂（シナモン）、馬芹（クミン）、丁子（クローブ）に鬱金（ターメリック）、小荳蔲（カルダモン）、月桂樹（ローリエ）、唐辛子（チリ）に番紅花（サフラン）、生姜（ジンジャー）、八角（スターアニス）、肉荳蔻（ナツメグ）、他ニモ色々アルヨー！」

ここで会ったが百年目って訳じゃないけど、次にいつスパイスと巡り会うか解らない。

急いでウエストポーチをあけると、ローランさんがくれた餞別をおじさんに渡す。

「一通り全部、この中に入ってるお金で買えるだけくださいな！」

「アイヨー！　沢山買ッテクレタカラ、オマケシテオクヨー！」

中を覗いたおじさんはホクホク顔でスパイスを袋に詰めていく。オマケと見せてくれたのは、なんとバニラビーンズだった。

バニラビーンズってめっちゃお高いんだけど！

結構な荷物になったけど、一つずつウエストポーチに入れると、お礼を言う。すると、おじさんが紐の着いた木の札を見せてくれて。

「ワタシ、時々帝都ニ行商ニ来ルヨー。坊ッチャン、ゴ贔屓ヨロシクネー。オジサンノ名前、ジャミル言イマス。商人ギルドニ入ッテルカラ、ギルドデコノ木札ミセタラ直グニ連絡ツクヨー」

「あ、ありがとうございます！」

見せてくれた木札をバニラビーンズの袋にくくりつけて、それも渡してくれた。

いそいそとしまうと、ヴィクトルさんとロマノフ先生とお礼を言って店を離れる。

こういう時、ロマノフ先生は私の好きにさせてくれるし、理由を無理に聞こうとしない。それにならってかヴィクトルさんも何も言わないでくれた。

だから、人通りが少なくなった辺りで立ち止まる。

「ロマノフ先生、このスパイスを使って菊乃井に名物を作れるかもしれません」

「名物、ですか？」

「はい、カレーライスって言うんですけど、聞いたことはありますか？　スパイスを調合した辛い煮汁で野菜や肉を煮て、それをご飯にかけて食べるんですが」

「そんな料理があるんですか……？」

「僕もよく旅に出てスパイスの本場にも行ったことあるけど、そんな料理は聞いたことないな」

それなら、期待出来るかも。

何より、私がカレー食べたい！

握り拳を固めた私に、けれどロマノフ先生は少しだけ苦笑いした。

逆らっちゃいけないひと、再び

「……折角のオノボリさんなのだから、もう少し遊びましょう」

「そうだよ、あーたん。遊んでいきなよ。こどもは遊ぶのも仕事なんだから」

「ふぇ？　私、とっても楽しいですよ？」

「それならいいんですけど、ね」

なんだか、えらい誤解をされている気がする。

カレーライスを食べたいのは私だし、そのついでに菊乃井が儲かったらラッキーくらいの気持ちなんだけどな。

まあ、いいか。きっと大したことじゃない。

気を取り直してって言うのも変だけど、またマルシェの中を二人に手を引かれて見物する。

さて、皆のお土産を買いたい訳なんだけど。

ここは帝都の住人なヴィクトルさんに尋ねてみた方がいいだろう。

「ヴィクトルさん、何かこれこそ帝都！　って言うお土産ってあります？」

「うーん、実を言えばこれってのはないんだよね。だって帝都って帝国のあっちこっちから出稼ぎに来たひとで沸いてるみたいなもんだから、古くからの住人なんかそうそういないんだよ」

「まあ、三代帝都に住んだら帝都っ子って言われてますけどねぇ」

「三代住むより儲けたら田舎帰る方が豊かに暮らせるもん」

「なるほど、つまりお菓子にしたって出稼ぎに来たひとが出身地のお菓子を売り出して、それが当たれば帝都名物になるって感じなんですね」

「そういうこと」

んー、じゃあ帝都土産と思って買ったものが、実は違う場所の名産品だったりするわけね。

それはちょっとと思っていると、「そういえば」とヴィクトルさんがぽんと手を打った。

「帝都土産って言ったら帝都クッキーがあるよ」

「帝都クッキー、ですか？」

「うん、そのままズバリ、クッキーに『帝都』ってペタッと焼き印押しただけなんだけど、クッキーとして普通に美味しいんだ」

「無難なところですね。あれならそんなに高くはないし、屋敷の皆さん全員に一箱ずつくらい配れますよ」

「じゃあ、それにします！」

って訳でお土産を決めてしまうと、帝都の大通りに向かう。

帝都クッキーを売ってるお店は、帝都の大通りに店を構えているそうで、途中で着物に似た正絹の切れ端や珍しい組紐なんかも買い足して。

まるで宮殿かと思うような門構えのお菓子屋は、門構えの割には高くなくて、教えてもらった通りに屋敷の皆さんに一箱ずつ配れるような値段だった。

それじゃあ、次にどこに行くかと言う話をしながら歩いていると、街の中心部に到着する。

広場になっているそこには人を象ったブロンズ像が沢山立っていて、そのうちの一つになんだか見覚えがあった。

像の足元に近寄ってじっと見ていると、ドレスのひだといい持っている団扇といい……。

「百華公主像ですよ」

「あ、やっぱりそうなんですね」

「ええ、ここの上は丘になっていて神々の合同祭祀神殿があるんです」

「合同祭祀神殿……！」

「うん、その昔、とある芸術家が神々のご尊顔を拝したひとを集めてね、それぞれの証言をもとに神々のブロンズ像を作り上げたんだよ。で、それを記念して立てられた合同祭祀神殿なんだ。だけど、よく見て、おかしいと思うから」

ヴィクトルさんがいたずらっ子のように笑う。ロマノフ先生も似たような表情だから、二人とも答えは知っているんだろう。

うーん、なんだ？

百華公主に似た像を見て、それから他の像も見る。

お髭の生えた厳つい感じの男性や、ダビデもかくやな青年、優美な女性の像、少年や少女に見える背丈から様々だけれど、そこに一体だけローブを被って口しか見えない、座っているせいで背丈も解らないブロンズ像があった。

「一体だけ、お顔が解らないし体型も解らないお方がいらっしゃいますね。おかしいって言うのは、それですか？」

「正解。その方は氷輪公主様で、誰もご尊顔を拝したことがないんだ」

「そうなんですか……？」

「氷輪公主様は夜と眠り、死と再生を司るお方、人前には現れたりなさらない。現れても臨終の時だけだと言われていますね」

「ははぁ……」

それで女性だと解るように、柔らかい曲線の口元だけ見えてる訳ね。

「折角ですから、お詣りしていきましょうか」

「そうだね」

「はい、いつもお世話になってますし」

ロマノフ先生が神殿に続く緩やかな坂へと足を向ける。その背中に続いて丘に至る道を登って、行き交うひとと挨拶を交わす。

着いた入り口は前世で言うところのパルテノン神殿のような、彫刻も見事なドーリア式の建物。

神殿の奥に入ると、先程もみた神々の彫刻が一体一体等間隔で並べられ、その足元に鉄貨や銅貨の沢山入った鉢が置いてある。

「これは……？」

「お布施だよ。目当ての神様にお金をお供えするんだ」

「だいたい鉄貨や銅貨が多いですよ」

相場はだいたい銅貨五枚くらいからのようで、参拝に来たひとが、次々お目当ての神様の前の鉢にお金をいれていく。

姫君にはいつもお世話になっているから、銀貨を一枚。そして、ふと違う神様の像を見る。

「あの、先生……」

「はい、どうしました？」

「イゴール様はどの方でいらっしゃるんでしょう」

お会いしたことはない筈なのに、何故かご加護を頂いているんだもん。お詣りしておかなくちゃ。

意図はロマノフ先生に正確に伝わったようで、くるりと見渡すと、私の手を引いて巻き毛の少年の像の前へ連れていってくれた。

お小遣いはまだ充分残っていたから、相場の銅貨を鉢に入れようとした瞬間、いきなり神殿が真っ暗になったと思ったら、天井からキラキラとオーロラが降りてきた。

「それは君が初めて自分で稼いだお金なんだから、取っておきなよ」

「うぇ⁉　誰⁉」

声が聞こえた上を見上げれば、そこには医者が着るような白衣を纏った、銀の巻き毛の少年——多分十代後半くらい——が、ぷかぷかと浮いていた。

「やあ、菊乃井の鳳蝶。僕は空の神にして技術と医薬、風と商業を司る神・イゴールだ。初めまして、会えて嬉しいよ」

「……ぇ、あ、は……初めてお目もじいたしますっ‼」

即座に膝をつくと、私は地面に這いつくばる。

ほぼ毎日のように姫君にお会いしているからか、私の身体は逆らってはいけない類いのお方には、反射的に素早く礼を正せるようになっているようだ。グッジョブ。

跪いた私に、ひらひらと手を振るとイゴール様は機嫌が良いのか、私の目の前にある羽根付きサンダルを履いた脚をぷらぷらと揺らす。

「面を上げるといいよ。堅苦しいのは苦手なんだ。それに地面に跪いていたら膝頭が痛いだろう。立つと良い」

「は、はい。では、失礼して」

立ち上がると、ぐっとイゴール様との距離が近くなる。

その若木のような瞳の色も、桜の花びらのような唇も、ふくふくとしたほっぺも、ラファエロの絵かと思うぐらい芸術的で。

はー、神様って美形すぎて怖い。

そんなことを考えていると、イゴール様がくすくすとお笑いになった。

「美形すぎて怖いって、誉めてるのか貶してるのかどっちさ」

「とっても真面目に誉めてます！」

「まあ、うん。貶されてるとは思ってないよ」

ころころと笑い続けている辺り、ご機嫌を損ねたりはしなかったらしい。つか、考えていることが筒抜けとか恥ずかしい。

けほんと咳払いして、私は常からの疑問をお聞きしてみることにした。

「あの……お聞きしたいことが……」

「君につけた加護のことだろう？」

「はい。恐れながら、私とイゴール様は面識も御座いませんでした。何故に、と……」

おずおずと聞けば、イゴール様の口角が穏やかにあがる。

それから見覚えのある紙を懐から取り出した。

いつか、姫君に蝶をお作りした紙っぽくて、「あ」と小さく声が出た。

「ある日さ、百華が僕に『綺麗な紙を作って欲しい』って言ってきてね。それで理由を聞いたら、

『人の子が、綺麗な紙があれば素晴らしい紙細工を作ってくれる』からって言うじゃないか。更にそのあと血相変えて『魂が身体から離れやすくなる病の治し方を教えろ』ってさ。何事かと思うよね」

「それは……」

「それに『人間に学問させるにはどうしたらいいか』とか聞きにくるし。どういうことか聞いたら、君の名前が出てきてね」

「それで私をお知りに……」

「そういうこと」

ふわりと浮いていたイゴール様が、ぺたりと石の床に脚をつける。

そして丁度手の辺りにある私の頭に手を伸ばし、頭を撫でてくださった。

「君には感謝してるんだ。百華は人間に余り興味がなかったのに、君と知り合って教育の格差が目につくくらいには関心を持ち出した。これって僕は凄く良いことだと思う」

なぜだろう。

神様が人間に興味が無いのは、まあ、うん。だけど興味を持つのが良いとは。

首を傾げていると、イゴール様は至極真面目な顔をした。

「僕たち神は信仰こそが力になる。人間だけでなくエルフやドワーフ、精霊や魔族、魔獣・動物、兎も角生きとし生けるもの全てから捧げられる信仰こそが僕たちの力の源だ。それは解る？」

「えぇっと、はい」

「百華や他の神は自然そのものと言っても差し支えがないから、それだけで充分強い。だけど僕は人間がいて初めて強い力を持つことが出来る。だって医療や技術、商売なんか人間がいないと成立しないからね」

イゴール様が仰るには、確かにエルフやドワーフも技術や医療は必要とするけれど、商売の方は特に興味がないのだそうな。なんだったら物々交換で済ませるらしく、商売の成立には人間が不可欠だとか。

人間は商売繁盛を願い、イゴール様を信仰する。それがこの方の力の源なのだ。

「だから百華が人間に興味を持って何かしら恩恵を与えるだろ？　それがもとになって商売が起これば僕は力が増す」

「なるほど」

「だけど、それだけで終わらせるつもりはないよ。僕はその増した力で人間に恩恵を与える。そうなると経済が回るよね。回った経済……お金は色々巡るんだ。回った先が例えば漁師だったりするだろ、そしたら漁師は富を与えてくれた海の神様に感謝、つまり信仰を捧げる。すると、どうなる？」

「信仰は力になるのだから……海の神様のお力が増す……ということですか？」

「うん。でね、増した力で海神は人間にまた恩恵を与える。そうやれば巡り巡ってあらゆるひとを豊かにするし、豊かになった心で各々に僕らを信じてくれたら、僕らはまた人間に恩恵を与えることが出来る」

「それって……」

私の考える菊乃井領の理想モデルも、突き詰めればそうやって経済を回して皆が豊かになるのが最善なのだ。だから教育にも産業にも力を入れる。レグルスくんがその和の中で名君と慕われ、愛し愛されて生きていけるように。

イゴール様が頷く。

「そう、僕と君の考えは似ている。そして僕と似た考えを持ってる人間はわりと多いんだよ。そんな人間に僕は加護を与えてきた。だから君にも。これが君の質問への答えだ」

スッと立つ背筋は、ぴんと一本硬いものが頭から爪先まで通っているかのように真っ直ぐで、威厳すら漂う。

皆が豊かになればいい。確かにそうは思うけれど、私の根本にあるのは弟のことだけだ。いわば私利私欲でしかない。

なんとなく居心地が悪くてブラウスの裾を弄ると、ぽんぽんと柔らかな手が頭に置かれた。

「始まりはみんなそんなもんだよ。あるものは姉や妹や娘を政略結婚に利用されたくないから、あるものは兄を助けたいから、或いは息子や友人、恋人を……とかね。でも彼らはある時、君がそうだったように気がつくんだ。『自分たちに優しくても他のひとたちに優しい世界じゃなきゃ、廻り廻ってやっぱり大事なひとに優しい世界ではない』ってね」

「私が、そうだったように……」

そこから変わるか変わらないかはイゴール様にも分からないけれど、イゴール様と似た思想の持ち主はやがて何処かで何かを必ずやり始めるらしい。その時に、イゴール様は手助けとして加護を与えてきたのだそうな。

世界が誰にも優しい方向に進むことを願って。

そして私に加護を与えたのも、そんな世界への布石の一つでしかない。だから気軽に構えていればいいそうで。


「まあ、未来への投資だし、当たるも八卦当たらぬも八卦的な気持ちでこっちはいるから、君は気にせず思ったように生きると良いよ。それに君はもう、百華と約束した使命があるんでしょ？」

「は……え……何がですか？」

「百華と約束した使命だよ。確か……『みゅーじかるの出来る役者を育てる』んだとか」

初耳だ！

思わず見開いた眼に、同じく眼を見開いたイゴール様が映る。

いや、私、そんな約束したっけ？

心が受けた衝撃のままに吐き出したのは「え？」という、何の捻りもない声で。

「え？　って……え？」

「え、や、私、そんなこと言った覚えないんですが……？」

「あれ？　そうなの？」

「はい……」

なんでやねん？

思い切り訳が解らなくて、姫君としたお話を、そのままイゴール様にもお伝えする。

すると、「あー……」とイゴール様が額を押さえて、天を仰いだ。

「えーっとね、多分、教育が行き届けば楽譜が読めたり台詞が読めたりするひとが出てくる、豊かになれば芝居にお金を落とす人間も出てくるっていう辺りで、君が君の領地を豊かにしたら『みゅーじかる』だっけ？　それに力を入れるって思い込んだんだね。百華は思い込みが激しいから」

あはは——……と乾いた笑い声が神殿に響く。

って言うか、約束したってことは、私はそれをなさねばならぬってことなんだろうか？

その疑問にイゴール様は首を横に振った。

「約束だから努力義務はあるけど履行義務はないってとこかな？」

「えー……？」

「まあ、だから、領地を富ませて、識字率を上げていくってのを努力すれば大丈夫……うん……多分……」

「……なんで、眼を逸らされるんですか？」

「だって、百華だよ？」

努力を怠れば雷が降るってことか。

白目になりそうな返答に天を仰ぐ。

だけど、豊かになって娯楽が求められるとしたら、確かに私だってミュージカルが見たい。もっと言えば『菫の園』のお芝居やレビューが見たい。

それに必要なのはやっぱり学校、つまり教育が必要なのだ。

「音楽学校……」

「ん？」

「音楽学校が出来て、そこに生徒を集められるくらい豊かで教育が普及すれば、姫君の見たいモノもお見せ出来るかもしれません」

「そう、じゃあ、まあ、気負わず頑張れ」

「はい！」

こくりと頷けば、また頭を撫でられる。

長生きしないにしても、レグルスくん以外の生き甲斐があったって良い筈だ。

自然と口角が上がる。

と、イゴール様に額をつつかれた。

「魂と身体の繋がりが弱い件に関しては、百華に任せなよ。魂に関しては僕より専門家がいるから、そっちに話を聞きに行ってるからさ」

「魂の専門家、ですか？」

「うん。肉体の病なら僕の領域だけど、君の病気——離魂病は魂の病だからね。そっちに聞いた方が確実だ」

優しい手が私の髪を梳(くしけず)る。

イゴール様の身体がふわりと宙に浮くと、おいでになった時のように、天井から光が差して。

お帰りになるのだろう、柔らかな燐光がその御身体を包んだ時、ふっと視線が私のウエストポーチに止まった。

「鳳蝶。君、その腕輪みたいなの、なに？」

「腕輪、ですか？」

なんだろう、なんか入れてたっけ？

ウエストポーチに触れると、ステータスボードが現れ、そこにはハンカチや懐紙に混じって『ミサンガ』があった。

腕輪ってこれだろうか。

取り出してお見せすると、イゴール様はそれを手に取り、しげしげと眺めた。

「これは……刺繍糸か何かで編んでるのかい？」

「はい。糸の細さや太さ、編む順番を変えれば色んな模様が出来ますよ」

「そう。じゃあ、お布施代わりに貰っていくね」

「え？　あ、そんなものでよければ……」

「うん、これ、お洒落だしね」

ふくふくとした丸いほっぺを薔薇色に染めて、ミサンガを眺める。

そう言えば、もう一つ生えたスキル・超絶技巧は矢張りこの方の加護なんだろうか。

尋ねようとすると、首を静かに否定系に振られた。

「いいや。って言うか、君、百華の前で何か作っただろ。百華のことだ、誉めてるのか解んないような言い方で誉めたんじゃないの？　神の前で、神が認める技術を見せたら、そりゃ生えるでしょ」

「あー……いやー……折り紙でそんな……」

「まあ、良いじゃないか。あって困るわけじゃないし」

そんなもんなのか、スキルって？

釈然としない様子の私に肩を竦めると、今度こそイゴール様が光に包まれてどんどん存在が薄くなる。

「では、またいずれ。後、一人で頑張らなくても、世界中に同じ気持ちの人間がいる。何より後ろのエルフ二人も協力するっぽいし、遠慮なく手伝って貰いなよ？」

「へ？」

「じゃあね」

という言葉を残して、イゴール様は光と共に消えてしまわれた。

ぐぎぎと錆びたような音をさせて振り返れば、石畳に膝をついた姿勢のロマノフ先生とヴィクトルさんがいて。

「あの……もしかして……全部見てらしたんですか？」

「はい」

「……僕、初めて神様に会ったよ」

何処かぼんやりとしたヴィクトルさんを、ロマノフ先生が支えて立たせる。

ふらっとしたヴィクトルさんを私も支えようとしたら、逆にがっしりと肩を掴まれた。

「あーたん、音楽学校って何？　『ミュージカル』って？　詳しく！」

「きゃあっ!?」

綺麗なお顔が鼻先まで近付いてきて、びっくりして変な声が出た。

ヴィクトルさんは大層興奮されているようで、薔薇色の頬が更に上気して赤みが増す。めっちゃ迫力。

「み、ミュージカルはお芝居に音楽やダンスを取り入れた音楽劇のことですぅ！　音楽学校っていうのは、才能ある若いひとを集めて、歌舞音曲やお芝居を教える、ミュージカルの専門学校ですぅ！」

「乗った！　手伝う！　僕、手伝うからね！」

肩に食い込むのは細い指なのに、私をぶんぶん振る。

エルフの外見詐欺の怖さを、私は思い知るのだった。


色んなハプニングはあったものの、二週間後マリアさんのコンサートに行くために、ヴィクトルさんと再会をお約束して、私の帝都オノボリさん行は終わりを告げた。

買ってきたお土産を屋敷のひとたちに配って回ると、なんだか皆恐縮してたけど、中身は単なるクッキー。畏（かしこ）まられることもないし、お茶の時間にでも食べてくれれば。

帝都から来た宇都宮さんも帝都クッキーは初めてだったそうで、結構喜んでいた。

レグルスくんはお土産を渡したら直ぐに食べちゃったと宇都宮さんが言ってたけど、しっかりその日の夕飯も残さず食べていて、どこにそんな量が入るのかと。

食べても贅肉にならないとか、美形の特権か？

まあ、縁のないものを羨ましがっても致し方ない。私は地道に散歩してダイエットに勤しみますとも。

帝都のマルシェで手に入れたスパイスは、種類が様々で状態も様々。そのままで使えるものもあれば、そうでないものもある。

例えば鬱金。

生のままで売っていたものだから、スパイスとして使えるようにするために、水で洗ってから濃黄色の皮を綺麗に剥いて、五、六時間煮て、約二週間の天日干し。それを経て砕いて漸く使用可能になるのだ。

料理長や他のひとたち……お針子のエリーゼや動物の飼育係のヨーゼフにも手伝って貰うと、何だか彼らもウキウキした感じで。

『美味しいものが食べられるなら喜んで』と言うことらしい。

私が帝都で遊んでいる間に、ロッテンマイヤーさんと料理長は街に出て、料理屋兼宿屋の主人であるフィオレさんと交流を持ってくれたそうで、レシピの交換も行ってくれたそうだ。

それについてお礼と遅まきながら、レシピ公開の理由を伝えれば、料理長は苦笑いして。

「あれは若様のレシピですよ、私のじゃありませんぜ」

「え、や、料理長のですよ？」

「若様が仰るようにやって出来たもんだ。私にはない発想ですし、若様がシェアするってんなら、私には異存はありません。でも注文はありますな」

「注文ですか？」

「次に面白そうな料理を思い付いたら、アイツじゃなくて先に私に教えてください。若様の料理人は私なんですから」

どういう意味だろう？　菊乃井の料理長として、菊乃井が携わる料理には責任があるってことかな？

良く解らないけど、そういうことならと頷いた結果、カレーライスは下準備から菊乃井(こちら)の家ですることになったのだ。

二週間後が楽しみ。

帝都で買ってきたのはそれだけじゃない。

着物の柄に似た正絹の切れ端を纏めたものがあったから、つまみ細工を始めてみたり。

つまみ細工っていうのは、小さな正方形に切った薄絹を三角に折り畳んで土台に貼り付けて、花とか蝶とかを作ったりする細工物のこと。

髪の毛が伸びてきたからヘアピンが欲しいけど、どうせなら可愛い飾りを着けたいんだよね。着けるの白豚だけど。

そんな計画を立てつつ、日常をこなす。

で、そんな日課に加わったのが、源三さんによるレグルスくんの『剣術指南』の見学だ。

小さな木刀――木剣じゃなくて木刀なんだよね――を構えて、上段から下段に振り下ろす。それを片手で源三さんは受け止めて、流すようにレグルスくんを同じく木刀で振り払った。

その拍子にレグルスくんが尻餅をついたけれど、泣かずに源三さんに果敢にも飛びかかる。

それを何度も繰り返して、最後は木刀を腰に差し直してお辞儀して終わるのが源三流剣術なのだそうな。

源三さんが怪我をさせるためにやっている訳じゃないし、逆にレグルスくんが変な怪我をしないように柔らかな土の上で稽古してくれているのは解るんだけど、心臓に悪い。

レグルスくんが吹っ飛ばされる度にビクビクしている私に、源三さんは苦笑していた。

「まあまあ、若様。レグルス様のことはこの爺ぃにお任せなされ。怪我はさせんとお約束しますじゃ」

「源三さんが気を張って下さってるのは解るんだけど……！」

なんか、こう、落ち着かない。

だって三歳だよ？

三歳の小さな子が、お爺さんとは言え筋骨隆々の大人に吹っ飛ばされるなんて、心臓に悪い。

だけど、レグルスくんは尻餅をつく度にちらりと私を見ては頷いて源三さんに向かっていく。

脳内にはアレだ。

前世で見た、負けても勝ってもボロボロになる、ボクシングの世界チャンプの映画のテーマ曲が流れてくる。

んで、またもころんとレグルスくんが吹っ飛ばされた。

「あー……源三さん、もうそれくらいで……」

「うん？　そうですのう、若様がそう仰るなら……」

見かねて口出しすると、ふぉっふぉと笑いながら源三さんは木刀を直す素振りを見せる。しかし、そこで「やー！」と叫んだのは、吹き飛ばされたレグルスくんだった。

「まだ、れー、まけてない！」

「えー……」

「まけてない！　できる！　にぃに、れー、まけてないの！」

「あー……いや、でも……怪我したら危ないよ？」

「いや！　にぃ……あにうえ、れー……じゃなくて、わたしは、まだできます！」

あらやだ、レグルスくんが『わたし』って言ったし『あにうえ』だって。

いつの間にこんな大人びた話し方が出来るようになったんだろう。

ちょっと感動していると、レグルスくんは立ち上がってまた源三さんに打ち込みに行く。

こうやってこどもは段々と育っていくんだなぁ、とか他人事みたいに思うけど、私もこどもだった。

私も成長しないと。

剣術道場は菜園の隅っこで開かれている。

二人が剣術してる間に私は土でも耕しておこうか。

こども用のスコップを手に雑草を引き抜きながら、ちまちまと土を掘り返しては均していく。

目の端にはチラチラとレグルスくんが、源三さんに打ち込んではひらひらと避けられているのが見えた。

一生懸命で可愛いなぁ、なんて思ってたら、レグルスくんが木刀を大きく振りかぶった刹那、源三さんの目付きが厳しく変わり、老人とは思えぬ素早い動きで一足飛びで飛び退く。

力一杯振りかぶられた木刀が、大地を打ったら手首を痛めてしまうかも知れない。

レグルスくんの泣き声を覚悟していると、ボコッと地面から聞こえてはいけない音が聞こえて。

「は……？」

は？　じゃない。我ながら「は？」じゃない。

なんとレグルスくんが木刀をぶつけた地面が、クレーターのようにひび割れながらへこんでいたのだ。

「ふぉっふぉっふぉ、これは派手におやりになりましたなぁ。土を柔くして掘り返す手間がなくなりましたの」

「むー、おてていたい……。にぃに、おてていたいのー！」

木刀を持ったまま、レグルスくんが突進してくるのを、驚きのあまり避けきれず、鳩尾（みぞおち）に頭突きを食らって悶絶するまで、私は呆けていた。

職人（？）の心意気

この世界の幼児は地面を割れるものらしい。

そんなわけあるかい！　と突っ込みたいけれど、目の前で地面を割ったのを見ていた源三さんも、見たままをそのまま説明した宇都宮さんも、特に動揺した節もなく。それどころか「そんなに驚くことですか？」みたいな反応だった。

や、私はそんなこと出来ないんだけど？

つまり、出来ない私が非力なだけってことですか、そうですか。

……マジか？

流石魔術があって神様に会える世界、半端ない。

これはもう、私がレグルスくんに剣術を教えるとか諦めて、源三さんに全て委ねた方が良さそうだ。

そして私は源三さんと菜園を極めて、美味しい白菜作りに励もう。

冬には鶏の水炊きとか、白菜と豚バラの鍋とか食べられるように。

昼食後、レグルスくんのお昼寝からおやつまでが、最近の私の趣味の時間。

なんでか私のベッドで寝てるレグルスくんの傍ら、手元で三角に折り畳んだ正絹を小さな台紙に張り付けて、小花を作って髪留めを試作してみる。

つまみ細工には丸つまみと剣つまみと言う種類があって、簡単に言うと三角に折り畳んで接着した後に成形してから、広げると丸つまみ、広げなければ剣つまみになるんだよね。

土台もくるみ鈕(ぼたん)みたいに布で包んで、花びらになる丸つまみか剣つまみの布を張り付けて、張り付けた中央部が見えないように飾りを置けば完成。

そうやって作ったピンは二つ。

私のは紅梅、前髪が伸びてきたレグルスくんには白梅を。

『青の手』に加えて『超絶技巧』の補正のお陰か、一つを完成させる速度が、大分速くなっているようで、レグルスくんのお昼寝が終わる前に作れてしまった。

姫君がお戻りになる日の朝が来た。

ウキウキした気持ちでいつものように歌いながら、レグルスくんと手を繋いで奥庭に行くと、凄く甘やかな薫風に艶やかな牡丹が揺れる。

「おはようございます」と二人で呼びかければ、大輪の花が応えるように大きくそよいで、きらきらと光り始めた。

「うむ、久しいの。息災かや？」

「はい、お陰様をもちまして」

「れー……わたしも、げんきです！」

花の香を纏って前世なら唐衣と名付けられていたドレスも優雅に、薄絹が張られた団扇を手にした姫君のお姿に、レグルスくんと一緒に跪く。

すると、白梅のつまみ細工で作った髪留めで留めた前髪が、ぴょこんと跳ねた。

「うむ、何やらひよこの頭が面白いことになっておるの」

「にぃにがつくってくれたの～」

ご挨拶した時の丁寧な話し方が何処かに行っちゃったレグルスくんにぎょっとすると、姫君は特に気にする風もなく「見せてみよ」とお手を差し出される。

すると素直に髪から外したものの、レグルスくんは眉毛を八の字に曲げた。

「それ、れーの」

「解っておるわ。見るだけじゃ」

「うん……じゃなくて……はい」

ちゃんと言い直してるとか可愛い。

ほわんと和んだのも束の間、姫君の目がきらりんと光った。

ああ、なんか覚えがあるわー。

一瞬遠い目をすると、やっぱり姫君はそんなことお構いなしに、私に向かって手を差し出した。

「ひよこのものを取り上げる気はないぞよ。代わりに、ほれ」

「ほれって……」

「貰ってやる故、差し出すがよいぞ」

さっさと出せ的な雰囲気に、私は重々しく首を横に振って拒否する。

だってこれ試作品だもん。いくらなんでもそんなものは差し上げられない。

だからこその拒否に、姫君の柳眉が跳ね上がった。

「……妾が貰ってやると言っておるに、嫌と？」

庭に暗雲が垂れ込めて、レグルスくんが私のシャツの裾を握る。けれど、私にだって意地があるんだ。ここで引くわけにいかない。

「姫君様、私は姫君様に何か私の作ったものを差し上げるのは、喜んでいただけるなら苦ではないんです。でもこれは試作品。『ちょっとくらい接着剤がはみ出てもいいや』とか、割りといい加減な気持ちで作ったものを差し出すのは嫌です」

「む……」

「姫君様がお望みならば、喜んで作らせていただきます。姫君様にお似合いになるデザインを考えて、姫君様に相応しい布を選び、今の私の持てる技術全てつぎ込んでお作りしますとも。だからこそ、試作品をお持ちになるのは止めて下さい。そんなものをお渡しするのは私の『作り手』としての恥になります」

言い切った私に、姫君が頷く。

庭からするすると黒い雲が消えると、美しい青空が顔を出した。

姫君は決して理不尽な方ではない。

「言われてみれば、今のは妾が悪かった。許せよ。『青の手』に『超絶技巧』を持つ作り手なれば、自身が作る物に誇りもあろう。拙き物を差し出すなど名折れ。まして相手は神なる妾であるならば、最高の物を捧げたいと思うは道理よの」

「許すもなにも、姫君様は理不尽は仰らないと、私、存じておりますし」

「ふむ、では改めて。妾はそのつまみ細工とやらを所望するぞえ」

そう仰ると、するすると肩からかけていらしたストールのような細い布を外し、それを薄絹の団扇に載せて差し出された。

触らなくても光沢や白から薄桃、桃からやがてまた薄桃になり白へと戻る見事なグラデーションに、ただの織物でないことが知れる。

「これは下級の機織の神が、妾のために織ったもの。しかし天界の流行りから大分廃れてしまってのう。気に入っておったがどうしたものかと思っておったのじゃ。これをやるゆえ、妾に似合うつまみ細工とやらを作れ」

「え、や、こんな綺麗な布に鋏を入れて良いんですか⁉」

「構わぬ。気に入ってはおるが、流行り廃りには敏感でなくてはのう。妾は天界でも華であるゆえに」

団扇に乗った布がそよそよと風に乗って私の手に渡る。

これはいよいよ手が抜けない。もとより手抜きなんてする気はなかったけど、よりいっそう気合いが入った。

「余った布は好きに使うがよいぞ。神の手になるものを扱うこと、許しおく」

「は、ありがとうございます」

何かえらい大層な許可を貰っちゃったな。

それはともかく、許可という言葉に私はあることを思い出した。

「恐れながら、姫君様。姫君様にお許しいただきたいことが御座いまして……」

「うむ、なんじゃ？」

ヴィクトルさんに頼まれていた、異世界の歌を譜面に起こしたいという許可のことなのだけれど。

ヴィクトルさんが歌の指導を買って出てくれたことを交えて、対価として行いたいと言ってくれたことを説明すると、涼やかな瞳が機嫌良さげに細められる。

「ふむ、良いぞ。それは妾の望みにもあたること。妾からそのエルフには別の対価をくれてやろう」

「ありがとうございます。ヴィクトルさんに成り代わり、お礼申し上げます」

「うむ。そのヴィクトルとやらと共に、妾のために励むが良いぞ」

姫君が鈴を転がしたように、お笑いになる時の麗しいこと麗しいこと。

お袖を口許に動かすだけで、花の香りが強くなるのだ。

その香りにぼんやりしていると、はっと姫君が目を見開かれ、微笑みがお顔から消える。

至極真面目な表情に、私は息を呑んだ。

「……いかん、忘れるところであったわ。そなたの病の話じゃ」

「は、はい」

あれか、イゴール様が教えてくれた『離魂症（りこんしょう）』という。

思い浮かべたのが伝わったのだろう、姫君が重々しく頷く。

「そなたイゴールに会ったそうじゃな。あれからだいたいのあらましは話したと聞いておるが
「魂が身体から離れやすくなっていて、肉体的な病とは異なるので、イゴール様の管轄ではない
……」

……と」

「そうじゃ。じゃから、魂に関して良く知る者に話を聞いてきた」

ふっと姫君様が言葉を切る。

レグルスくんも姫君のただごとでない様子に、一度は離した私のシャツの裾をもう一度握りなおした。

「鳳蝶、そなた悪い話と良い話と、どちらから聞きたい？」

「良い話だけ聞きたいとか無しですか？」

　即答に姫君が呆気にとられた顔をなさった。

『離魂症』とは大病なり大怪我なりで危篤に陥った経験のあるひとが、回復したあと極々希にかかる魂の病で、魂と肉体の繋がりが稀薄になり、魂が肉体から離れやすくなっている状態を指すのだそうな。

「治療法はない。おまけに魂と肉体の解離が激しくなれば、生命力が低下して死にやすくなる。これが悪い話じゃ」

「はぁ……そう、なんですか」

「が、なんとかする方法はある。良い話とは、その何とかする方法が意外に簡単なことよ」

「簡単……」

　姫君がふふんっと胸を張る。これは仰々しく尋ねよって合図なのかしら。

　ちょっとリアクションに困っていると、私のシャツの裾を掴んでいた手を放し、レグルスくんが姫君にとてとてと駆けよる。そしてぎゅっとその美しいドレープを持つ衣を、ぎゅっと握った。

「ぎゃー!?　レグルスくん!?」

　不敬罪という不穏な単語が頭を過る。あわあわとレグルスくんを止めようとすると、姫君が呆れたような顔でこちらを見た。

「なんじゃ、大声を出しおってはしたない。ひよこ、いかがした？」

「にぃにのごびょーき、なおる？」

「うむ、ひよこには難しかったか。そなたの兄の病は治らぬ。しかし、これ以上悪くならぬようにする方法はあるのじゃ。これから教えてしんぜるゆえ、しかと聞きやれ」

「あい！」

どんなことを言われるのか、私よりも真剣な顔をしてレグルスくんが待つ。私も固く唇を引き締めると、姫君のお言葉に備えた。

「魔素神経を鍛えよ」

「魔素神経を鍛える……」

「魂と魔素神経は、肉体に言い換えるなら心臓と血管に当たるのじゃ。肉体と魂の繋がりが希薄なら、魔素神経と魂の繋がりを太くして、魔素神経で肉体に縫い止めてしまえということらしい」

「……らしい、ですか？」

「何やら小難しい説明をされたが、忘れたわ。兎も角、魔素神経を鍛えるのが『離魂症』の対症療法だと言われたのじゃ」

ふんっと鼻を鳴らして胸を張る姫君に、レグルスくんが小鳥のように首を傾げて、それから手を元気に挙げる。

「しつもんです！　まそしんけーって、どうやってきたえるですか？」

「良い質問であるぞ、ひよこ。魔素神経は使えば使うほど鍛えられ、太くなるのじゃ」

魔素神経の総量と言うか、発達量と言うかは、生まれついて決まっているそうだ。

頭の先から爪先までびっしり魔素神経が通うひともいれば、首から上だけ、片手だけ、少なければ足の小指だけといった具合。

これはもう運としか言いようがなく、どうした処で変わらないそうで、だからこそ貴族は魔素神経の総量を増やすべく、魔術の才能の長けたものを血筋に組み込もうとするのだ。

それは置いといて。

魔素神経の総量は変わらなくても、鍛えれば太くすることは出来る。

魔素神経の太さで何が変わるかと言うと、溜め込める魔素の量が変わるそうで、濃度が濃いほど魔術の効果が強くなるのだ。

全身に魔素神経が通っていても太さが髪の毛ほどしかないひとと、手の小指一本くらいしか魔素神経が通っていなくても、その小指ぎちぎちの太さがあれば、出せる魔術の威力は大して変わらないと言う。

魔素神経は魂と繋がっていて、身体とも繋がっている。魔素神経を鍛えて太くすれば、魂への繋がりも強くなり、肉体との繋がりも強くなる、イコール魂と肉体の繋がりも強化されるってこと……かな。

「幸いにしてそなたは魔素神経が頭のてっぺんから足の爪先まで通っておるしの、後は魔術を使って使って魔素神経を太くすれば良いだけ。これも簡単なことじゃ、今までの様に魔素神経を意識して歌っておれば良い」

「んん？　魔素神経を意識することが魔術を使うのと同じとは……？」

「魔術を行使するのに必要なのは、招きたい結果をイメージすることじゃ。例えば攻撃魔術なんぞは火で相手を燃やすイメージから発展しておる。翻ってそなたに歌を歌わせる時、魔素神経を意識させるのはなんのためであった？」

「音程が甘いので、その補正……あー……声帯の強化、つまり身体強化の魔術を使ってたということですか？」

「大雑把に言えばの」

なんと。

私は知らない間に魔術を使ってたらしい。

それじゃあもしかして、レグルスくんが階段から落ちそうになった時に、身体が軽くなった気がして、落ちるのに間に合ったのは無意識に身体強化をかけたからかしら。

ありがとうございます、姫君。グッジョブ、私。

衝撃の真実にびっくりしていた私を他所に、レグルスくんが再び姫君のお召し物の裾を引く。

「まじゅちゅのれんしゅーしたら、にぃにのごびょーき、わるくならないですか？」

「うむ、悪化は防げる筈じゃ。そう言うわけで、これをしんぜるゆえ、食すがよい。ひよこも分けてもらうが良いぞ」

そう仰って姫君が広がった袖から取り出されたのは、いつか頂いた美味しい桃で。

手渡されたレグルスくんの顔がぱぁっと輝くのに、姫君が眼を細められた。

桃特有の瑞々しくも甘い香りが、奥庭一面に漂う。

「この桃は天界では神酒を作るのに使われていての、滋養強壮によく効く。氷輪は魔素神経を鍛えるのはあくまで対処療法に過ぎぬ、基本は健康を心掛け、危うきには近寄らぬことじゃと申しておった」

「氷輪とは、氷輪公主様のことで？」

「左様。死と再生を司るあやつは、こと魂の扱いに関しては我らよりずっと長けておるし造詣も深い」

「なるほど」と呟けば、桃を抱えてとてとてと戻ってきたレグルスくんも、解っているのかいないのか「なるほどー」とおうむ返しする。

と、ビシッと姫君の薄絹と団扇が私に向けられた。

「まあ、そういうわけじゃから、そなたもう少し痩せよ」

おうふ、つついてない藪から蛇が出てきた。

いや、まあ、痩せるのはそもそもの目標だから、こくりと頷くと姫君も団扇を下ろされる。

そして咳払いをされると、凛とした威厳漂うお顔をなさった。

「そなたが色々と『みゅーじかる』のために動き出していると、イゴールから聞いたぞ。しかし、それはなんとも難しいことだと奴は言っておった」

「はい……まあ、確かに。識字率を上げるだけじゃなく、生活水準も上げなくてはいけません。それには色々変えなくてはいけないものがあったり、増やさなければいけないものがあったり、より良く改善しなきゃいけなかったり、何より平和でなくてはならないし……問題は山積みだと思います」

「うむ、なればこそ、その身体は丈夫で長持ちせねばのう」

「ああ……」

つまり、遠回しに心配してくださってるのか。

なんと言うか、姫君は最初から凄く優しい。甘やかされている気がする。

照れ臭くなって頭をかくと、姫君もそうなのか僅かに視線がそらされた。

とは言え、私の代ではきっと……。

「恐れながら姫君様、ことは私が長生きした処で、直ぐには成らぬと存じます」

私や姫君の憧れるミュージカルも、彼の菫の園も、かつて生きた場所に芽吹いてから根付くまでにかなりの時間が必要だった。

「芸術がその価値を認められ、愛され、発展し、華麗な花を咲かせるは、経済的な豊かさや平和という土台が必要なのです。しかし、人間一人に出来うることなどたかが知れています。私が私の代ですべきなのは、せめて菊乃井だけでも豊かにしつつ、私の志を受け継いでくれる次代の育成と仲間を増やすことだと思うのです」

「……続けよ」

「天才は百年を跳躍することも出来ましょう。しかし私は残念ながら非才の身、小さなことからコツコツ積み上げるしか出来ません。そして世の中は天才より凡人の方がどうやっても多い。時間はかかるでしょう。けれど、話をして通ずるものがあれば手を取り合って進めば良い。そうやって前の世の中は、少しずつ良くなって芸術を育むに至りました。あちらの人間が出来たことです。身を切れば赤い血が流れる、同じ人間ですもの。こちらの人間に出来ない筈はない。時間はかかっても、きっと同じ地平にたどり着けます。その時こそ、私と姫君様の観たいものが見られる時なのだと」

沈黙が降る。

姫君のお顔は少し険しい。

私と姫君の間で視線を右往左往させるレグルスくんの頭を撫でる。

この子は私の志を継いでくれるだろうか？

さやらきゃらと桃を抱えて笑う彼が、大人になる迄だって十年以上はかかる。

今から教育を施しても、それが次世代に受け継がれるまでにはもっと時間が必要なのだ。

人間一人の力も時間も、世界を前には微々たるもの。

けれど、細い糸も縒り合わせば強くなるように、志を同じくする人たちと手を繋ぐことが出来れば、そうしてそのまま次の世代へ受け渡していければ……。

ふっと姫君の唇が三日月を描く。

「思えば人間が産まれた時は今のような暮らし向きではなかった。それが少しばかり放っておいたら、いつの間にか曲を奏で、歌を唄い、舞踊るようになって……。しばし待てば、妾好みに変わると言うのなら、見守ってやるのも吝かではないのう」

「姫君様……！」

「そなたが志半ばで倒れても、その魂は妾が掬い上げてやろう。妾とそなたの望みが叶った暁には、どれほどの時を越えても必ずそれを見せてやろうから。励めよ」

「はい！」

この上もない約束を頂いた。

出来るだけのことをしよう。

ぺこりとお辞儀をすると、レグルスくんにシャツの裾を引かれる。

なんだろうと下を向けば、その目が揺れた。

「にぃに、どこかいっちゃうの？　れーもつれていってくれる？」

「いや、今は行かないよ」

「ほんとう？」

「本当じゃ。ひよこも兄をよく助けたならば、同じところに連れていってやろう。しかと働くのじゃぞ？」

「あい！」

姫君のお言葉に、レグルスくんは手を挙げて眼をキラキラさせる。

一体いつまでこんな風に慕ってくれるのかな。

将来を思うと少し切なくなる。

そんな私の内面を知ってか知らずか、姫君もレグルスくんもにこにこして。

「さあ、そうとなれば歌うのじゃ」

「おうたー！」

「はい！　歌います！」

穏やかな陽射しのなか、私は歌う。

弟の手を握りながら。


「いやぁ、実に不思議な桃でしたなぁ」

包丁を入れなくても勝手に割れて、皮もするりと剥ける。果汁を溢すこともなく、完熟なのにぐずぐずにならない。

まるで奇跡のよう。

料理長は姫君の桃をそう評した。

私とレグルスくんの手には、料理長が姫君の桃を使って作ってくれた今日のおやつのお皿。

中身は醍醐(ヨーグルト)と姫君の桃を混ぜて凍らせたソルベで、結構な量が出来たから、屋敷でお勤めのひと全員にお裾分けが出来た。

「若様、源三さんとこに弁当を届けに孫が来たそうなんで……」

「はい、分けてあげてくださいな」

「はい。ロッテンマイヤーさんが若様がそう仰るだろうからと、源三さんは遠慮してましたが出しときました」

「そうですか、それはありがとうございます」

「いえいえ、事後承諾で申し訳ありません」

「冷たいものは冷たいうちに食べなければ美味しさが半減しますから、そういうのは事後承諾で構いませんよ」

頷くと、料理長は一礼して食堂から退出する。

相変わらずだだっ広い食堂に、私とレグルスくんと宇都宮さんが三人。

宇都宮さんはレグルスくんにソルベを食べさせつつ、自分も一口食べてはうっとりしていた。

「はぁ……なんか……幸せでふ」

「うん、ソルベ美味しいね」

「あまいのおいち！」

「おいち！　ですねぇ」

小さなスプーンを持って短い手足をパタパタさせて、凄く良い笑顔のレグルスくんがソルベを催促する。それに促されて、宇都宮さんが小さなスプーンを受け取って、レグルスくんのお口にソルベを入れる。

燕の雛が親に餌をおねだりする光景に似て、凄く微笑ましくて和む。

「もう、本当に美味しいです！　特にこの桃、甘いし濃厚だし！」

「そうですね、前も食べたけど凄く美味しいですよね」

「そうなんですか……。出入りのお店屋さんたら、凄腕なんですね。こんな凄く美味しい桃、帝都でも手に入らないですよ」

「ああ、うん。商人さんから買った訳じゃないですからね」

「へ？」

宇都宮さんの目が点になった。

するると、何故かレグルスくんが得意気な顔で胸を張る。

「おひめさまからもらった！」

「お姫様、ですか？」

「うん、多分前貰ったのと同じ……『仙桃』だったかな。あれです」

「は……？」

その時の宇都宮さんの顔は、多分レディがしたらいけない類いの、鳩が豆鉄砲食らったたってこういうのを言うんだろうなぁって感じの顔で。

余談だけれど、用事で街に行ってたロマノフ先生にソルベをお出しした時も、桃の話をしたら同じ様な顔になっていた。


それから数日は何事もなく過ぎ去り、私はレグルスくんとお散歩したり園芸や動物の世話をする合間に、レグルスくんと源三さんの剣術道場を覗いたり、姫君の元で歌と魔術の練習をしたり。レグルスくんのお昼寝時間には、趣味の手芸に勤しんでいた。

姫君から頂いた布も、丁寧に大小様々な大きさの正方形に切って、つまみ細工の材料へと変身を遂げていた。

姫君にお贈りするには生半可な物は作れない。

意匠からして工夫を凝らさなければ。

「うーむ、悩ましい……」

だって綺麗なんだもん、姫君。

瞬きすれば星が零れ落ちるような輝く瞳、新雪のような白い肌、どんな紅薔薇も霞む唇の艶やかさは筆舌に尽くしがたい。

それにしても、姫君からは過分なお約束を頂いてしまった。

死んでからも、望みが叶った時はそれを見せてくれるってことは、ちょっと役に立つ家来くらいには思ってくださっているのかしら?

ホクホクと姫君の布から作った正方形を、剣つまみや丸つまみ、二枚張り付けて作る二重の丸つまみや剣つまみに変えていく。

姫君の花は牡丹、あの方に捧げるなら牡丹はマストだ。

まずは二重剣つまみを丸い土台に放射状に貼りつけて、更にその上に剣つまみを貼り付ける。下段になるのより小さめの円形に貼りつけられたら、今度は二重丸つまみを上段の剣つまみの上に更に重ねて貼りつけて。

最後に中心部に帝都で買ったキラキラ光るビーズを貼りつけて、メインになる大振りの花が完成。

後は小さな花を残りのパーツでグラデーションをかけながら、五つほど作る。

大輪の牡丹と五つの小花、それからやっぱり帝都で買った組紐を組み合わせて髪留めパーツを合わせたら、これで完成。

残ったパーツは僅かだけれど、小さいものなら手持ちの布と合わせて、小さなヘアピンくらいは作れるだろう。

折角だし、国立劇場へのご招待のお礼にマリアさんにもアクセサリーを作ろうか。

それにまだソルベも残っているから、それもお土産にしよう。ヴィクトルさんにもお裾分けして。

あれこれ考えていると、もにもにとレグルスくんがお昼寝しているベッドでぐずりだす。

レグルスくんは三歳児にしては、おねしょもおもらしもしないそうだ。

宇都宮さんに言わせれば、それはこちらの屋敷に移ってからで、お母様のご実家では年相応におもらしもおねしょもあったらしい。

ストレスからなら、逆にそういったことが増えそうだけれど、実家にいた頃より実はレグルスくんは伸び伸び生きているとか。

あちらではたった一人の跡継ぎだし、亡きお嬢様の忘れ形見だからと期待が凄くかけられていて、父上がこちらに連れてきたのもロマノフ先生ほどの家庭教師を得られる機会を逃してなるものか！と、あちら側にせっつかれたからだそうな。

私とは大違いだな。

いや、私は基本放置なだけで、暴力を振るわれるわけじゃないし、経済的に締め付けられているわけでもない。

そう思えば、あの二人は親として「どうなのか?」は兎も角、人としては「こどもをいびらないし、殺さない」という、私にとっての良識はあるのだ。

更に言えば、こういう理由があるからお前を愛せないと、態度と言葉ではっきり示してくれてるのだから、余計な期待もしないで済む。

……読み間違えて、ちょっと痛い目にはあったけれど。

お互いに不利益になることさえせず、無関心・不干渉を貫いていれば、存外あのひとたちは付き合い易いのかもしれないな。

ただ、レグルスくんを階段から突き飛ばした件は忘れてはいけないけど。

ぼんやりとしながらも指先は動いていて、思い描く図案通りにつまみ細工を仕上げていく。

「まあ、あれですよ。親は子供を選べないし、子供も親を選べないんだから」

その点、私はレグルスくんを側に留める選択が出来たのだから、恵まれている。

麗らかな秋の陽射しは、レグルスくんの金の髪を眩しいほど輝かせながら、緩やかに暮れていくのだった。

白豚、コンサートに行くってよ

一般的に、歳をとるほど一日が短く感じるようになると言う。

それは成長するにつれて蓄積された経験が多くなり、日常に刺激が少なくなるかららしい。

しかし、こどもの私にだって一日はとてつもなく短い。だってやること多いんだもん。

例えば美味しい物を食べられるように料理長と研究したり、エリーゼと着なくなった服のリメイクをしたり、源三さんにレグルスくんの剣術の稽古をつけてもらっているのを見学したり、菜園の土を混ぜ返したり、ヨーゼフと一緒に庭で飼っている鶏から卵を貰ったり、ロマノフ先生からお勉強を教わったり。

充実していると時間が飛び去るっていうのは、本当なんだと思う。

だって気がつけば、マリアさんに国立劇場に招待された日の朝になってたんだもの。

とは言え、招待された国立劇場の開演時間は夕方。

帝都のヴィクトルさんのお宅には、ロマノフ先生が魔術でぴゅーん！　と連れていってくれるとか。

だから朝はやっぱりレグルスくんを連れて姫君の元へ。

ウエストポーチの中には、ヴィクトルさんとマリアさんへのお土産の氷菓子と、姫君へお渡しする髪飾り。マリアさんにも同じ布で作った小さな髪飾りを渡すつもり。

奥庭は季節の移り変わりに寄り添うように、少しずつ様相を変えている。

姫君に初めてお会いした時に咲いていた野ばらは、もう次に咲くために花を落としているし、今は桔梗が艶やかな紫を誇り、金木犀がちらほらと蕾をつけ始めていた。

いや、うちの庭、かなり統一感無くない？

源三さんはそんな不規則でバラバラな花の育て方はしない感じなんだけどな。

「それはそうじゃ。この花たちは、妾に目通りを願って各々こちらに姿を現しておるだけで、庭師は関係ない」

うわ、ビックリした！

辛うじて叫びはしなかったけど、急に声をかけられて身が竦む。

と、赤や黄のポーチュラカをつついては、花が揺れるのを見て笑っていたレグルスくんがぺこりと頭を下げた。

「おはようございます、ひめさま！」

「お、おはようございます……！」

「うむ、大義」

おう、出遅れた。

って言うか、なんだかまたレグルスくんの話し方が大人の話し方に近づいたような？

無理してなければいいんだけど、やっぱり同年代くらいの遊び相手は必要なのかしら？

つらつら考えていると、姫君が目を細める。

そして薄絹の団扇で私のウエストポーチを指した。

「妾に捧げ物があるのであろう？　苦しゅうない、出してみよ」

「あ、はい」

促されてつまみ細工の牡丹の髪飾りを取り出せば、それをレグルスくんに持ってくるようにと合図される。

袱紗（ふくさ）であらかじめ包んでおいたそれを渡せば、レグルスくんは彼なりに恭しく姫君のお手に差し出した。

「ふむ……牡丹かや」

「はい、姫君様は牡丹かと」

「天下無双の花と、初めて会った時に謳いおったのう。妾は天下無双かえ？」

「私にとっては」

万人のことは知らない。

けれど私は姫君以上に美しい方には会ったことがないから、私にとって姫君は天下無双だ。

ふっとぽってりと艶やかな唇が持ち上がる。

手に持った髪留めをしげしげと眺めて、姫君はそれを髪に挿すと、涼やかな流し目をされた。

「気に入った、妾の髪を飾る栄誉を授けよう」

「ありがとう存じます」

「しかし、まだ腰の袋の中にはまだ小さな髪飾りが入っているようじゃが？」

「ああ、これは……」

斯く斯く然々、アレコレ、どうこう。

マリアさんと出会った経緯や国立劇場に招待された件を姫君に話す。

「ふむ、その礼に髪飾りをくれてやる……と」

「はい」

淀みなく言い切った私に、姫君が悪戯に唇を三日月の形に歪め、口許を薄絹の団扇で隠した。

物言いたげな視線に小首を傾げると、姫君が口を開く。

「そのマリアとやらを慕っておるのかえ？」

「は……？」

「嫁に貰いたいとか、そういうアレではないのか？」

「いやいや、まさか。マリアさんは妙齢の女性ですよ。もう婚約者がお決まりになってるはずです。決まってなかったとしても、五歳の許嫁なんてものを、妙齢の女性に宛がうような親はまずいないかと」

いたとしてもそれは政略と呼ぶのだろう。

それにしたって、男女の歳の差が逆ならまだしも。

私の眉が八の字になったのに気付いたレグルスくんが、眉間によったシワに指を伸ばす。さわさわ撫でて、シワを伸ばしてくれるつもりのようだ。

にしても、色恋とか五歳児に聞かれてもなぁ。

女性に優しくするのは、男性なら当たり前だと習うのは常識じゃないんだろうか？

それに。

「姫君様、私は女性に優しくありたいと思いますが、それは姫君のご家来衆の末席に加えていただいたと自負しているからです」

「ふむ、その心は？」

「前世の言い回しに『解語之花』と言うのが御座いました。これは女性を花に見立てて、『人の言葉を解す花よ』と賛美した故事が由来となっております。人の女性が花なれば、この世全ての花の主たる姫君様の眷属です。姫君様の家来の私が丁重に接するのは当たり前かと」

「ほ……、人間の女が妾の眷属とな」

姫君の目がまん丸になる。
一、二回瞬きをすると、次はころころと鈴を転がすように笑いだした。
「ほほほ……愉快な！　人の女が花なれば、そは妾の眷属か。だから優しゅうするとな！」

「他にも『人は考える葦である』と言うのもありますが」

「なんとのう……！　あちらの世は、人間について随分と詩的な物言いをするのじゃな。良い、気に入った」

「は、ありがとうございます」

姫君、もしや笑いの沸点が低くていらっしゃる？

特に面白いことを言ったつもりはないのだけれど、どうやらツボに入ったようで姫君はころころと鈴を転がし続けていらして。

笑いすぎて目尻に溜まった涙を華奢な指先で拭われた。

「そうじゃのう。人間が葦で、女が花であるなら、そなたのいう通り妾の眷属よな。なればこれからは少しばかり、人間に目こぼししてやらねばのう」

「あー……はい、ありがたき幸せ」

「ありがたきちあわしぇ」

おぉう、レグルスくんの話し方がまたひよこに戻ってしまった。

「ひよこは一進一退よのう」

まさしく、それ。

姫君のお言葉に頷くと、レグルスくんがぷぅっと唇を尖らせた。

姫君とのお歌の時間が終わると、本日レグルスくんは源三さんと宇都宮さんと三人で剣術の半日課外学習に行くそうで。

私が以前帝都に行った時も、レグルスくんを屋敷の外に連れ出して乗りきったらしく、今回も同じことをするんだそうな。

「あにうえ、いってきます」

「はい、行ってらっしゃい。源三さんと宇都宮さんの言うことを、ちゃんと守ってね。危ないことはしちゃダメだよ」

「あい、あにうえもいってらっしゃい」

「はい、気を付けて行ってきます」

レグルスくんの「さしすせそ」はやっぱり「しゃ・しゅ・しょ」に聞こえる。けれど大分長いセンテンスを話せるようになったような。

「源三さん、宇都宮さん、レグルスくんをよろしくお願いします」

「はい、給わってござぇますだ」

「宇都宮にお任せくださいませ！」

二人は真ん中にレグルスくんを挟むと、一礼してその幼い手を取る。

そして屋敷の裏手にある山へと連れだって歩きだした。

それを見送っていると、ざっと風が吹いて、斜め後ろに人の気配が降り立つ。

振り返るとロマノフ先生が立っていた。

「やあ、レグルス君は出発しましたか？」

「はい。頑張ってくるそうです」

「そうですか。では、私たちも行くとしますか」

「よろしくお願いします！」

ロマノフ先生と手を繋ぐと、急な浮遊感、次に落下する感覚が。

どうしても浮遊感を覚えた時点で目を瞑ってしまうから、転移している間の状況が見られないのが残念。


すとんと踵が硬いものに触れた。

「はい、着きました。目を開けて大丈夫ですよ」

「はい」

ゆっくり目を開けば、徐々に爪先が木目も美しいフローリングに着いているのが解る。

少しずつ視線を上げていくと、本棚に規則正しく並べられた沢山の本に、鼈甲(べっこう)飴の光沢を持つ木の机、散らばった五線譜が見えた。

ヴィクトルさんのお家の二階の部屋。

ゆったりとした足音が扉の前で止まった。

「やあ、あーたん！　アリョーシャも。いらっしゃい、二週間ぶりだね」

「お久しぶりです、ヴィクトルさん。お元気そうで何よりです」

「お邪魔しますよ、ヴィーチャ」

瞬きすれば音がしそうな長い睫毛に囲まれた、緑の瞳が穏やかな光を湛えている。

扉を開けて現れた家主のヴィクトルさんが、ハグで迎え入れてくれた。

「次の日から、マリア嬢は真面目にあーたんが教えてあげた方法で歌のレッスンに通ってきてたよ」

「そうなんですか？」

「うん、今日もリハーサル前には楽屋にレッスンに来てほしいって頼まれててね」

「ああ……じゃあ、その時に一緒にご挨拶に伺えば？」

「そう言うこと。ちゃんと招待状も預かってるから、その時に渡すよ」

「ありがとうございます」

一階のリビングに案内されて、三人で近況報告がてらお茶をする。

そう言えばと、ウエストポーチからロッテンマイヤーさんに器ごと綺麗に包んでもらった氷菓子を取り出して。

「これ、お土産です。氷菓子ですので、お茶請けにどうぞ」

「ああ、ありがとう。じゃあ、早速頂くね」

包みを解けば、美しい硝子の器に丸みを帯びた薄桃のソルベが鎮座していた。

それを見ていたロマノフ先生は何故か遠い目をしてたけど、ヴィクトルさんは気づかず、付属の小さな銀のスプーンでソルベを掬う。

形の良い唇にピンクの氷菓子が滑り込むと、ヴィクトルさんの目が驚きに見開かれた。

「うわぁ、中に入ってる桃……！」

「凄く甘いでしょ？」

「うん、美味しい……！　あーたんのとこは、桃が特産品なの？」

「いいえ、桃は頂き物なんです」

首を横に振ると、「へー」とか「ほー」とか言いながら、ヴィクトルさんはスプーンを動かす。

最後の一匙を口にいれて、満足そうに笑うヴィクトルさんに、それまで遠い目をしていたロマノフ先生が声をかけた。

「リハーサルと言うのはいつ始まるんです？」

「そうだね。開演が夕方だから、もう少ししたら、かな。マリア嬢もあーたんが来るのを待ってるから、そろそろ行こうか？」

食べ終わった器を片すと、外出の用意を整えて。

いつかみたいに私を真ん中に挟んで、街へと繰り出す。

国立劇場は以前にお詣りした合同祭祀神殿より、ほんの少し中央の皇宮に近いそうだ。

昼過ぎのマルシェは、矢張り行き交うひとたちで大賑わい。

並び立つ店には何やらポスターのようなものが貼られていて、絵の中の貴婦人の顔がマリアさんに良く似ている。

じっと見ていると、私がポスターを見ていることに気がついたヴィクトルさんが、「ふふっ」と笑った。

「今日はね、マリア嬢の御披露目なんだよ」

「御披露目、ですか？」

「うん。宮廷付きの歌手としての。これまでは第二皇子お抱えの歌手だったけど、これからは帝国を代表する歌姫ってわけ」

よく解らないけど、マリアさんの後ろ楯がただ者でないことだけは解った。

国立劇場に近付くにつれ、皇帝の住まいにも近くなるせいか、道が規則正しく補整され、大通りの左右には糸杉も植えられて、見映えも良くなっていく。

それに合わせてか建物もマルシェのあった付近とは違い、白壁に円錐形の屋根のいかにも貴族の邸宅ですと言わんばかりの大豪邸が建ち並んでいる。

なんの気なしにその屋敷の並びを見ていると、ヴィクトルさんが言いにくそうに言葉を紡ぐ。

「あーたん、あのね。この通りなんだけど……」

「はい、貴族の屋敷が並んでるってことは、じろじろ見ちゃダメですよね。気を付けてます」

「あー……そうじゃなくて、この通りには菊乃井伯爵邸もあるんだ」

「ふぁ⁉」

思わぬ言葉に肩が跳ねたけれど、よく考えたら帝都に屋敷があるのは別におかしなことじゃない。

問題は、そこに両親がいるか否かで。

いや、両親に会っても構いはしないけど、楽しくないから会いたくはない。向こうだって愉快な気持ちにはならないだろう。

眉間にシワを寄せていると、ロマノフ先生の指先がむにむにと頬を摘まんだ。

「アリョーシャから事情は聞いてたから一応調べたんだけど、あーたんの親御さんは二人ともあまり芸術に興味無いみたいだね。今日のコンサートにも来ないみたい」

「そうなんですか……」

「うん。まあ、これに参加して第二皇子派って思われたくないだけかも知れないけど」

「第二皇子派と思われたくない」と言うからには、第一皇子派もあるってことで、現行派閥争いの真っ只中ってことか。

「じゃあ、私が顔を出すのも良くないんじゃ？」

「いや、それは大丈夫ですよ」

「うん、あーたんは僕とアリョーシャの連れだし、僕もアリョーシャも王位継承には中立だって、先々代からずっと言い続けてるもん。かえって中立の僕たちと行動してる方が良いかもよ」

ロマノフ先生とヴィクトルさんは、一代限りではあるけれど帝国騎士の称号を持ち、更に言えばそれなりに人脈があるそうだ。

それは帝国認定英雄であったり、宮廷音楽家だったりするからなんだけど、割りと影響力がある方らしく、そうなると権力争いで必ず引っ張り出そうとしてくるひとがあるとか。

それに嫌気がさして先々代の時に、そういったことには関わらない、中立であると表明したそうだ。

中立であると言うのは、時に旗印をはっきりさせるより危険があったりするものだけれど、帝国認定英雄や彼が『世界で十指に入る』と公言して憚らない魔術師である宮廷音楽家を敵に回すのは得策ではない。

関わらないと言うなら放っておけ。

それが貴族たちの、所謂高度な政治的判断とやらだそうな。

そんな中立の二人と行動していることで、コンサートに参加していても、菊乃井には何の含みもありませんよ、と印象付けられるってこと……かな。

大人の世界って怖い。

ぽてぽてと手を引かれながら歩くことしばらく、大きな建物が見えてきた。

以前見た合同祭祀神殿がパルテノン神殿なら、今度はパリのガルニエ宮を彷彿とさせる。

ファサード――建物正面のデザインだけど――は豪奢な、羽の生えた馬に跨がる女性の彫像が左右に設置され、中央のドーム状の吹き抜けの屋根には帝国の象徴たる麒麟と鳳凰が並び立つ。

劇場を訪れるものを睥睨する二体は、金メッキ加工なのか日差しに照らされ、目映いばかりに光を放っていた。

東西のパヴィヨン――別棟は、休憩のための小部屋が沢山あるのだけれど、そこは東と西では利用出来る身分に違いがある。

西側は皇族や貴族用、東側は平民用だそうだ。

荘厳華麗な入り口を潜ると一番最初に目に入るのは、赤い絨毯が敷き詰められた大階段。

それ自体は欄干まで大理石で出来ていて、踊場に繋がり、更にそこから左右に別れた階段がある。

で、階段を上がりきれば、今度は柱と言う柱に麒麟と鳳凰が彫刻され、壁紙は見事なベルベット、天井には天女たちが舞い飛ぶ様が優雅に描かれていて。

そこを抜ければ馬蹄型の客席が見えてくる。

けれど、私たちがまず向かうのはマリアさんの控え室のあるキューポラ、外から見たら麒麟と鳳凰の像が立つドーム天井で、客席は後で案内してくれるそうな。

階段しんどい。

ぜーはー言いながら昇りきると、手を繋いでいた大人二人から拍手された。

「大人でも運動不足だと辛いのに、よく頑張りましたね」

「あーたん、お疲れ様！」

「……はー……ありがと……ご……ざ……ます……」

もう二度と上らないんだからね⁉

乱れた息を整えるため、深呼吸を数度繰り返す。

耳障りな喘鳴(ぜんめい)が治まってきて、余裕が出てきたのでキューポラが中を見回してみると、やっぱり壁に華麗な花が描かれていて、眼が楽しい。

と、奥の部屋から硝子か何かが床にぶつかって割れたような音がした。

次いで上がった女性の悲鳴と、その緊急を知らせる響きに緊張が走る。

ロマノフ先生とヴィクトルさんが顔を見合わせると、次の瞬間には私はロマノフ先生に抱え上げられて。

弾かれたように走り出すヴィクトルさんを、ロマノフ先生と共に追う。

すると辿り着いた先の部屋には女性が二人。

豪奢なドレスに身を包み、けれどその華奢な喉を掻きむしるように苦しむマリアさんと、彼女の背を擦りながら「どなたかお医者様を!?」と叫ぶ、おそらくマリアさんのメイドだろう。

「マリア嬢!? どうしたの!?」

「それが、差し入れのお水を飲んだ途端、喉を押さえて苦しみだされて!」

これは、事件です!


その水は、第二皇子からの贈り物と称して、今朝からこのキューポラの控え室で衣装合わせやリハーサルに詰めていたマリアさんの元に届けられたそうだ。

以前よりコンサートの前に、第二皇子から上等なお水がマリアさんには差し入れされていて、これに関してメイドさんは不自然に思わなかったらしい。

結論を先に言えば、マリアさんの飲んだ水には毒が仕込まれていた。

ただし、命を損なうほどの毒性はなく、被害は喉が焼けたくらい。

しかし、マリアさんは歌手。

喉が焼けるなんて、彼女の命を奪うのと同義だ。

あれから何があったかと言うと、喉を掻きむしるように身悶えるマリアさんに、まずヴィクトルさんは【解析】の魔術をかけたらしい。

マリアさんの身に何が起こったのかを正しく知り、打てる手段を探すためだ。

それと同時平行してロマノフ先生が防御のための結界を張ったそうで、解析結果が出た瞬間、防音の結界も重ねて張ったとか。

解析の結果、マリアさんは「毒」を盛られ、喉にかなり大きなダメージを受けているのが解ったから、これをヴィクトルさんが解毒魔術で解毒。マリアさんは喉を焼く毒からは解放された。

この間にロマノフ先生は駆け付けてきた衛兵に、ヴィクトルさんが解析した情報を渡していたらしい。

でも、マリアさんの容態は全く良くなくて。

「喉が焼け爛(ただ)れたのと、一時的なショックで声が出ないみたいだ……」

「そんな⁉」

呆然としているマリアさんに、メイドさんが「私のせいで」と泣き崩れる。

こんな時に回復魔術はあまり効かないと言うか、回復魔術は無理に傷口を塞ぐものらしいので、予後に後遺症が心配される時はやらないのがセオリーなんだとか。

ヴィクトルさんは流石、世界で十指には入る魔術師らしく、その解析で毒を入れた犯人まで特定して、それはもう捕まったらしい。

犯行の動機はよくある嫉妬。

マリアさんの立場に成り代わりたいひとは沢山いるそうだ。

しかし、犯人は捕まる前に首を吊って死んでいたと言う。

「犯人をヴィーチャが割り出してから捕まるまでのスパンが短すぎますね。半時間も経ってない」

「そんなの……元々仕組まれてたんだろうさ。バレた時は『かくあれかし』ってね」

大人二人の会話は物騒だけど、つまりこの件は単にマリアさん個人を傷つけるためだけに起こったとは言い難い。

そう結論付けられるような事情が、私の知らないところにあるんだろう。やっぱり大人って怖い。

でもそれより、私はマリアさんの身体が気になる。

寝かされた簡易ベッドの上でほろほろと涙を流す彼女は、まるで陶器で出来たお人形のように真っ白で、あの強い光を湛えて魅力的だった狐目にも、全く力が無い。

涙を拭うためにハンカチを差し出しても、少しもこちらを見ずに泣き続けるのが胸に痛くて、お節介かと思いつつ、その目尻にハンカチを当てる。

零れ落ちる雫でハンカチはどんどん色が変わるけれど、それより驚いたのは触れた頬の熱さで……。

「いけない……。マリアさん、お熱が……」

「解毒はしたけれど、喉は酷いことになってるからね。そのせいで熱が出てきたのかな」

「魔術で氷を用意しましょうか……？」

私の言葉に、慌ててメイドさんは「お医者様を呼んできます」と、部屋から飛びだしていった。

歌手にとって喉は命。しかも今日は一世一代の晴れの舞台。

そんな日に、こんなに酷いことをされなければいけない理由ってなんなんだろう？　それは彼女を痛め付けるに値する理由なのか？

唇を噛み締めると、ぶつりと皮膚が割れたようで、僅かに口の中に鉄錆びの味がする。

その味で少しだけ頭が冷えた。今、私がすべきは怒ることじゃない。

持っていたウエストポーチをガサガサと漁ると、お土産に持ってきた氷菓子を取り出す。

熱が上がってきたなら、冷ました方がいいだろう。

そう言えば姫君の桃は、確か滋養強壮に効くし怪我もたちまち治るとか言うありがたい桃だったっけか。

あの桃は私の階段から落ちた時の酷い痛みをたった一切れで癒やしてくれたし、もしかしたら
……！

そう思って箱を開けると、はっとした顔でロマノフ先生がこちらを見た。

「マリア嬢にも持ってきてたんですか⁉」

「え、あ、はい。あの、喉を冷やすのに使えませんか？」

「あーたん、風邪とは違うから……」

止めておいた方が、と止めるヴィクトルさんに、ロマノフ先生が首を横に振った。

「貴方も食べたソルベですけどね、あれに使われている桃は、やんごとなきお方からの贈り物ですよ」

「え……は……はぁ⁉」

「あれには『仙桃』が使われてます。もしかしたら、或いは……」

ヴィクトルさんの声が大きくて驚いたのか、マリアさんが肩をびくりと竦める。宥めるように背

中をさするとやっぱり熱くて、熱がかなり上がってきているようだ。

ちょっとでも熱が下がればと、付属のスプーンでソルベを掬ってマリアさんの口許に持っていく。

「マリアさん、少しだけでも……」

得体の知れないこどもの持ってきたお菓子なんて、こんな時に食べる気にならないかもしれない。

しかし、こくりと頷くとマリアさんはスプーンを口の中へと招いてくれた。

少しずつ喉が動いて、ソルベが飲み込まれるのを見守る。こくりと嚥下音が聞こえたのを見計らって、もう一度ソルベをスプーンに乗せると、今度は匙を私から受け取り、自分の手で口に運んだ。

すると、かっとマリアさんの瞳が見開かれる。

「……たく、ない！」

「へ……？」

「喉が、痛くないわ！」

叫んだ声は以前に聞いたまま、爽やかに美しく力強い。涙の止まらなかった眼にも生気が戻ってきた。

「……これが『仙桃』の力なの？」

「ええ。畏れ多いことですが、これで鳳蝶君が『仙桃』を頂戴したのは二度目なのですよ」

外野でヴィクトルさんとロマノフ先生がぼそぼそと話しているのが聞こえたけど、マリアさんには聞こえていないみたい。

何は兎も角、マリアさんの喉は治ったらしく、ぎゅっと掴まれた手はあまり熱くなくて。

「あ、熱も下がったみたいですね」

「ええ、何だか毒を盛られる前より、体調が良くなってる気がしますの！」

横たわっていた簡易ベッドから脚を降ろして立ち上がると、くるりとその場で一回転、それから世にも美しいカーテシーを決める。そんなマリアさんに、三人で拍手を送っていると、バタバタと大きな足音が二組。

息急ききって飛び込んできたのは、マリアさんのメイドさんと、手を引かれながら肩を激しく上下させている白衣の男性――お医者さんだろうか？

立ち上がって胸を張るマリアさんに、メイドさんが飛び上がらんばかりに驚く。

「お、お嬢様⁉」

「エルザ、心配をかけたわね！　わたくしは大丈夫！」

「は、本当に……⁉」

「ええ、わたくしの小さなお友達が治してくださったのよ！　貴女からもお礼を申し上げて？」

「は、はい！　ありがとうございます、このご恩は一生忘れません！」

がばっと涙ながらにエルザさんが最敬礼する。

このメイドさんはマリアさんと似たような年頃だろうか。

そばかすと赤毛が印象的だけど、マリアさんと並んでも遜色ない美人だ。

「いえ、そんな……私が何かした訳ではなくて……偶々お薬になるような物を持っていただけの話で」

「あーたん、偶々で万能薬持ってるひとなんかいないからね？」

「だって貰い物ですし、美味しいものは皆で食べた方が良いです」

「鳳蝶君も中々厄介な持病がありますからね、それで頂いたんでしょうけど……。一人で食べないで分けたと知られたら、今度こそ叱られませんかね」

「まさか。そんな理不尽なお方ではありませんよ」

ぷすっと膨れると、空気を抜くようにヴィクトルさんとロマノフ先生の手が、両頬をふにふにと揉み倒す。

その光景に呆気に取られたお医者さんが、兎も角とマリアさんの診察を始めた。

結果は健康そのもの、喉にも異常は見られないそうで。

ロマノフ先生とヴィクトルさんがいたことで、何かを察したお医者さんは、それ以上は何も言うことなく「お大事に」と一言だけで去っていった。

「さあ、ショスタコーヴィッチ卿。最後のレッスンを致しましょう。わたくしを、引いてはわたくしの後楯（うしろだて）である殿下を貶めようとした輩に、目にもの見せて差し上げましてよ！」

階下の舞台を見つめるマリアさんの眼差しは、燃えるような強さを放っていた。

不死鳥は薄氷の上から羽ばたく

「これを……」

ヴィクトルさんとマリアさんが最後のレッスンを終えた後、私はウエストポーチから姫君から頂いた布で作ったつまみ細工の髪留めをマリアさんに手渡した。

薄いピンクの小花を散らしたそれを、くるくると回したり光に翳してみたりと、珍しげにしたかと思うと、マリアさんはおもむろにそれを髪に挿す。

「可愛い髪飾りですわ、大事にいたします」

「素人の手慰みで申し訳ありませんが」

「いいえ、珍しいものをありがとうございます」

美しいカーテシーを披露するマリアさんは、これから出番まで精神統一をするらしい。

邪魔になるといけないからと、衛兵に警備を引き継いで控え室を三人で辞す。

マリアさんの出番までは、ピアノやバイオリンやフルート、そんな楽器のコンサートがあって、マリアさんがトリを務めるのだそうだ。

バタバタしていたお陰で開演まで、気づけば後僅か。

ヴィクトルさんが預かった招待状を見ながら、馬蹄型の客席を案内してくれて。

ベルベットの緞帳(どんちょう)と、タッセルで飾られた舞台が眼下に広がり、天井にはキラキラと煌めくシャンデリアが見える。

豪奢な空間に、集まった人々の熱気と活気が劇場を満たしていた。

が、あんな事件の後だけに。

「……シャンデリア、落ちてきたりしないですよね」

「やーだー!?　怖いこと言わないでよー!?　僕も思ったけど！」

「うーん、無くは無い……かもですよね」

やっぱり。

なんとなく気になってシャンデリアを三人で眺めていると、ざわざわと階下や他の客席がざわめいた。

すると第二皇子の来臨を告げるアナウンスがされて、ファンファーレが鳴り響く。

観客の視線が馬蹄の中央、舞台のよく見える二階の一際広い客席に集まると、一人の少年が姿を現した。

眩しい銀の髪、青と黒の軍服めいた服、肩に着いた飾りから金のモールが豪奢に垂れ下がっているのが遠目にも見える。

私たちの席は皇子のいる貴賓席からは舞台よりの端に配置されていて、お顔はよく見えない。

拍手喝采で迎えられた皇子は、手を振りながら中央、左右と見回す。

一瞬こちらを見て、動きを止めたような気がしたけれど、気のせいかな？

ともかく、拍手を収めるよう合図すると、皇子は用意された豪華な椅子へと腰を降ろす。

その姿を確認してから、私たち下々のものは着席しなければいけない。

で、座ったは良いんだけどやっぱりシャンデリアが気になる訳で。

「……落下防止の魔術でもかけておきますか」

「あー……うん、そうする」

そう言うとヴィクトルさんが、シャンデリアを見上げながら指を弾く。

彼ほどの魔術の使い手ならば、ある程度詠唱を省いて魔術を行使出来るそうだ。

先ほどのマリアさんの騒動は、それほど時をかけずに終わったと言うのに、この劇場にいる全ての人間に既に伝わっているらしく、ロマノフ先生とヴィクトルさんの耳には、ごちゃごちゃと色々聞こえてくるらしい。

伝わるのが早いのは、意図的に拡散している人間がいたからだろう。

しかし、マリアさんは無事に舞台に立てるのだ。二の矢が放たれていてもおかしくはない。

毒を盛って喉を焼くなんてまだるっこしいことをせず、シャンデリアを落として事故に見せかけて亡き者にする方が面倒が無くて良い。

前もって犯人を作り上げておくような奴等なら、そう考えてもおかしくないだろう。

首を吊っていた犯人だって、本当に犯人だったかどうか。

疑いだせば切りがない。

マリアさんが立っているのは国立劇場の床だけでなく、薄氷の上でもあるのだろう。

怖くはないんだろうか？

考えて、首を振る。

『わたくしを、引いてはわたくしの後楯である殿下を貶めようとした輩に、目にもの見せて差し上げましてよ！』と、マリアさんは叫んだ。

あの人は知っているのだ、自分のいる場所がどれだけ危険な場所なのかを。

その上で、自身と守るべきお方の誇りをかけて、身一つで己の戦場――舞台に立っているのだ。

なら、私に出来るのはマリアさんの無事と舞台の成功を祈ること、それから惜しみ無い拍手を贈ることだけ。

「どうか姫君様のご加護がありますように」

こんな時に私が祈る神様は、矢張りあの方しか浮かばない。

人間にも少しは目をかけてやると、姫君は仰って下さったのだ。

手を組んでお祈りしていると、ふと視線を感じて頭を上げる。

ロマノフ先生とヴィクトルさんが私を見ていた。

「あーたん。姫君様の加護って言うことは、やっぱりあの髪飾りは普通の髪飾りじゃなかったんだね？」

「ヴィーチャも思いましたか」

「そりゃ、あれだけ精霊が集ってたら、普通の髪飾りじゃないと思うでしょ。何か魔術にブーストかかるだけじゃなく、状態異常無効とかついてたし」

「状態異常無効……？」

何それ？

きょとんとしていると、ロマノフ先生の白い指先が頬に触れてきて、そのままむきゅっと摘ままれる。痛くはない。

「あの髪飾りに使った布、もしかして姫君からの賜り物ですか？」

「あい、ひょうれす」

「あー……それで精霊がマタタビに酔った猫みたいにとろんとろんになってた訳だ」

「ほー」だか「へー」だか言いつつ、ヴィクトルさんが頷く。

それよりも精霊がマタタビに酔った猫みたいになったり、髪飾りに集ったりするってなんなの？

そんな疑問が顔に出ていたのだろう。

ヴィクトルさんとロマノフ先生の解説によると、精霊と言うのは普通では見えないのだけれど、呪具を使ったり、或いは特別な眼の持ち主だったりすると、見えるのだそうで。

その特別な眼の持ち主のヴィクトルさんが見るに、マリアさんに差し上げた髪飾りには、精霊が我先にと触りにいき、触ったら触ったでマタタビに酔った猫みたいにメロメロになっていたそうだ。

精霊が魔術の行使を手伝ってくれるのは、魔力が使われる時に出る光を精霊が好むからで、姫君の布からはそれと同じ光が出ていると言う。

尚、状態異常無効がついているのが解ったのは、ヴィクトルさんが【鑑定】のスキル持ちだから。

不意に、ざわめいていた客席が静まり返る。

陛下では指揮者がタクトを持ち上げたのに合わせて、奏者たちが楽器を構えていた。

ずっとタクトが振り下ろされて、ファンファーレが華麗に劇場の空気を震わせる。

華やかなコンサートは、その裏側に不穏な空気を孕みながら、幕をあけるのだった。

一言で言うならば、コンサート、特にマリアさんの歌は圧巻としか言いようが無かった。

毒を盛られたと言う情報ばかりが先行していたせいで、マリアさんが舞台に立った瞬間、客席がどよめく。

しかし、そんな観客たちの動揺を他所に、マリアさんは堂々と、ドレスの裾を摘まんで一礼すると、すっと背筋を伸ばして。

胸を張ってマリアさんが立つと、初めて会った日に聴かせてくれた歌の前奏が流れる。

スポットライトを浴びて輝く歌姫の、麗しい唇が開かれて、その喉から妙なる美声が音楽に乗って溢れ出た。

ヴィクトルさんの家で聴いた時よりも、遥かに研ぎ澄まされ透明度の増したそれは、聴き手の心に深く深く染み込む。

誇らかに、強かに。

不死鳥というものが人の形を取るならば、今まさにマリア・クロウという女性として現れているに違いない。

そうして蘇った彼女の声は、マリアさんを傷付け、その後楯である『殿下』を貶めようとした者を焼くのだろう。

すっと旋律の終わりと同時に、美しい歌声も終わり、桃色の唇が閉ざされた。

えもいわれぬ心地好さに包まれていた客席が、一瞬静まり返った後、瞬きする間に万雷の拍手に包まれる。

打ち鳴らした自分の手が真っ赤になっても気にならないほど、誰もが帝国一の歌姫に立ち上がって喝采を贈っていた。

祭の後

国立劇場のコンサートは、当然大成功で幕を降ろした。

名実ともに帝国一の歌姫になったマリアさんの楽屋には、彼女をひと目見ようと、或いは言葉や握手を交わして、あわよくば取り入って第二皇子殿下への取次を願おうとする人々が押し寄せたそうで。

「お招きいただいたご挨拶もお礼も、まだ正式にはお伝え出来ていないんですが……」

「この様子だと、楽屋に近付くのも難しいですね」

「メイドさんに連絡して特別に中に入れてもらうのは出来るだろうけど……」

それをして、他家の方々に目をつけられるのはちょっと困る……らしい。

中立を掲げてはいても個人的に親しいとなると、矢張りその派閥に付いていると見なされてしまうからだそうで、権限が何もないと言っても嫡男が第二皇子のお抱えの歌姫と親しいとなると菊乃井全体がそうだと思われる。

母や父が旗色を示していない以上、それはやっぱり不味いとのことで。

「んー。じゃあ、あーたん、マリア嬢にお手紙書いたらどう？」

「お手紙ですか？」

「ああ、そうですね。お招き頂いたお礼と挨拶と、コンサートの感想、後は直接会ってそれをお話しできない非礼のお詫びを添えて……」

そうしようか。

書いた手紙はヴィクトルさんが届けてくれるそうで、ご厚意に甘えることにする。

決めるとヴィクトルさんが劇場の係員に羽ペンとインク壺、それからレターセットを持ってきてもらうよう声をかけてくれた。

然程待たずに届けられたそれに、お招きいただいた感謝とご挨拶、コンサートの感想をつらつらと書いていると、ロマノフ先生が後ろから覗き見てくる。ヴィクトルさんも。

「わぁ、あーたん達筆だね」

「ねー、五歳児とは思えない字を書かれるでしょう?」

「本当だよね。僕なんか五線譜以外はミミズののたくりって言われるくらいだし」

「貴方は……昔から悪筆でしたね」

「アリョーシャもそんなに上手くないじゃん。僕らの中で一番字が上手かったのはラーラでしょ」

「ラーラは美に対するこだわりが尋常ではなかったですからね」

「ラーラ」さんとは多分前に言ってた、「人間贔屓の三馬鹿」なエルフトリオの最後の一人だろうか。

インクが乾くのを待つ間、ウエストポーチを探って出てきた千代紙で蝶や花を折ると、封筒に添える。

それもエルフ二人には珍しかったのか、折り紙を手にとって繁々(しげしげ)と眺めて。

「えー……紙でこんなこと出来るの!?」

「これは素晴らしいですね!」

「あ……っと、まだ作れますから、どうぞ」

眼をキラキラさせて紙の薔薇を見るものだから、二人の手のひらにそっと小さいのを乗せる。

ふと、喜んでいたヴィクトルさんの目が、なにかを透かし見るように細まった。

「あーたん、この紙がこの間イゴール様が降臨された時に仰ってた紙だね？」

「あー……はい、そうです」

「なるほど、これは加工してアクセサリーか何かにして使わせてもらうよ。常時回復の小が付いてる」

「おお……それは凄い」

綺麗なもの見ると癒されるよね、小ってのはそう言うことじゃないのかしら。

「マリア嬢に作ったのにも、同じの付いてるから、そう伝えておくよ」

「えぇっと……はい。それが良いなら、そのように」

「うん、必ず。マリア嬢はこれからは今よりもっと危ないだろうし、頑張らなきゃいけないからね。応援してくれるひとがいて、そのひとがいつも見てると思えば張り合いもでるし、安心も出来るでしょ」

目に見えない応援も大事だけど、「応援してます！」ってのがはっきり見えるのも勇気付けられるって、誰かが言ってた。確か、前世で。

マリアさんに差し上げた物が彼女の力になるなら、願ってもないことだ。

請け負ってくれたヴィクトルさんに、重ねてお礼を言うと首を緩く振られる。

「僕も良いものを頂いちゃったしね、これくらいお安いご用さ」

穏やかな顔で言い切ってくれるのに安堵する。

ヴィクトルさんには甘えきっている気がしてならないけれど、ご本人がそう仰るなら甘えよう。

そう言えば、対価について、私はヴィクトルさんにしなきゃいけない大事な話があった。

「ヴィクトルさん、私、大事なことをお伝えしそびれていました！」

「んん？　大事なこと……なんかあったっけ？」

「ほら、姫君様にご許可頂くって……！」

「ああ！　そうだった！　それで……どう？」

「『疾く、せよ』と。それから、それは自分も望んでいたことだから、それに関しては別に対価を授けるとも仰ってました」

「え!?　ほ、本当に？」

「はい。なので、レッスンは二か月後からでしたっけ？　それまでに対価をどんな風にお渡しするかとか、姫君様にお聞きしておきますね」

「ありがとう！　凄く嬉しいよ！」

がばりと抱きつかれて、ぎゅっぎゅっと抱き締められる。つか、このエルフさんも見掛けによらない力強さで、思わず蛙が潰されたような声が飛び出た。

腕をタップして苦しさを訴えていると、するりと反対側から伸びてきた腕が、ヴィクトルさんをほどいてくれる。

「ヴィーチャ、鳳蝶君が潰れますよ」

「あ！　ごめんね!?」

「い、いえ……」

内臓が口から飛び出すかと思った。

ともあれ、ヴィクトルさんは、今度は私の手を柔らかく握ると、ブンブンと少し強めに振る。

と、肩にロマノフ先生の手が置かれた。

「余り遅くならないうちに、お暇しましょう」

「あ、そうですね」

「うん、じゃあ、気をつけてね」

名残惜しくはあったけれど、コンサート自体は夕方から始まっているから、帰れば少し遅めの夕食が待っている。

「それじゃあ、二か月後に」

「はい、またお会いしましょう」

「では、ヴィーチャ。元気で」

告げて手を振ると、ヴィクトルさんはマリアさんの控え室に行くようで、くるりとこちらに背を向ける。

私とロマノフ先生は手を繋いで、再び転移魔術に身を委ねた。

目を瞑る。

「楽しかったですか？」

「はい、とっても！　今日は連れてきて下さってありがとうございます！」

「いえいえ、これからも色々お出掛けしましょうね。君には見て学んで、感じて考えなければいけないことが沢山あります。それは君だけでなく、大勢のひとに言えることですし、私もまだまだ知らなければいけないことがある」

「はい」

「でも、まあ、今日のところはこれで課外授業は終了です。夕食をとってゆっくり休むとしましょう」

「着きましたよ」と、穏やかな声に導かれて目を開けば、そこは我が家のエントランス。

戻ったことを報せるのに、声をかけようとすると、物凄い風が吹いてきて。

いつかみたいに脇に手を入れられて、ロマノフ先生に持ち上げられると、土煙が私の足元を通りすぎて、壁の手前でぴたりと止まる。

静かに降ろされて床に足を着けると同時くらいに、土煙が収まって人影がゆらりとこちらを向いた。

バタバタと廊下の奥から、足音が複数。

「若様、ご無事ですか⁉」

「お怪我ありませんか⁉」

ヘロヘロのロッテンマイヤーさんと、なんだかボロボロの宇都宮さんが、肩で息をしながら走ってきたのだ。

「ただいま帰りました……。無事？　怪我？」

「よ、良かった……！」

「レグルス様に跳ねられませんでしたか⁉」

「跳ねられる⁉」

「ああ……あの勢いで体当たりされたら、鳳蝶君なら跳ね飛ばされますねぇ」

レグルスくんに跳ねられる⁉

なんで⁉

会話についていけず、眼を白黒させながら大人たちを見上げていると、収まった土煙から出てきたのだろう。

レグルスくんが、私のお腹に頭を埋めるように抱きついてきた。

「にぃに！」

「はぁい、なんですか？」

ただいまの代わりに、ふわふわの金髪を撫でる。

顔を上げたレグルスくんは、その目に涙をためて上目遣いに見てきた。

「れーのこと、おいてっちゃ、『めー！』でしょ！」

ぎゅっと抱きついて頭をお腹にぐりぐりしてくるのは、ちょっと痛いんだけど。

なんなんだろう、この可愛い生き物？

「にぃに、おへんじ！」

やだー、私の弟だったー！

颪の神は、その変化に微笑む

天上では「風の神・イゴールは人間贔屓の変り者」と言われているけれど、当の本人の僕は「変り者」の部分しか否定しない。

というか、僕以外の神々が人間に意識を向けなさすぎるんだと思う。

僕は日夜、世界を回る。

人間やその他の種族のものたちに、恩恵を与えるために。

だけど、それは僕だけのためじゃない。他の神々のためでもあるんだ。

それは大きな力を持つ神々しか知らない秘密があるから。

その秘密というのは簡単な話で、人間やその他の種族、全ての生き物から捧げられる信仰心こそが神々の力の源だということ。

僕はそれを身をもって知っているから、他の神々にも人間や他の生き物に恩恵を与えるよう働きかける。

与えた恩恵は信仰心に変わって、僕たち自身を強くしてくれる。

巡りめぐって皆が幸せになれるなら、それが一番だし。

天上に住まう神々にも、世界の成り立ちを原初から逐一詳しく語ることの出来るものは、そう多くない。

何故なら神は長く生きるから逐次（ちくじ）忘れていかなければ余計な重荷が心に増えるし、大規模な代替わりもあったから。

基本的に神は人間に興味が無い。

人間だけでなく、エルフにもドワーフにも獣人にも魔族にも、だ。

勝手に増えることも、あまりに増えたら適当に間引けばいい程度の認識。

今の神々はなんで人間やらモンスターがこの世界にいるのか知らないものが多い。それを作ったのが前時代の神だからだ。

それでも解ることはある。

例えば動物とモンスター。

あれは人間たちは別物と思っているだろうが、そもそもは同じで魔素を吸収する器官が体内にあるものはモンスターになり、ないものは単なる動物で一生を終える。

モンスターの群れは結局、魔素を吸収する器官があった動物がモンスターになり、子を増やしたに過ぎない。

更に言えばダンジョン。

あれは天然の洞窟やら鍾乳洞に出来た魔素の吹き溜まりに、生き物が必ず持つ感情――恐怖や怒り憎しみ――が発する負のエネルギーが結び付いて発生するもので、魔素の吹き溜まりなのだからそこに近寄れるものには魔素を吸収出来る素養のあるものがほとんど。つまりその場所で生息出来る動物は必ずモンスター化する。

で、負のエネルギーを纏った魔素を吸うのだから、モンスターも自然と狂暴で、そんなものが溢れたらまた負のエネルギーが増えて、この世界が荒らされてしまう。

だからと言ってダンジョンを潰したところで、また違う場所にダンジョンは生まれて。

何千、何万の試行の末、神々は一つの結論に達した。

曰く「人間やらエルフやら、ドワーフやら獣人、魔族にモンスターの間引きをさせればいい。なんせモンスターも奴等も繁殖力強いし、かち合わせておけばそんなに両方増えんだろ」と。

そんなわけで、それ以前にモンスターが死ねば何かが遺る仕組みになっていたのを、更に神々全ての力を合わせてこの世の理に干渉してダンジョンのモンスターにはとびきり良い物を遺すように仕向けた。

だってモンスターに立ち向かうのは命がけだ、相応の餌がいる。

お陰で余り力を持っていなかった神々は消耗して、モンスターに堕ちたり消えたりして大分と数が減ったけど。

神同士も沢山いると派閥が出来て面倒くさい。労せず粛清出来たのだから、それは怪我の功名というやつだと思う。

そして僕は、自分が生き残れたのは幸運の賜物だと理解している。

あの頃は、丁度人間が大規模な文明を築いていて、その欲望が信仰心に代わり、その文明では商売や技術などを司る僕を主神として祀っていた。

その文明もモンスターの大発生で滅びはしたけれど、信仰心は僕に力を残し、僕は神のままであることが出来た。

その時に僕は人間の役割に気付けた訳で。

以来、僕は自他共に認める人間贔屓になった。

それだけじゃなく、他の神々にも人間贔屓を推奨している。

でも、まあ、神なんて言うやつは傲慢で聞く耳など持っちゃいないのがほとんど。

どれだけ人間が自分たちの力を強めるのか話したところで、中々人間に興味を持つものはいなかった。

でも、春先からこちら、人間に興味のない神の代表格のような百華が少し軟化してきて。

なんでだろうと思っていた矢先、あちらから珍しく訪ねてきた。

お気に入りの反物を幾つか投げつけてきて、同じ柄の紙を作れと言う。

「なんでさ」

「作れるのか、作れないのかどちらじゃ」

「いや、作れるけど」

「では作れ。三日後に持っていくと言うた故、二日で作れ」

「なんなの、その突貫工事？」

大上の僕の神殿は、麒凰とか言う国の大神殿に似せて作ってある。

その中庭で、こちらは可愛い妖精たちと戯れていたというのに。露出の高い少女たちをズケズケと蹴散らしてまで言うことがそれだ。

妖精たちは百華の不興を買わぬように身を縮めながら、ことの成り行きを見守っている。

逆らったところで百華の方が力は強い。

僕は益のないことはしない主義だから、二つ返事と言わないまでも引き受けて、代わりに理由を尋ねてみた。

すると「ふふん」と高慢だけど綺麗な笑顔で。

「妾の拾った人間の童がのう、器用でな。単なる紙で良いものを作るのじゃ。綺麗な紙なら尚良いものが捧げられると申すのでな、授けてやるのじゃ」

「人間の、童って……」

天上に嵐はない……筈だけど、ひと荒れ来るんじゃないかと思うほどの衝撃に、僕は言葉を失う。

そんな衝撃を与えた本人は、用事が終わればさっさと帰ってしまって。

それから現れたのはきっかり二日後で、僕が使われている技術の説明をしているのに、途中で紙をふんだくると消えてしまった。

それなのに、それから時をおかずに血相変えて戻ってきては、遠慮会釈もなしに僕の胸ぐらを掴んで揺さぶってくるし。

「人間の魂と肉体が離れやすくなる病があったはずじゃ！　あれはどうやれば治るのじゃ⁉」

「え？　あ、あるよ⁉　あるけど……治療法なんか知らないよ……って、うあ⁉」

「知らぬじゃと⁉　それでも貴様、医学の神かえ⁉」

「だって、魂は僕の専門外だ！」

がんがん揺さぶられるのに耐えかねて叫ぶと、百華の腕の力が弱まる。

すかさず逃げて、無体（むたい）な要求の理由を聞くと、むすっとした百華が口を開く。

件（くだん）のこどもが、何やら百華が好きな歌舞音曲をするミュージカルだかなんだかを流行らせるには、領地を富ませて領民に学問をさせなければと言い出したそうで。

「……それ、こどもなの？」

「童だとも。ただし、前の世の記憶がある」

「ああ、そういう子たまにいるよね」

それならば、知り合いにもいる。

なるほど、これは愉しいことになりそうだ。

慌てる百華の表情は、どれ程春先から変わったか。

くすりと笑むと、僕は百華の話に耳を傾けるのだった。

忠実なる守り役の暗躍

初夏のある日のことでございます。

一人、菊乃井屋敷の扉を叩く領民がおりました。

領内全体が然程豊かとは言えない菊乃井にあって、その領民は珍しく読み書きの出来る領民で御座いました。

名をチェザーレと言い、何代か前は貴族だったらしいのですが、その貴族だった方が放蕩(ほうとう)を尽くしたお陰で、今はしがない街の小間物屋だそうで。

一領民が、いつも不在だとしても領主の屋敷を訪ねるなど、尋常ならざること。

来訪の理由を訊ねれば、何度か迷った挙げ句「歌が聞こえる」と言い出したのです。

はて、歌?

彼の申すには、一の月の中頃、朝方、菊乃井屋敷の庭の森を通ると、えもいわれぬ可愛らしい歌声が聞こえてきたそうです。

それはその時だけでなく、二の月も三の月も、兎に角、朝方、菊乃井屋敷の庭の森を通ると必ず聞こえてくる、と。

そもそも屋敷の庭は、公に開放してはおりません。

そこを通るというのは不敬なことですし、何よりも不法侵入でございます。

しかし、その罪が白日の下に晒されるよりも、彼・チェザーレには大事なことがあると申しました。

彼の話すことには、そのえもいわれぬ可愛らしい歌声で歌われる歌は、未だかつて聞いたことのない詩、耳慣れぬ節回しなのだとか。

これはきっと妖精か何かが菊乃井の庭に住み着いたに違いない。

チェザーレはそう思ったのだそうです。

ですが、だとしたらなんだと言うのでしょう。

それを訊ねると、チェザーレは顔を赤らめてもじもじと戸惑う様子を見せました。

このチェザーレ、青々とした髭に厳つい身体付きの大男で、そのような仕草は何とも奇妙に映ります。正直、少し、気持ちが悪う御座いました。

いえ、人を見た目で判断するのはよろしくないこと。

話を元に戻します。

何故チェザーレがそのように照れているのかと申せば、彼は今年の一の月の朔日、辻占で「今年は運命のひとに出会う」と言われたからだとか。

そして、その運命のひとこそが菊乃井の庭に住み着いた妖精では……と。

根拠は、その可愛らしい歌声を聞いた後は立て続けに幸運に恵まれて、例えば閑古鳥がなく小間物屋に人口の冒険者からの注文があったり、商談の帰りに美味しい食事に只でありつけたりしたそうです。

それはきっと、運命の伴侶たる妖精が自分に幸運を与えてくれているに違いない。

チェザーレはそう思い込んでいるようです、この男実に自惚れが強い……いえ、単純な……いえいえ、純粋な人となりなのでしょう。

さっと妖精は自分の訪いを待ちわびているに違いない。

幸いにして、豚肉に小麦をはたいて、卵を絡め、パン粉にくるんで油で揚げた料理が、冒険者の間で話題になり、その余慶を被って店も繁盛しているそうで、嫁取りしても二人で倹しく生きていけるくらいには成り立っているとのこと。

そうして覚悟を決めて嫁女を迎えるべく、この菊乃井屋敷に乗り込んできたのだそうでございます。

なんせ、この屋敷には素晴らしく美しいエルフの殿方が逗留しておいで。

妖精が彼に心変わりしては大変だと、焦ったので御座いましょう。

そのくらいのことで破局を迎えるのであれば、それは運命とは言えぬのではという言葉は呑み込んでおきます。

とは言え、いくら運命の伴侶と申せども、一度もチェザーレと妖精は顔を合わせたことが御座いません。

それでいきなり嫁にと望んでも上手くいくとは思えないからと、チェザーレは恋文を持参しておりました。

まあ、これが。

歯の浮くような美辞麗句を並べ立て、声しか聞いたことのない相手であろうに「美しき花の顔」だの「可憐な白魚のごとき指先」だのと誉めちぎるのです。

「これには私も驚いたのですが、まあ、文才はないこともないかと思いまして」

「……で、恋文を山ほど書かせてどうするんじゃ?」

「『蝶を讃える詩』として編纂しようかと」

「チェザーレの話とお前さんの行動の、凄まじい溝を感じるんじゃが？　のう、ロッテンマイヤーさんや」

「使えるものは親でも使えと申しますから」

さっぱりと言いきった私に、源三さんが遠い目をしておられます。

原因は解っておりますが、これも全ては若様のため。

そう、チェザーレの話に出てきたえもいわれぬ可愛らしい歌声の主は若様のこと。

若様はご病気から回復されてから、歌を歌いながら散歩するのを朝の日課にされています。

それを偶然チェザーレが聞いたのでしょう。

しかしながら、それを妖精と受け取ったのは一重にチェザーレの夢見がちな性格ゆえのこと。

私は菊乃井に妖精が住んでいるのを肯定いたしておりません。

まあ、否定もしてはおりませんし、若様のことも話してはおりませんが。

「で、その詩をどうするんじゃ？」

「菊乃井中や帝都にばらまきます。すると若様の名が広まった時に『もしや、あの詩の蝶というのは⁉』と耳目と好意を集められるのでは……と」

「いやー、『白魚のごとき指先』ではないし、確かに可愛らしいお顔をしてなさるが『花の顔』とは……」

「源三さんはどこに目を付けておいでです？」

眼鏡越しにじっとりと睨むと、源三さんがひょいっと肩を竦めます。

確かに今の若様のお手は白魚のごときとは言い難いかもしれませんが、まるでお餅のようではありませんか。

少しばかり丸いだけで、お顔だってふくふく愛らしくていらっしゃいますのに。

まあ、よろしゅうございましょう。

いずれ、この目論見の正しさを若様ご自身が証明くださいますから。

「だって蝶も最初は芋虫。それが生の試練に耐えて蛹(さなぎ)になって、やがて時が至って美しく羽根を広げて飛ぶのです」

若様もきっと。

おべんとおべんと、うれしいな

あるお天気の良い日、朝ご飯を一緒に食べている時に、「にぃに」がれーに言いました。

今日はいつものお邪魔虫なエルフのおいたん……じゃなくて「ちぇんちぇー」がいなくって、食卓にはれーと「にぃに」の二人だけのご飯です。

「レグルスくん、今日はお弁当を持ってお外でお昼ご飯を食べようか」

にっこり笑う「にぃに」の言葉に、れーは首を傾げます。

「おべんとー？　おべんとーってなにぃ？」

スープを飲んでいたスプーンをお皿におくと、隣でれーがご飯を食べるのを応援する役のうちゅのみやを見上げます。

するとうちゅのみやは、困ったように眉毛を下げました。

「えぇっと、お弁当というのは『お弁当箱』という容器にご飯やおかずをつめて持ち歩けるようにしたもの……って、レグルス様、宇都宮の説明解ります？」

「わかんない！」

「じゃあ、一緒に作ってみようか。そしたら解るよ」

「はい！　れー、にぃにとおべんとーしゅるぅ！」

うちゅのみやの説明では「おべんとー」がなんだかよく解りませんが、「にぃに」がそう言うならきっと良いことに違いありません。

元気にお返事すると、「にぃに」が頷いてくれました。

なので朝ご飯を張り切って食べて、歯磨きも頑張って、うちゅのみやに仕上げをしてもらうと、れーはワクワクしながら「にぃに」と、おてておててをつないで、とことこと歩きます。

着いた先はお台所で、ここには顔がお髭だらけの、くまさんのような大きな「おいたん」がいるのです。

トントンと「にぃに」がノックをすると、ゆっくりと扉が開きました。

すると中からくまさんのようなおいたんが、ぬっと顔を出します。

大きなおいたんですが、怖くはありません。

「いらっしゃいませ、若様」

「お世話になります、料理長」

「おせわになりまっしゅ！」

「はい、レグルス様も。ようこそ、厨房へ」

「にぃに」がぺこんとお辞儀をしたので、見習ってれーもお辞儀をすると、胸に手を当てた「りょーりちょー」がやっぱりお辞儀をします。

くまさんのようなおいたんは「りょーりちょー」というお名前なのです。

れーが前に住んでいたお家にも、「りょーりちょー」やロッテンマイヤーさんのようなひとはいましたが、れーもれーのかあさまもとうさまも、「にぃに」のように丁寧なご挨拶をしたことがありません。

挨拶も、それ以外のことも、されるばっかりで、お礼を言ったこともなかったのです。

だからこのお家に来て「にぃに」に、「ご挨拶したりお礼を言うと、知らないひととお友だちになれたりするし、知っているひととはもっと仲良しになれるんだよ」と教えてもらって、れーははっとしました。

あちらのお家ではうちゅのみや以外のひとは、あまりれーに構ってくれなかったのですが、それはきっとれーがきちんとご挨拶をして、お友だちになろうとしなかったからかも知れません。

れーが前のお家にいた人たちとお話しなかったのは、知らないひととお話してはいけませんと教わっていたからですが、同じお家に住んでいたのですから、知らない人ではなかったはず。

なのにれーは、そのひとたちとお話したことはありませんし、その人たちもれーが一人でいてもお話してくれませんでした。それはとても寂しいことでした。

なのでこちらのお家では、れーは「にぃに」が教えてくれたように、きちんとご挨拶するし、お礼も言うことにしました。

そのせいか、このお家のひとはみんなれーに優しくしてくれます。

れーはだいたいは「にぃに」かうちゅのみやと一緒にいますが、たまに一人でお部屋から出て遊ぶこともあって、そんな時はお屋敷の誰かがれーと一緒にいてくれるので、ちっとも寂しくありません。

前のお家とは随分な違いです。

「りょーりちょー」に開けてもらった扉から、「にぃに」に手を引かれて中に入ると、大きな木の箱や金属の台、お水が出る蛇口や火のつくコンロが沢山あって。

色々不思議な道具を見ていると「りょーりちょー」が、「にぃに」にエプロンを二つ渡します。

一つは「にぃに」ので、もう一つはれーのです。

れーは「にぃに」から自分のエプロンを受けとると、両方のお袖を通します。このエプロンは「にぃに」がれーのために、自分のお洋服を使って作ってくれたもので、お日様の匂いがするのでとても気に入っています。

エプロンをきちんと着けた後は、手首まで石鹸をつけておててを洗います。れーはまだ自分では上手く洗えないので、「にぃに」が一緒に洗ってくれました。

くまさんな「りょーりちょー」はれーぞーこという大きな木の箱の扉を開けて、れーと「にぃに」に中を見せてくれました。

戸棚には沢山のお肉やお魚、お野菜が入っています。

「さあ、お弁当でしたね。何を入れますか？」

「そうですね。卵焼きは入れたいかな」

「飯も炊いてますからね。ロッテンマイヤーさんから若様のなさりたいように、危なくないよう手伝うよう言われてます」

「ありがとうございます、料理長」

「ありがとー、ごじゃます！」

さて、これで準備は整ったようです。

何をするのかれーにはまだ解りませんが、「にぃに」のすることです。

きっと楽しくておいしいことに違いありません。

前にお台所に連れてきてくれた時は、とてもおいしい卵のお料理を食べさせてもらえたのをれーは思い出しました。

ウキウキわくわくしながら、れーは「にぃに」が何をするのか教えてくれるのを待ちます。

ちょっと考える素振りをした後で「にぃに」が言いました。

「あのね、まずは卵焼きを作ろうか」

「たがもやき?」

「た・ま・ご・や・き、だよ」

「た、ま、ご、やき!」

れーはまだ時々、聞いたままを言葉にすることが上手に出来ません。

なので時々言い間違えるのですが、そんな時「にぃに」は笑ったりせずに、優しく目線を合わせて正しい言い方を教えてくれます。

きちんと言えると「にぃに」が頭を撫でてくれました。

くすぐったくて嬉しくて、もっと誉めて欲しくて、れーは「にぃに」にアピールします。

「れー、たまご、われるよぉ!」

「うん、じゃあ、卵割ってもらおうかな」

「にぃに」がそう言うと、れーぞーこから卵を「りょーりちょー」が出してくれました。それと長いおはしと、木の丸くて深い器も「にぃに」に渡します。

受け取った「にぃに」は、卵をレグルスにくれました。

木の丸い器をまな板の上におくと、卵をこつこつと金属の台に打ち付けます。

卵は割ると言っても、力任せにしてはいけません。そんなことをすると、卵が壊れてしまいます。

ちょっとずつからにヒビを入れて、そこに親指を食い込ませてから、ぱかんっと開かないといけないのです。

それは「にぃに」と「だしむしたまご」を作った時に教わりました。

その時のことを思い出して、集中しながら卵のからにヒビを入れて、左右の親指を割れ始めたところに食い込ませると、思いきってぱかっと開きます。

すると、ぽとんと卵が木の丸い器の中に落ちました。黄身は丸いままで、まるでお月様のようです。

れーは嬉しくなりました。

「にぃに！　できた！　れー、きれいにわれた！」

器のなかを覗いて「にぃに」が誉めてくれました。

「ほんとだね、まん丸」

けれど、卵焼きというものはこのままでは作れないようで、卵の上に「にぃに」が牛乳を注ぎます。それから、ちょっと迷って「りょーりちょー」に話しかけました。

「料理長、お出汁に醤油と砂糖と味醂（みりん）を入れたお汁をちょっとだけ作ってもらって良いですか？」

「構いませんが、どれ程？」

「ティースプーン一杯くらい……」

「解りました、ちょっと待ってて下さいね」

れーにはお醤油と砂糖は解りますが、みりんが解りません。

でも「にぃに」には解るのです。

れーの「にぃに」はなんでも知っていて、なんでも出来る凄い「にぃに」なのです。

「りょーりちょー」が「にぃに」にお願いされたおつゆを作ると、それを味見してから、「にぃに」が卵と牛乳の入った器にそれを入れました。

そして長いお箸でかき混ぜると、その音がチャカチャカと何かの曲みたいに聞こえるから不思議です。

「にぃに」がお箸を動かすのも、とても楽しそうに見えました。

「れーも！　れーもやりたい！」

「いいよ。じゃあ、お箸持って？　ボウル支えてるから」

ウズウズして「にぃに」にお願いすると、優しく譲ってくれました。

「にぃに」のお手伝いをしながら、楽しいことが出来るのです。

れーはとても嬉しくなって、はりきってチャカチャカとお箸を動かしました。

ほどよく卵が混ざると、「にぃに」は「りょーりちょー」に四角いフライパンを出して貰います。

これから火を使って、れーが頑張って混ぜた卵を焼くのだそうで。

「りょーりちょー」の見守るなか、邪魔にならないよう少し離れてれーは「にぃに」の手元をじっと見ます。

熱くなったフライパンに卵が流されて、じゅわっと焼ける音と同時にとても良い匂いが漂います。

お箸で固まってきた卵を端っこに寄せると、また「にぃに」は卵をフライパンに流しました。

じゅわじゅわと黄色く固まっていくそれを、くるくると回して焼いていくと、段々と卵がお山のようになっていくではありませんか。

そうこうするうちに出来たのか「りょーりちょー」が用意してくれたお皿に、「にぃに」はころんと焼けた卵を移します。

すると卵はつやつや可愛い三角になっていました。

「にぃに、おやま！　たがもやき、おやまのかたち！」

「たまごやき、ね」

「おやまのたまごやき、かーいーねぇ」

なんということでしょう。

「にぃに」は魔法を使ったのでしょうか？

まんまる卵が三角お山になってしまいました。

お山の卵焼きが可愛くて、れーはぴょんぴょん跳び跳ねてしまいます。

でもそれだけではありません。

「にぃに」は薄くクレープの皮みたいに焼いた卵を作ると、まるめたご飯にくるくると巻いて黄色のボールを作りました。

何をするのか不思議に思っていると、黒いゴマといつの間にか出てきた小さく三角にした人参を、そのボールの上に飾ります。

そのボールをじっくり見ると、黄色くてオレンジのくちばしのついたひよこちゃんのように見えるではありませんか。

れーは嬉しくなって「きゃー！」と叫んでしまいました。

「ひよこちゃん！」

「うん、ひよこちゃん。レグルスくんのおにぎりだよ」

そういって「にぃに」は小さな箱を見せてくれました。

これがうちゅのみやの言っていた「おべんとーばこ」と言うやつなのでしょう。

そして「にぃに」は、これをれーの分だと言うのです。

「これ、れーの!?　これぇ、れーのぉ!?」

なんと、ひよこちゃんのおにぎりと、三角お山の卵焼きの入った可愛い「おべんとー」を、れーのために「にぃに」は作ってくれたのです。

「そう、レグルスくんの」

「へぇ、若様器用ですね」

「りょーりちょー」も顎を撫でながら言います。

「にぃに」は大人でも驚くようなことが出来る、凄い「にぃに」なのです。

それがれーには誇らしくて仕方ありません。

その「にぃに」がれーのためだけに、可愛いひよこちゃんの「おべんとー」を作ってくれたのです。

「にぃに」はどうしてこんなに、れーの嬉しくなることばかりしてくれるのでしょう。

れーは益々「にぃに」が好きになりました。

ふわふわお胸が暖かくなるのを押さえられず、身体も踊るように動いてしまいます。

れーが嬉しくてうごうごしている間に、「にぃに」は「りょーりちょー」が二人のために作ってくれた、ハムの焼いたのやお野菜の煮たのを「おべんとーばこ」に入れていきます。

「さあ、これ持ってお散歩にいこうか」

「あい！」

差し出された「おべんとー」を受けとると、れーは「にぃに」の手をぎゅっと握ります。

「にぃに」の手はれーよりちょっと大きくて、柔らかくて、色んなことが出来る優しいおててです。

今日も明日も明後日も、れーは「にぃに」と手を繋いでお出掛けするのでしょう。

大きくなっても、きっと、ずっと——。

お弁当にこめられたもの

俺が料理を始めたのはとりもなおさず母さんのせいだ。

あれは俺が小学校に入ったばっかりの頃、家に一本の電話がかかってきたのが始まり。

それは保健所からで、母さんが受けた市民検診で、早急に再検査した方がいいものが見つかったとか。

うちの母さんのフットワークは軽くて、サッサと病院に検診に行ったらしく、結果、入院することになった。

スキルスとかキャンサーとか、その時の俺には解んなかったけど、母さんはこの時命の危険を感じたらしい。

まあ、それは杞憂に終わった訳だけども、問題はその後だ。

母さんは俺とオヤジに家事全般を仕込み始めた。

入院するという経験は母さんに、自分が死んだ時、俺とオヤジが何も出来なかったら絶対に困るし、下手すると俺がグレるという危機感を持たせたんだそうな。

因みに母さんは還暦を過ぎても元気で、時々俺やオヤジに家事のすべてを放り投げて、スーパー銭湯廻りの男前演歌歌手集団を追っ掛けたり、菫の園のスタァの出待ち入待ちをやっていたりする。

まあ、元気なのはいいことだ。

そんなことを考えながら、油をひいて熱した卵焼き器に、卵液を入れるとじゅわっという音と共に卵が焼けて固まっていく。

卵二個に牛乳とめんつゆを入れた卵焼きは、田中の好物だ。

俺も勿論好き。

俺と田中の繋がりは、この卵焼きから始まった。

母さんに料理を習い出して初めての秋の遠足。

俺は自分で弁当を作らされた。

勿論、母さんは横にいて何くれと手伝ってはくれたけど、卵焼きだけは一人で出来るようになっていたから、自分だけで作ったんだけど、何故か四角にならずに三角になって。

不格好なそれがなんだか恥ずかしくて、隠すように食べていたのを目敏く見つけ出した奴は、俺の卵焼きを指差して叫んだのだ。

「なにそれ、めっちゃカッコいい！　一個ちょうだい！」と。

それ以来、俺は弁当に必ず三角の卵焼きを入れるようになった。

それから二十余年、大人になった俺は四角い卵焼きも作れるし、三角にすることだって自由自在。

ついでに他のものも色々作れるようになった。

カレーはスパイスから作るし、ラーメンなんか麺以外は全部自作出来るし。

掃除も洗濯も裁縫だって困らない。

田中のコスプレ衣装は自慢じゃないが、俺が一人で全部作ってるしな。

結局、母さんが俺に教えてくれたのは、一人でも生きていけるし、誰かと生活も出来る技術だったのだ。

くるくると卵を巻いていくと、芯になる部分を盛り上げて、更に卵液を流して層を厚く焼いていく。

これを繰り返すと三角の卵焼きが完成。

サッとキッチンペーパーで卵焼き器を拭くと、ずぼらだとは思うけど、切り込みを入れたウィンナーをぽいぽいと放り込む。

それが焼ける間におにぎりと味噌汁を器によそって、テーブルへ。

のそのそと身支度を終えた田中が、冷蔵庫から麦茶と戸棚からコップを二つだして食卓に並べた頃には、卵焼きとウィンナーを乗せた皿も、おにぎりと味噌汁と一緒に並べられた。

さて、朝飯だ。

田中に箸を差し出すと、ぼんやりとした目がようやく俺を認識した様子で。

「……元気だな、お前」

「そんな訳ないだろ。お前のお陰で俺も徹夜だぞ？」

むすっとして言えば、ぼりぼりと頭を掻いて田中は笑ってごまかす。

八月某日、俺の住んでる地域では大きな同人誌即売会があって、田中の新刊のために、俺は夏休みを犠牲にして、田中の家に飯の用意と原稿の手伝いに来ていた。

「ありがと。コピーとはいえ新刊落とさずに済んだわ」

「おう、感謝して敬ってへつらえ」

腕組みしつつ言ってやると、田中はテーブルに三つ指をついて土下座の真似して「ははー！」と頭を下げる。

小学校の時からこいつの後頭部には旋毛が二個。もう見慣れた。

一口に二十余年と言っても、それなりに色々あって喧嘩だってしたし、なんとなく仲直りして、今だって部署は違うけど同じ職場で働いて、このままずっとつるんでるんだろうな、なんて思う。

そんな感慨に浸っていると、田中が卵焼きに箸を伸ばした。

「旨いな」って、口をモゴモゴさせながら言うから、じゃあ俺も食おうか。

卵焼きを摘まんで口に放り込む、その瞬間。

「あ」

ぱちんとシャボンが弾けるように目が開いて、鈴蘭模様の見慣れた天井が広がっていた。

勿論、口に卵焼きは入っていない。

「……ゆめ」

それ以外のなんでもないのに、ついつい口に出すのは、そうしないと「私」と「俺」の境目が曖昧になって、私が「俺」に寄ってしまいそうだからだ。

ペチペチとぷにぷにのほっぺたを、これまたぷにぷにの手で軽く叩くと、気合いを入れてベッドから起き上がる。

どっこいしょと重たい身体で寝床から出ると、私は確認のために、姿見に自分の顔を写す。

今日も最高にぶにぶにだよ、ちくせう。

毎日レグルスくんを連れて、歌いながら散歩しているのになんで減らないんだろう、この無駄肉。

まあ、落ち込もうがなんだろうが贅肉がなくなる訳じゃない。

タンスからブラウスとズボンを引っ張りだすと、着替えて見苦しくないように身なりを整える。

肥ってるだけでも暑苦しいんだから、せめて清潔感はないとね。

手作りしたループタイを着けて、鏡で位置を確認していると、入室の許可を求める声とノックがあって。

「どうぞ」と答えると、ロッテンマイヤーさんが扉から入ってくるのが鏡越しに見えた。

「おはようございます」

「おはようございます、ロッテンマイヤーさん」

振り向いた私を頭の天辺から爪先まで視線で撫でると、ロッテンマイヤーさんはふっとその固そうな口許を柔らかく綻ばせる。

「ボタンの掛け違いもございません。ループタイもきちんと留まっておいでです」

「はい、ありがとうございます」

毎朝の儀式を終えると、次はスケジュールの確認。

今日は何をしようかと考えて、ふと、過るものがあった。

「ロッテンマイヤーさん、今日は午前中は厨房に行ってもいいですか？」

「どうかなさいましたか？」

「うん、ちょっとお弁当でも作ってレグルスくんとお庭で食べようかと思ったんだけど……」

突然行くと料理長の迷惑になるかもしれない。

そう思って口をつぐむと、ロッテンマイヤーさんが眼鏡の蔓(つる)に手を当てて、場所をなおす。

「承りまして御座います。料理長の方はいついらしていただいても問題ないと聞いております。レグルス様のお支度も伝えておきます」

「ありがとう。レグルスくん本人には私が伝えますから」

「承知いたしました」

美しく礼をすると、ロッテンマイヤーさんが退出する。

その後ろを追って行けば朝食の席だ。

長い廊下を進んで食堂の扉を開ければ、レグルスくんと彼に給仕っていうか、ご飯を食べるお手伝いのために宇都宮さんがもう席にスタンバイしている。

向かい合うように座って「おはようございます」と挨拶すれば、レグルスくんからも宇都宮さんからも元気な返事が返ってきた。

と、見回すと食堂にロマノフ先生がいない。

「あれ、先生は？」

「所用があると、朝早くにお出掛けなさいました。本日の若様のお勉強は午後からですので、それまでにはお戻りになると」

「ああ、そうなんですか。じゃあ、今日はお昼もレグルスくんと二人だけなんだね」

なら、尚更好都合だ。

スプーンをうまく使ってスープを掬うと、お口に運ぶのを見守って、私はレグルスくんと宇都宮さんに声をかけた。

「レグルスくん、今日はお弁当を持ってお外でお昼ご飯を食べようか」

「おべんとー？　おべんとーってなにぃ？」

「えぇっと、お弁当と言うのは『お弁当箱』という容器にご飯やおかずを詰めて持ち歩けるようにしたもの……って、レグルス様、宇都宮の説明解ります？」

「わかんない！」

「じゃあ、一緒に作ってみようか。そしたら解るよ」

「はい！　れー、にぃにとおべんとーしゅるぅ！」

レグルスくん、滑舌が良い時はちゃんと「す」が言えるんだけど、油断すると「しゅ」になった
り、一音足りなかったり。

かと思うと大人みたいな話し方するし、こどもって本当に謎だ。面白いし可愛いけど。

そんな訳で朝御飯を終わらせると、私はレグルスくんの手を引いて厨房に向かった。


厨房の扉をノックすると、中から髭面のオジサン——料理長が出てくる。

「いらっしゃいませ、若様」

「お世話になります、料理長」

「おせわになりまっしゅ！」

「はい、レグルス様も。ようこそ、厨房へ」

胸に手を当ててお辞儀すると、渋くて絵になるなぁ。

同じくお辞儀すると、料理長から私用のエプロンとレグルスくんのエプロンを渡される。

レグルスくんのエプロンは、私の着なくなったブラウスを改造したもので、どっちか言うと割烹
着とかスモッグとか、そんな風な感じだ。

自分のエプロンを着けると、レグルスくんが着るのを手伝う。

手洗いなどなど済ませると、料理長が冷蔵庫のを開けて中を見せてくれた。

「さあ、お弁当でしたね。何を入れますか？」

「そうですね。卵焼きは入れたいかな」

「飯も炊いてますからね。ロッテンマイヤーさんから若様のなさりたいように、危なくないよう手伝うよう言われてます」

「ありがとうございます、料理長」

「ありがとー、ごじゃます！」

うきうきした様子でレグルスくんもお礼を言う。

この子にも、あちらの「母さん」がしてくれたことをしたい。

「俺」は折角教えてもらったことを、次に伝えることなく、親不孝にも程があることになってしまった。

後悔はもう取り戻せないけれど、その記憶を新たに伝えていくことは出来る。

レグルスくんにも私にも、貴族なんだから洗濯も料理も掃除も、自分で出来る必要はないんだろうけれど、出来て悪いことではないんだし。

その手始めに。

「あのね、まずは卵焼きを作ろうか」

「たがもやき？」

「た・ま・ご・や・き、だよ」

「た、ま、ご、やき！　れー、たまご、われるよぉ！」

「うん、じゃあ、卵割ってもらおうかな」

そう言うと、横からボウルと菜箸、それから卵が出てくる。

話を聞いていた料理長が揃えてくれるのを受けとると、牛乳も出してもらうように頼んで、私ははたと気づいた。

めんつゆないじゃん！

あちゃ、どうするかな。

思案している間にも、レグルスくんがとんとんと平たいまな板に、卵を打ち付けていた。

殻に良いように入ったヒビに、レグルスくんが小さな親指を食い込ませると、ボウルの真上でぱかりと左右に開くと、卵が中からぽたんと下に落ちる。

まん丸な黄身は衝撃でも割れず、丸いままでボウルの中でお日さまのように鎮座していた。

「にぃに！　できた！　れー、きれいにわれた！」

「ほんとだね、まん丸」

でも解さなきゃ卵焼きは出来ないので、ボウルに牛乳を加えると、私は料理長にお願いすることにした。

「料理長、お出汁に醤油と砂糖と味醂を入れたお汁をちょっとだけ作ってもらって良いですか？」

「構いませんが、どれ程？」

「ティースプーン一杯くらい……」

「解りました、ちょっと待っててくださいね」

頷くと料理長はチャカチャカとめんつゆ（仮）を作って、味見させてくれる。

夢の中の味とはやっぱり違うけれど、それはこちらの方の材料に改良の余地があるってことだろう。

あちらは食べる楽しみのため味を追求する改良が加えられているけれど、こちらはまだ寒害や日照り、塩害に耐えられる、つまり生命力重視の改良しか出来ていないのだ。

それは味を追求する余裕がまだないってことでもある。

その辺のことも、領地を変えるなら考えないといけないけど、今はそういうことをするよりも。

めんつゆ（仮）を魔術で冷たくしてもらって、卵と牛乳の入ったボウルに落とすと、菜箸で丁寧にかき混ぜる。

その様子を見ていたレグルスくんが、目をキラキラさせた。

「れーも！　れーもやりたい！」

「いいよ。じゃあ、お箸持って？　ボウル支えてるから」

お箸を渡せばレグルスくんはそれを握って、ぐるぐると卵をかき回し始める。

きゃっきゃはしゃぎながら、作業するのが可愛いけど、適当に混ざったら、今度は料理長に卵焼き器を用意してもらって。

つか、何がこの国の不思議かって、ヨーロピアンヨーロピアンしてるところに、和だのなんだのの道具や雰囲気がへろんと入り込んでることなんだけど。

前世の記憶が生える前は違和感を感じなかったけど、よくよく考えたら凄い混じりぶりだと思う。

でもこれがこの国で、当たり前の光景。

私が生きていく場所の当然の様子なのだ。

卵焼き器に油を引いて、熱くなったら卵液を流す。

これは危ないから私がやると、ふわふわとひよこの羽毛のような金髪を揺らして、ひよこちゃんは卵の様子を見る。

半熟の卵を菜箸で端っこに固めて三角の土台を作ると、また卵液を流し込んで。

くるくると巻けば、段々と卵が三角の形へと変わっていく。

用意されたお皿に卵焼きをよそうと、パアッとレグルスくんの顔が輝いた。

「にぃに、おやま！　たがもやき、おやまのかたち！」

「たまごやき、ね」

「おやまのたまごやき、かーいーねぇ」

きゃらきゃらと笑うと、ぴょんぴょんと跳ねるのが可愛い。

後は卵をクレープの皮くらい薄く焼いたのを作って。

小さな三角形にしたニンジンを茹でてもらうと、一口大の丸いおにぎりをいくつか。

それに薄焼き卵を巻き付けて黄色いボールのようなおにぎりにして、黒ごまで目を付ける。ニンジンを嘴がわりにおくと、お弁当ばこにちょっと詰めた。

ひょいっとそのおにぎりを見たレグルスくんが「きゃー！」と歓声を上げる。

「ひよこちゃん！」

「うん、ひよこちゃん。レグルスくんのおにぎりだよ」

「これ、れーの!?　これぇ、れーのぉ!?」

「そう、レグルスくんの」

「へぇ、若様器用ですね」

覗き込んだ料理長が顎を撫でながら言うと、卵を冷ましているお皿に、私たちの様子を見ながら作ってくれていたのだろう、厚く切ったハムを焼いたのと、ブロッコリーや小玉ねぎをコンソメで煮たものを、汁気を切ってよそってくれる。

それを改めてお弁当箱に詰め込むと、お弁当はそれで完成。

「さあ、これ持ってお散歩にいこうか」

「あい！」

ふわふわした金髪が、レグルスくんが笑う度に、陽の光を弾いてキラキラと輝く。

前の「俺」から受け継いだ生きていく技術を、私はこうして少しずつ君に伝えていこう。

君とお別れする、その日まで――。

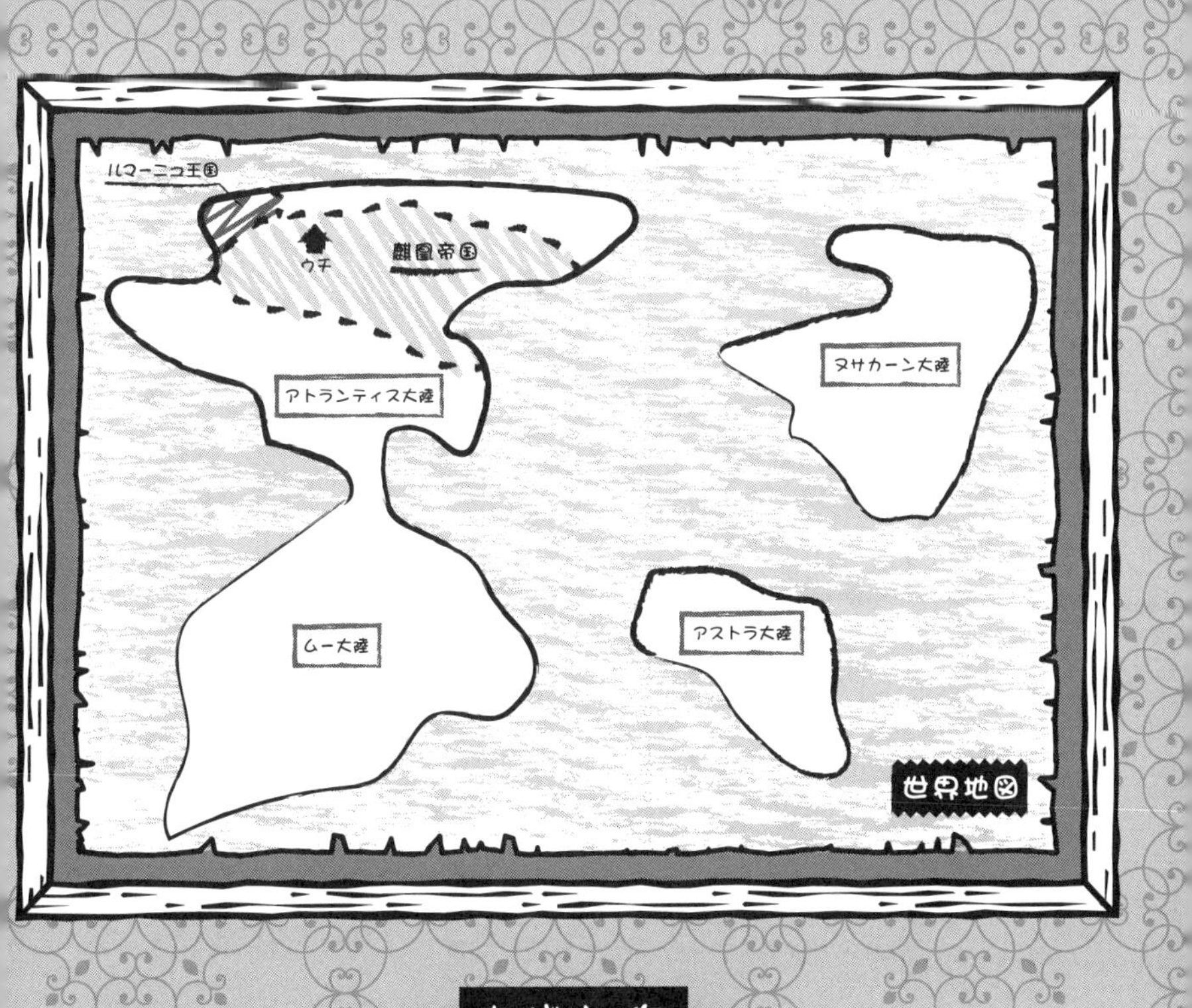

あげは・作

あとがき

はじめまして、あるいはこんにちは。

本書「白豚貴族だったけど前世の記憶が生えたのでひよこな弟育てます」をお手にとっていただいた皆様、ありがとうございます。

やしろで御座います。


今から遡ること去年の八月の初め。

ネットでいつもコミュニケーションを取っている物書き仲間が「異世界転生ものを書こうかな」と言い出したのが、本作の始まりでした。

そう、軽い気持ちで「男同士の友情とか、師弟愛とか、兄弟愛とか……『ブロマンス』盛り沢山の異世界転生もの読みたいなぁ」って、遠回しにお願いしてみたんですよ。

そしたら私の数少ない物書きの友人さんが、皆揃いも揃って「やしろさん、言い出しっぺの法則って知ってる?」とか「萌えの自給自足ってのがありましてね?」とか言ったんです。

つまりね、「読みたきゃ自分で書くヨロシ（笑）」ってことですよ。ひどい（笑）。

でも、まあ、ぐずってても当然誰も私の萌えを形にしてはくれないし、誰か読んでくれたらいいかなくらいの軽さで書き始めました。

こうして書籍になるなんて、なんの奇跡なのかと思っています。

さて本作「白豚貴族だったけど前世の記憶が生えたのでひよこな弟育てます」には、私の好きなものが沢山散りばめられています。

例えばエルフ。

モデルは某歌劇団の美しい生徒さんたち。

主人公・鳳蝶が愛してやまない「菫の園」なんて、そのまま某歌劇団です。

或いは鳳蝶たちを囲むヨーロッパの風景は、フランス革命前夜のイメージ。

百華と彼女が着ている漢服は、三国志のような古代中国王朝のロマンからなります。

手芸だって、私自身は不器用過ぎて刺し子も満足に出来ないんですが、刺繍もつまみ細工も大好き。

そして「ブロマンス」ですよ。

「ブロマンス」と言うのは男性同士の固い友情や師弟愛や兄弟愛、兎に角強い絆や繋がりを指すんです（と私は解釈しています）が、そんな熱い関係性への憧れ。

一言で言うなら「萌え」がぎゅうぎゅうに詰められているのです。

兎も角書籍化したからには、私が愛してやまないものを、本書と共に広めていくのが私の使命なんじゃないかと思う訳ですよ。

これからも物語は続きます。

鳳蝶とレグルスの成長と、私の萌えにお付き合いいただければ幸いです。

謝辞

この度、「白豚貴族ですが前世の記憶が生えたのでひよこな弟育てます」をお手に取っていただけましたこと、改めてお礼申し上げます。

書籍化するにあたり、読者の皆様より書き下ろしのアイデアをいただいたり、応援コメントをいただいたりもしました。

また、イラストのkeepoutさんには、皆様に私が脳内で描いている画像を、素晴らしい形で具体化していただけました。

そして担当の扶川さん。

私の話へのリアクションを活動報告のネタに何度もさせていただきました。

沢山の方に支えられ、この本は出来ています。

関わって下さった皆様へ、心からの感謝を捧げ、ご多幸をお祈り申し上げます！

やしろ　拝

引用

『牡丹』／皮日休……「ＮＨＫ漢詩紀行 四」（ＮＨＫ出版）

誕生日
おめでとう！
強くなれ。
人の心の機微に
疎くなるのではなく
悪意に怯まぬように――
舞台
3月上演！
詳しくは
公式HPへ！
初夏発売決定

新年。レグルスの誕生祝いに届いたものは——？
菊乃井・母との全面対決へ！
白豚貴族ですが前世の記憶が生えたのでひよこな弟育てます
やしろ
illust. keepout

V
2021年

白豚貴族ですが前世の記憶が生えたので
ひよこな弟育てます

2020年 2月　1日　第1刷発行
2021年 2月 25日　第3刷発行

著　者　やしろ

発行者　本田武市

発行所　TOブックス
〒150-0002
東京都渋谷区渋谷三丁目1番1号　PMO渋谷Ⅱ　11階
TEL 0120-933-772（営業フリーダイヤル）
FAX 050-3156-0508

印刷・製本　中央精版印刷株式会社

ISBN978-4-86472-898-0

Printed in Japan